古典文獻研究輯刊

九　編

潘美月・杜潔祥　主編

第 **10** 冊

王嘉《拾遺記》研究

吳俐雯　著

國家圖書館出版品預行編目資料

王嘉《拾遺記》研究／吳俐雯 著 ─ 初版 ─ 台北縣永和市：
花木蘭文化出版社，2009〔民 98〕
目 4+156 面；19×26 公分
（古典文獻研究輯刊 九編：第 10 冊）
ISBN：978-986-254-018-3（精裝）
1.（晉）王嘉 2. 筆記小說 3. 文學評論
857.23 　　　　　　　　　　　　　　　　　　　98014800

ISBN - 978-986-2540-18-3

9 789862 540183

古典文獻研究輯刊
九 編 第 十 冊 　　　　　　　ISBN：978-986-254-018-3

王嘉《拾遺記》研究

作　　　者　吳俐雯
主　　　編　潘美月　杜潔祥
總 編 輯　杜潔祥
企劃出版　北京大學文化資源研究中心
出　　　版　花木蘭文化出版社
發 行 所　花木蘭文化出版社
發 行 人　高小娟
聯絡地址　台北縣永和市中正路五九五號七樓之三
　　　　　　電話：02-2923-1455／傳眞：02-2923-1452
網　　　址　http://www.huamulan.tw 信箱 sut81518@ms59.hinet.net
印　　　刷　普羅文化出版廣告事業
初　　　版　2009 年 9 月
定　　　價　九編 20 冊（精裝）新台幣 31,000 元　　版權所有·請勿翻印

王嘉《拾遺記》研究

吳俐雯　著

作者簡介

吳俐雯，臺北市人。東吳大學中國文學研究所畢業，現任臺北縣耕莘健康管理專科學校講師。

提　　要

　　六朝志怪小說上承先秦神話、傳說之餘波，下啟唐人傳奇之端緒，內容極龐雜繁富，向來被認為是中國小說之初具雛型之源頭。而王嘉《拾遺記》，融合了雜錄與志怪的性質，文辭縟麗豔發，別具特色。因此，本文第一步先以齊治平校注的《拾遺記》為藍本，以《太平廣記》、《太平御覽》等書為輔，對《拾遺記》的卷本及其與《拾遺錄》是否為同一書等問題加以探討。第二步做情節內容的分類及藝術特色的分析。第三步則探究《拾遺記》對後世文學的影響。最後，討論作者生平及成書背景等問題。本文共分七章討論，除緒論及結論兩章外，其餘五章為本文之主體部分，略述各章內容如下：

　　第一章「緒論」，敘述研究動機、方法與預期成果。

　　第二章「《拾遺記》的作者及成書」，探述作者的生平及成書背景，並對此書的書名由來、卷本流傳和佚文等問題，做較深入的研究。

　　第三、四章「《拾遺記》的內容分析」，分為神話傳書、宗教影響、五行數術、風俗產物、名山仙境等五大類，每類型再分細目歸納整理。

　　第五章「《拾遺記》的藝術特色」，分別由形式結構、人物刻畫及蕭綺「錄」的形式、內容等方面討論。

　　第六章「《拾遺記》對後世文學的影響」，從文人的用典、小說的援引與戲劇的取材三方面，加以探尋。

　　第七章「結論」，旨在重申本文各章研究成績，並論述及考察結果，且作扼要之總結。在深究故事內容及分析後，足見《拾遺記》文筆華麗，題材豐富，兼具雜史、傳記、小說的性質，在六朝志怪小說中別具特色。

目

次

第一章　緒　論

第一節　研究動機

胡應麟在《少室山房筆叢》中提到：

> 凡談異之變，盛於六朝，然多是傳錄舛訛，未必盡幻設語，至唐人
> 乃作意好奇，假小說以寄筆端。〔註1〕

由此可知，中國小說具內涵寓意，當始自唐傳奇。在此之前的六朝志怪小說，
僅止於記錄傳聞，屬於小說發展史的雛型階段。

六朝志怪小說的文學特色，自成一格。就篇幅而言，大抵簡短，每條文
字的長短以兩三百字者居多，百字以內或五、六百字以上者較少；就體製而
言，採逐條筆記的形式，大多僅是粗陳梗概的故事而已，罕見鋪敘和描繪；
就結構而言，大都平鋪直敘，從故事發生到結束成直線發展，絕少倒敘，結
構單純；就風格而言，以最簡短的字句，作最完整的敘述，質樸平淺，簡勁
明快；就技巧而言，已能初步注意細節的描寫，而有助於塑造人物的性格，
並增強作品的藝術性。因此，成爲後代小說汲取題材的資料寶庫，也給予後
代小說藝術想像與表現手法直接或間接的啓發。〔註2〕

〔註 1〕 參見胡應麟：《少室山房筆叢》（臺北：世界書局，1963 年 4 月）卷三十六，
頁 486。

〔註 2〕 例如：王師國良在所著《魏晉南北朝志怪小說研究》（臺北：文史哲出版社，
1984 年 7 月）上篇第八章「志怪小說對後世文學之影響」中，曾就形式（分
爲：形式、技巧）、內容（分爲：間接獲得啓示、直接採爲原料）兩方面加以
探討。

可見在六朝志怪小說的領域中，仍有深入發掘、探討的廣大空間。就近人研究的成果而言，以「六朝志怪小說」或「魏晉南北朝志怪小說」爲題，做全面研究，而爲學位論文；〔註3〕或以單獨一本書的輯校、注釋、分析作專精研究；〔註4〕或發表於報章、期刊的文章，〔註5〕頗爲可觀。而這些資料中，都曾或多或少提及、援引《拾遺記》一書。但單就《拾遺記》作專題研究者，僅有：郭模、齊治平兩人爲《拾遺記》做校注，〔註6〕及周次吉撰〈讀「拾遺記」〉一文，〔註7〕算是一本較爲生疏的小說。同時，此書融合了雜錄與志怪的性質，文辭褥麗豔發，別具特色。因而，以《拾遺記》一書的研究爲論文題目，欲詳其究竟。

第二節　研究方法

就《拾遺記》一書的屬性而言，可謂兼具神話、傳說、志怪、軼聞、野史的綜合體。於是，撰寫論文時，便以學科整合的態度廣納多種方式研究，

〔註3〕例如：全寅初《六朝小說之研究》（臺灣大學中國文學研究所碩士論文，1971年）、周次吉《六朝志怪小說研究》（政治大學中國文學研究所碩士論文，1971年）、全寅初《魏晉南北朝志怪小說研究》（臺灣師範大學國文研究所博士論文，1978年）、王師國良《魏晉南北朝志怪小說研究》（東吳大學中國文學研究所博士論文，1984年）；李劍國《唐前志怪小說史》（南開大學碩士論文，1980年）。

〔註4〕例如：余嘉錫〈殷芸小說輯證〉，收錄於《余嘉錫論學雜著》（臺北：河洛圖書出版社，1976年3月），頁280～324；周楞伽《殷芸小說》（上海：上海古籍出版社，1984年4月）；周法高〈顏之推還冤記考證〉，《大陸雜誌》二十二卷九～十一期，1961年5月～6月；許建新《搜神記校注》（臺灣師範大學國文研究所碩士論文，1974年）；汪紹楹《搜神記·搜神後記》（臺北：木鐸出版社）；齊治平《拾遺記》（臺北：木鐸出版社，1982年2月）；王國良師《搜神後記研究》（臺北：文史哲出版社，1978年6月）、《神異經研究》（臺北：文史哲出版社，1985年3月）、《續齊諧記研究》（臺北：文史哲出版社，1987年12月）、《漢武洞冥記研究》（臺北：文史哲出版社，1989年10月）……等。

〔註5〕例如：吳宏一〈六朝鬼神怪異小說與時代背景的關係〉，《中國古典文學研究叢刊～小說之部（一）》（臺北：巨流圖書公司，1977年10月）；李豐楙〈六朝仙境傳說與道教之關係〉，《中外文學》第八卷第八期，1980年1月、〈六朝鏡劍傳說與道教法術思想〉，《中國古典小說研究專集》（臺北：聯經出版事業公司，1980年6月）第二輯……等。

〔註6〕郭模撰《王子年拾遺記校釋》（臺北：淡江文理學院中文系，1985年4月）、齊治平校注《拾遺記》（臺北：木鐸出版社，1982年2月）。

〔註7〕周次吉撰〈讀「拾遺記」〉（上）（下），《中央日報》民國60年4月19、20日。

藉此以更客觀的態度探索《拾遺記》的內容題材、藝術特色等主體問題，及作者、卷本、成書背景、對後世影響等外圍問題。

第二章探究作者及成書問題，從考證及歷史的角度著手。運用考證的方式，以推斷此書的作者及釐清卷本分合、佚文問題。觀察歷史的背景，輔以佛、道宗教演變之跡，從整個傳統文化、社會結構了解其成書背景。

第三、四兩章做內容分析，以歸納分析法整理紛雜的內容題材，將其分門別類，便於深入論述。

第五章為藝術特色的探析，應用結構分析法，解析此書中由敘事語式、人物刻畫等構成的敘事模式。

第六章探討《拾遺記》對後世文學的影響，則由文學史的流變中，探求此書對詩文詞賦、小說、戲劇等，在創作取材上的影響。

因此，本文嘗試從表層文學現象及深層造成因素兩方面，分析探討。除了解《拾遺記》本身的藝術性外，也能對產生此書的真實人生社會背景有所認識。

第三節　預期成果

本文之撰述擬從下列幾方面著手，逐一探討，並藉以彰顯《拾遺記》的重要性。

（一）考辨《拾遺記》與《拾遺錄》是否同為一書

檢視《太平廣記》及《太平御覽》中標示出自《拾遺錄》的文字，將其與《拾遺記》原文相對照，推斷出兩者實為同一書。

（二）探討流傳問題

藉此了解《拾遺記》在歷代流傳、記載的情況，分為三方面進行：一是卷本問題。由歷代著錄的情況觀察，《拾遺記》的卷數在後世流傳的過程中，是否出現歧異的情形，並加以歸納整理。至於版本的部分，則將目前可見且較為重要的本子，依其性質分為完足本、刪節本及校注本三種，一一討論。再從中挑出最完整的一本，做為論文寫作的藍本。一是類書採錄。由《北堂書鈔》、《藝文類聚》、《初學記》、《白氏六帖事類集》、《太平廣記》、《太平御覽》、《事類賦》，以至於《路史》、《古今圖書集成》……等書的採擷、引用情形，探討《拾遺記》從隋末、唐初到清代的流傳過程。一是佚文考定。參考

《太平廣記》、《太平御覽》……等書，將《拾遺記》的佚文標明釐清。

（三）分析內容題材

　　《拾遺記》所記載的範圍：由卷一至卷九，歷述庖犧至石虎各代的奇聞逸事；卷十，則分別描寫崑崙、蓬萊、方丈、瀛洲、員嶠、岱輿、昆吾、洞庭等八座仙山。因此，依內容主題歸納出五大類。其中，由卷一至卷九的內容中分析整理出四類，而卷十則獨立一類個別處理。

（四）探析藝術特色

　　《拾遺記》就藝術特色而言，雖不比唐傳奇多元性的豐富內涵及寫作技巧。但從形式結構、人物刻畫及蕭綺「錄曰」的形式、內容上，深入分析，應自有可觀之處。

（五）詳究作者、成書背景及對後世文學的影響

　　在完成《拾遺記》主體的討論後，再對其外圍問題加以探究。歷代對《拾遺記》作者的認定，莫衷一是，有：王嘉、蕭綺、虞義等人，因此本文從時代、文字、內容等方面對此做一番考證。至於《拾遺記》的成書背景，則就當時文藝思潮及社會環境的動向，加以探討。最後，再分別就文人的用典、小說的援引及戲劇的取材幾方面，探究《拾遺記》的影響層面。

第二章 《拾遺記》的作者及成書等問題

第一節 作者生平

一、撰者錄者考辨

  《拾遺記》一書的作者，據蕭綺序中所記爲王嘉，因經亂散佚，由蕭綺搜集編訂而成。但依《隋書・經籍志》雜史類、《舊唐書・經籍志》雜史類等書著錄，又有出入：題作《拾遺錄》者，爲王嘉撰；題作《王子年拾遺記》者，則標明蕭綺撰或錄。而明胡應麟《少室山房筆叢》三十二：「《拾遺記》稱王嘉子年、蕭綺傳錄，蓋即綺撰而託之王嘉。」認爲係蕭綺僞作。又宋晁載之《續談助》引唐張柬之《洞冥記・跋》，以爲：「虞義造《王子年拾遺錄》。」且《僞書通考》未辨然否，竟將其列於僞書中。因此，歷代對《拾遺記》作者的說法莫衷一是，甚至有蕭綺、虞義僞撰之說。以下分別就胡應麟及張柬之的說法，加以討論，藉以推斷出《拾遺記》的作者。〔註1〕

  胡應麟的說法，可分兩方面討論：

  一、文字方面：《拾遺記》正文雖「詞條豔發」，〔註2〕但蕭綺認爲「記事

〔註1〕 胡應麟《少室山房筆叢》三十二及張柬之《洞冥記・跋》中，對《拾遺記》作者問題的探討，參考齊治平校注《拾遺記》（臺北：木鐸出版社，1982年2月）前言部分，頁2～3。

〔註2〕 參見《四庫全書總目提要》（臺北：臺灣商務印書館，1983年10月）第三冊，卷一百四十二，子部小說家類三論述《拾遺記》：「……詞條豔發，摘華採藻者，挹取不窮。」

存樸」，駢儷氣息不如他以駢文所寫的「錄語」濃厚。因此，「正文」與「錄語」在形式上有所區別。

二、內容方面：王嘉是方士，蕭綺是文人。在正文中侈談一些神仙怪異之事，正是方士誇誕的本色；而在錄語中則往往引用一些儒家的教條，來進行評論和說教。因此，正文與錄語所表現的思想常相牴牾。最顯著的例子是卷三周靈王部分的錄語中，批評他「受制於奢，玩神於亂，波蕩正教，為之媮薄」，更說他「溺此仙道，棄彼儒教」。正說明王嘉和蕭綺思想上道、儒的分野。在其他方面，蕭綺錄語對於正文也有辨難，如：卷六第三則正文敘述漢宣帝時的多種珍奇植物，而錄則云：「宣帝之世，有嘉穀玄稷之祥，亦不說今之所生，……抑亦王子所稱，非近俗所食。詮其名，華而不實」。又卷八第十則正文記敘麋竺家人收鴟鵲數千頭，養於池渠中以厭火。而錄卻以為鴟鵲當是「方諸」之訛，且加以駁難：「羽毛之類，非可禦烈火，於義則為乖，於事則違類。」而卷八第十一則正文記白猿化為老翁與周群問答，錄卻說：「白猿之祥，有類越人問劍之言，其事迂誕，若是而非也。」諸如此類，正文、錄語互異，自相矛盾，顯然非出於蕭綺一人之手。因此，胡應麟之說法不能成立。

張柬之的論點：

據姚振宗《隋書經籍志考證》所述，疑虞義即南齊虞義。虞義，字士光，一字子陽，會稽餘姚人，盛有才藻，其詩奇句清拔，為謝朓所嗟誦。〔註3〕而在典籍中有關虞義的記載，大都僅提及詩方面的成就。同時，虞義撰《拾遺記》從不見著錄。因此，張柬之的論點恐怕無法成立。

由以上論述，吾人推測出《拾遺記》一書為王嘉所撰，蕭綺錄。

二、王嘉小傳

《拾遺記》作者王嘉的生平事蹟，從史料上可得的資料，例如在《晉書》卷九十五〈藝術傳〉中，有較簡略的敘述：

> 王嘉字子年，隴西安陽人也。輕舉止，醜形貌，外若不足，而聰睿
> 內明。滑稽好語笑，不食五穀，不衣美麗，清虛服氣，不與世人交

〔註3〕參見（唐）李延壽《南史》卷五十九列傳第四十九〈虞義〉：「虞義字士光，會稽餘姚人，盛有才藻」（臺北：鼎文書局，1994年9月，頁1463。）又（梁）鍾山榮《詩品》卷下：「子陽詩奇句清拔，謝朓常嗟頌之。」（臺北，文史哲出版社，1981年1月，頁241。）

游。隱於東陽谷，鑿崖穴居，弟子受業者數百人，亦皆穴處。

石季龍之末，棄其徒眾，至長安，潛隱於終南山，結菴廬而止。門人聞而復隨之，乃遷於倒獸山。符堅累徵不起，公侯以下咸躬往參詣，好尚之士無不師宗之。問其當世事者，皆隨問而對。好爲譬喻，狀如戲調；言未然之事，辭如讖記，當時莫能曉之，事過皆驗。

堅將南征，遣使者問之。嘉曰：「金剛火強。」乃乘使者馬，正衣冠，徐徐東行數百步，而策馬馳反，脫衣服，棄冠履而歸，下馬踞床，一無所言。使者還告，堅不悟，復遣問之，曰：「吾世祚云何？」嘉曰：「未央。」咸以爲吉。明年癸未，敗於淮南，所謂未年而有殃也。人候之者，至心則見之，不至心則隱形不見。衣服在架，履杖猶存，或欲取其衣者，終不及，企而取之，衣架踰高，而屋亦不大，履杖諸物亦如之。

姚萇之入長安，禮嘉如符堅故事，逼以自隨，每事諮之。萇既與符登相持，問嘉曰：「吾得殺符登定天下不？」嘉曰：「略得之。」萇怒曰：「得當云得，何略之有！」遂斬之。先此，釋道安謂嘉曰：「世故方殷，可以行矣。」嘉答曰：「卿其先行，吾負債未果去。」俄而道安亡，至是而嘉戮死，所謂「負債」者也。符登聞嘉死，設壇哭之，贈太師，諡曰文。及萇死，萇子興字子略方殺登，「略得」之謂也。嘉死之日，人有隴上見之。其所造《牽三歌讖》，事過皆驗，累世猶傳之。又著《拾遺錄》十卷，其記事多詭怪，今行於世。〔註4〕

王嘉所處的年代，據《四庫全書總目》卷一四二《拾遺記》提要云：「考舊本繫之晉代，然嘉實苻秦方士，是時關中雲擾，與典午隔絕久矣，稱晉人者非也。」〔註5〕此外，王謨《增訂漢魏叢書·拾遺記跋》亦提及王嘉爲「後秦姚萇方士」。而王嘉的卒年，依《晉書》記載：因預言未來得罪姚萇，遂遇害。按姚萇於西元三八四年至三九三年在位，可知王嘉卒於西元三九三年之前。

《晉書》記載，王嘉「不衣美麗」。此乃因其不肯出仕，而過著自食其力的拮据生活。《拾遺記》卷三第九則中，描寫子韋「不服寶衣，不甘奇食」的生活，正是王嘉本身的寫照。在這種險惡困頓的環境中，他始終保持高潔的

〔註4〕參見（唐）房玄齡等撰《晉書》（臺北：鼎文書局，1979 年 7 月）卷九十五列傳第六十五〈藝術〉，頁 2496～2497。

〔註5〕同註2。

情操，不為權勢利祿所動。苻堅數次請他出仕，都遭拒絕。當時王公顯官也都「躬往參詣」，而每問世事，他只是「好為譬喻，狀如戲調」，不肯在統治者面前卑躬曲膝。

而《晉書》也為王嘉添增神異色彩，此為時代使然。自漢成帝之後，佛教東漸，至晉代釋道已呈合流之勢。讖緯之學尤為盛行，許多文人都受到不同程度的浸染，王嘉自難例外。何況《晉書》是他人為王嘉立傳，其中多所傳聞。根據記載：王嘉能知「未然之事」，且「事過皆驗」。例如：當苻堅準備南征時，曾派人前來請教，王嘉只答以「金剛火強」四字。苻堅不明白其中奧祕，又來探問世祚如何？王嘉僅答「未央」二字。倖臣們盡以為吉言，未料次年苻堅果然兵敗淮南。原來這一年是癸未年，「未央」是未年苻堅遭殃之意。又如：淝水戰後，姚萇直入長安與苻登相持，問王嘉是否能殺苻登而定天下？王嘉因回答「略得之」而遇害。及姚萇死，其子興字子略，才殺苻登以定天下，正應驗王嘉所謂「略得」之意。而王嘉遇害之日，竟有人在隴上看見他。

以上種種靈異事蹟，在《高僧傳》初集卷五〈釋道安傳〉附〈王嘉傳〉、《雲笈七籤》卷一百一十〈洞仙傳〉、曾慥《類說》三引《神仙傳》「未央」條，及趙道一《歷世真仙體道通鑑》卷二十八「王嘉」一則中，皆有大同小異的描述。而對於王嘉被誅之時，又有更詳盡的敘述，如：

> 萇怒誅嘉及二弟子。萇先使人隴右，逢嘉將弟子，計已千餘里，正是誅嘉日也。萇令發棺，並無尸，各有竹杖一枚。〔註6〕

王嘉身處中國歷史上最黑暗、動盪的時代。因此，他不出仕，選擇隱居生活。而這種生活環境，或多或少為他提供了廣大的藝術視野及創作泉源。同時，也為《拾遺記》注入始無衰竭的藝術魅力。著作除《拾遺記》外，還有《牽三歌讖》一卷，並曾撰禹步道經。〔註7〕

三、蕭綺小考

有關蕭綺的生平，於史無可考。嚴可均《全梁文》卷二十四記載：「綺爵里未詳，梅鼎祚以為梁人。」據此推測，蕭綺可能為宗室貴族，按我國姓名排行的習慣，和蕭統、蕭綜、蕭綱等是同輩。他在自序中提到書籍亡散：「宮室榛蕪，書藏堙毀，……皇圖帝冊，殆無一存。」頗似貴族口吻，與一般「書闕有間」、

〔註6〕見曾慥《類說》三引《神仙傳》「未央」條。
〔註7〕見《道藏》正一部滿字號《洞神八帝玄變經》。

「載籍殘缺」的說法迥異。而且，史稱梁武帝諸子並好學能文，他本人又對陰陽緯候卜筮占決之書頗有研究。蕭綺若為梁武帝晚輩，很可能世其家學，受其影響。所以，在《拾遺記》「錄語」中談到緯書，表現非常內行。〔註8〕

第二節　成書背景

　　每一時代文學作品的形式與內容，常因社會環境的不同，而呈現不同的形態。《拾遺記》一書，一方面受當時文藝思潮的支配，但同時也足以反映當代社會風尚和社會制度的動態。

　　自東漢崩潰以後，魏、蜀、吳三國之間形成鼎足割據的局面。在連年戰亂中，生產已遭到嚴重的破壞，人民除大量被屠殺外，還飽受疾疫災荒的襲擊，流離顛沛，生活幾乎陷入絕境。西晉建立後，統一的局面維持不久，就爆發「八王之亂」。緊接著又是各少數民族入侵，晉室南遷。在惡劣的政治環境之外，又加上民族衝突。在這樣的環境中，不論是士族或平民都有朝不保夕的危險。因此，自然萌生逃避現實、追求麻醉的出世思想。魯迅在〈中國小說的歷史變遷〉中指出：「從漢末到六朝為篡奪時代，四海騷然，人多抱厭世主義；加以佛道二教盛行一時，皆講超脫現世，晉人先受其影響，於是有一派人去修仙，想飛昇，所以喜服藥；有一派人欲永遊醉鄉，不問世事，所以好飲酒。」〔註9〕修仙的成為方士，飲酒的成為名士。二者共同致力鬼神靈異的傳播渲染。《拾遺記》就在這種社會環境中產生。以下分為政局紛亂、方術盛行、佛教傳播等三方面，探討其成書背景。

一、政局紛亂

　　東漢章帝以後，外戚、宦官相衝突，造成社會政治動蕩不安。至靈帝時，終於釀成「黃巾之亂」。東漢國勢漸弱，曹操趁機挾天子（獻帝）以令諸侯，形成使中國陷於長期分裂狀態的三國時代。

　　魏元帝咸熙二年，司馬炎篡位自立為晉武帝。咸寧六年，滅吳，統一中國百年來的割據局面。武帝鑑於魏無宗族夾輔，王室孤立，以致覆滅，而大

〔註8〕參見（晉）王嘉撰，（梁）蕭綺錄，齊治平校注《拾遺記》（臺北：木鐸出版社，1982年2月）前言部分，頁4。

〔註9〕收錄於魯迅：《中國小說史略》（濟南：齊魯書社，1997年11月）附錄，頁357。

封同姓爲王，卻演成日後骨肉相殘的慘劇，史稱「八王之亂」。歷時十六年，使朝廷陷於無主狀態。懷帝即位，積極圖治。但東海王越擁兵自固，而匈奴、鮮卑、氐、羌、羯等族勢力強盛。終於永嘉五年，爆發「永嘉之亂」，導致西晉滅亡。中原淪陷胡人之手，瑯琊王司馬睿重建政權於江左。從此南北對峙，戰爭不息，歷時二百七十餘年，成爲中國歷史上三大分裂時期之一。〔註 10〕由此可知，魏晉是中國歷史轉變的關鍵點。傅斯年曾說：

> 唐虞三代以至秦漢，君天下者皆號黃帝子孫……下迄魏晉，二千餘年間，政治頻革，風俗迥異，而有一線相承，歷世不變者，則種族未改是也……但有變夷，而無變夏。於漢族之所以爲漢族者，無增損也。至於晉之一統，漢族勢力已成外彊中乾之勢，永嘉建寧之亂，中原舊壤，淪於朔胡……故西晉之亡，非關一姓之盛衰，實中原之亡也……迄於陳亡，而中國盡失矣。〔註 11〕

在這歷史轉捩點中，政治是「世歷三朝，篡代相聞」。〔註 12〕

從東漢末年到南北朝結束，約四百年的時間，中國長期處於動亂中。戰爭、天災使社會產生破壞，人民大量死於戰爭的屠殺和饑饉。因此，《拾遺記》中成仙得道、仙境樂土的描述設想，是對死亡、饑荒等威脅的逃避，可抒解當時社會所面對的情緒壓力。

二、方術盛行

《史記・封禪書》：

> 自齊威、宣之時，騶子之徒，論著終始五德之運；及秦帝，而齊人奏之，故始皇采用之。而宋毋忌、正伯僑、充尚、羨門高，最後皆燕人，爲方僊道，形解銷化，依於鬼神之事。騶衍以陰陽主運顯於諸侯，而燕、齊海上之方士，傳其術不能通，然則怪迂阿諛苟合之徒自此興，不可勝數也。〔註 13〕

〔註 10〕參見王師國良：《魏晉南北朝志怪小說研究》（臺北：文史哲出版社，1984 年 7 月），頁 14～15。

〔註 11〕參見傅斯年：《傅斯年全集》（臺北：聯經出版事業公司，1980 年 9 月）第四冊，頁 179。

〔註 12〕參見何啓民：《竹林七賢研究》（臺北：中國學術著作獎助委員會，1966 年 3 月），頁 148。

〔註 13〕參見（日）瀧川龜太郎：《史記會注考證》（臺北：洪氏出版社，1986 年 9 月）

可見戰國時方士神仙和陰陽家的思想，對秦漢朝野產生影響力。因為秦始皇的迷信，自然形成上有好者，下必甚焉的現象。使朝野都籠罩著一片迷信氣氛，所以當秦二世時，首先發難的陳勝、吳廣，便利用篝燈野火而作狐語，以為起義的號召；漢高祖的初興，也是借用斬白蛇而起義，到鼎立之後，便下召制定祀天的五帝之祠，崇尚神道；漢文帝也相信趙人新垣平的望氣之術。漢武帝更是敬信鬼神之祀，接近方士，李少君以「能使物卻老」，被奉為上賓。《後漢書‧方術傳序論》云：

> 漢自武帝頗好方術，天下懷挾道藝之士，莫不負策抵掌，順風而屆焉。後王莽矯用符命，及光武尤信讖言，士之赴趨時宜者，皆騁馳穿鑿，爭談之也。故王梁、孫咸名應圖籙，越登槐鼎之仕；鄭興、賈逵以附同稱顯；桓譚、尹敏，以乖忤淪敗。自是習為內學，尚奇文，貴異數，不乏於時矣。〔註14〕

可見至東漢以後，方術如日中天，在政治社會的基礎更加穩固雄厚。又因東漢末年政治的腐敗，社會經濟的破產，經術的混淆，方士乃乘機而起，將方術發展成為道教，在鄉間宣傳、推動。更有張道陵的五斗米道、張角的太平道應運而生。

後五斗米道雖似亡，其實卻流為盛行於魏晉時的天師道，愚者仍敬之如神。當時道教之所以能妖術惑眾，主要是其萬物精靈說的盛行。《抱朴子‧登涉篇》中提及：

> 萬物之老者，其精悉能假託人形，以眩惑人目而常試人，唯不能於鏡中易其真形耳。〔註15〕

不過此思想還是源自農業社會的傳統民間信仰。於是那些由來甚久的迷信，如：淫祀、厭詛等，及方術家大力提倡的圖讖、卜筮、占夢、相術等，也就傳播日廣，而在民間有極龐大的勢力。其實它不但在民間得到普遍的信仰，在公卿士大夫間，也同樣受到歡迎。曹氏父子在理智上是排斥方士的，以為這些人只是接奸詭以惑人。但在感情上，對方士的養生諸術，未嘗不動心。如華陀治曹操的頭風眩，明知其神祕，而希冀萬一的或然；明知其無驗，而

卷二十八〈封禪書第六〉，頁 501～502。
〔註14〕參見（南朝宋）范曄：《後漢書》（臺北：鼎文書局，1981 年 4 月）卷八十二上〈方術列傳〉第七十二上，頁 2705。
〔註15〕參見李中華注譯：《新譯抱朴子》（臺北：三民書局股份有限公司，1996 年 4 月）內篇卷十七〈登涉〉，頁 417。

想得萬一之有效。而吳國的孫權則非常相信方士，如吳範等人，以占驗顯用，幾及封侯。此外，由《晉書·藝術傳》中也可看出方術盛行的情況，例如：王嘉「不服五穀，不衣美麗，清虛服氣……所造牽三歌讖，事過皆驗。」可知從東漢末年至六朝初期，朝野上下仍被巫風所籠罩。東晉以後，雖然佛教逐漸盛行，在社會上頗能與道教分庭抗禮，但是它和道教原就頗有相通之處，因此更加濃人們精神世界的神祕色彩。

據皮錫瑞《經學歷史》四、「經學極盛時代」章云：

漢有一種天人之學，而齊學尤盛。伏傳五行，齊詩五際，公羊春秋多言災異，皆齊學也。易有象數占驗，禮有明堂陰陽，不盡齊學，而其旨略同。〔註16〕

所謂天人之學，就是天人相與之學，說明天象與人事的關係。而所謂齊學，周予同的注解：「其學大抵混合陰陽術數，而以災異說經。」可見漢初已有經學者方士化的趨勢。而《史記·封禪書》也曾提出，戰國秦漢之際，燕齊間的方士最多。所以漢初齊人傳經者，大概和方士多少有些關係。至哀平之際，更摻入陰陽五行之說，讖緯符命之學，混爲一談。讖書是預言吉凶禍福，自然和方術有關；而緯書乃託名古代聖人，於論述經書時，混合術數與占驗，可看出經術與方術的混合。於是漢代的儒家，帶有濃厚的方士氣息，如：董仲舒、匡衡、劉向等人的作品，皆帶有此色彩。東漢儒者以博學洽聞相尚，因涉獵既廣，就不容易專守師法或家法。而且由於利祿之路使然，經師之眾，受業者日多，使經學大眾化而普及社會各階層，也因此方士大多數通經書。以《後漢書·方術傳》而言，方士所行者，原是巫醫之術，但竟能通曉五經，進而廣收門徒，儼然一大經師。又相傳魏伯陽所作的《參同契》，曾把儒道融於一爐。如此的情形，可稱爲方士的經學化。魏晉以後，經術與方術混合的情形依舊，而且方士更多才多藝。在《晉書·藝術傳》中所記載的方士，如：王嘉「……所造牽三歌讖，事過皆驗」，因此能造成方術盛極一時。

同時，方士具有前知吉凶、醫療病祟、通曉地理物產等才能，並藉著服食、導引、行房中術、帶符圖及煉丹等方法，帶給人們延年益壽、長生不老的理想。這正是它令人產生信仰的基礎。例如《拾遺記》卷六所載：

靈帝初平三年，遊於西園，……帝盛夏避暑於裸遊館，長夜飲宴。

〔註16〕參見（清）皮瑞錫撰，（民國）周予同注《經學歷史》（臺北：漢京文化事業有限公司，1983年9月），頁106。

帝嗟曰：「使萬歲如此，則上仙也。」〔註17〕

對於享盡人間榮華富貴的人，長生不老正是他們夢寐以求的；而對於現實生活中感到痛苦的人，神仙正是他們在幻想中對現實缺陷的彌補和安慰。因此，方士提出修仙的方術，撰寫成書，藉著時空的隔閡和一些固有的傳說，援引荒渺之世，稱道絕域之外，以長生不死、吉凶禍福來感召人。

三、佛教傳播

在魏晉南北朝時期，盛行因果報應之說。而在中國固有的思想中，早已存在著以天爲主宰的現世報應觀念。例如《詩經‧大雅‧大明》：「維此文王，小心翼翼。昭事上帝，聿懷多福。厥德不回，以受方國。」〔註18〕又如《書經‧君奭》：「天降喪于殷。」〔註19〕由於文王有德，所以受天命而有天下；商紂暴虐，因而天降喪亂。此時天帝扮演政治倫理的主宰，唯有德者能受之於天。除爲政之道外，天亦具有鑒臨下民，賞善罰惡的能力。例如《老子》七十九章：「天道無親，常與善人。」〔註20〕《易經‧坤》文言曰：「積善之家必有餘慶，積不善之家必有餘殃。」〔註21〕此時的天帝，可突破人世間的一切阻力，而對人們的行爲作公正的審判，成了約束個人行爲的道德信念。

除了鑒臨下民的天帝，自然界的天地山川諸神、人死後之鬼神，也都具有賞善罰惡的能力。例如《墨子‧明鬼下》云：「古今爲鬼，非他也，有天鬼，亦有山木鬼者，亦有人死爲鬼者。」從人相信死後爲鬼，靈魂不失的觀念，並進而相信鬼魂有超自然力量，對人的行爲或善或惡，「鬼神之明必知之」，又：「鬼神之罰不可爲富貴、眾強、勇力、強武、堅甲之兵（所阻），鬼神之罰必勝之」，其至貴爲天子、富有天下者亦不免鬼神之罰：「鬼神之所賞，無小必賞之。鬼神之所罰，無大必罰之」正因古人相信鬼魂有超人能力，所以能對人的行爲進行監視、賞罰。這正是中國固有賞善罰惡、禍福相報的觀念。

〔註17〕 參見（晉）王嘉撰，（梁）蕭綺錄，齊治平校注《拾遺記》（臺北：木鐸出版社，1982 年 2 月），頁 144～145。
〔註18〕 參見（漢）毛亨傳，鄭玄箋，（唐）孔穎達疏《毛詩正義》（十三經注疏本第 2 冊，藍燈文化事業公司）卷第十六之二〈大明〉，頁 541。
〔註19〕 參見（漢）孔安國傳，（唐）孔穎達等正義《尚書正義》（十三經注疏本第 1 冊，藍燈文化事業公司）〈君奭〉第十八，頁 244。
〔註20〕 參見嚴靈峰：《老子達解》（臺北：華政書局，1983 年 8 月）第七十九章，頁 404。
〔註21〕 參見（魏）王弼，（晉）韓康伯注，（唐）孔穎達疏《周易正義》（十三經注疏本第 1 冊，藍燈文化事業公司）卷第一〈坤〉，頁 20。

佛教大約在東漢時傳入中國。傳入之初，為求能在中國立足生根，於是與流傳於當時社會的神仙、方術之說相結合。在它的外表上，粉飾一層屬於中國傳統的色彩〔註22〕佛教大興於魏晉南北朝的原因很多，〔註23〕現實社會的紛擾不安、戰禍的連綿不絕，當是促使它大盛的最主要原因。〔註24〕佛教教人寄希望於來生，自然成為群眾尋求安慰的心靈寄託。而佛教教義宣傳「行惡必有累劫之殃，修善使有無窮之慶，論罪則有幽冥之司，語福則有神明之祐」，〔註25〕又能與上述中國固有的報應觀念──賞善罰惡、禍福相報的想法不謀而合。因此，佛教三世報應、依業輪迴之說便能乘勢興起、盛行。

佛教的輪迴主體是「業」。「業」，是實體的緣起，〔註26〕指自我在昏迷盲目的欲念下，由欲生意向、意向生業果的活動結果，此結果再生出具體的生命，造成繼續之流轉、輪迴。〔註27〕而因果報應便是建立在此輪迴的基礎上，認為現行之苦樂，乃緣於過去自己行為活動所決定的「業」果，同時為求得未來之善果，必須現在多積「善業」。所謂的「三世報應」，即因生命依業輪迴，善惡各得其果，因而果報之說便可延至前世來生，而形成佛家的三世報應說。由《廣弘明集》卷五中可見三報論的內涵：

> 經說業有三報：一曰現報，二曰生報，三曰後報。現報者，善惡始
> 於此身，即此身受。生報者，來生便受。後報者，或經三生、百生、

〔註22〕參考卿希泰：《中國道教思想史綱第一卷──漢魏兩晉南北朝時期》（臺北：木鐸出版社，1986年6月），頁237。

〔註23〕湯錫予認為佛教大興於魏晉的原因，有四：一是禍福報應之說的影響所及；二是得助於魏晉之清談；三是戎狄雜居，胡人執政所致；四是譯經之風的盛行。（見《漢魏兩晉南北朝佛教史》，臺北：鼎文書局，1985年1月，頁188～191）薩孟武在〈南北朝佛教流行的原因〉一文中指出：社會的紛亂使人民思想傾向於宗教，而「因果報應」、「三世因果」之說，更在上下不同的階層裏，發生影響。而國家賦稅政策對僧侶的禮遇，也是促使其發達的原因之一。（見《大陸雜誌》第二卷第十期，1951年5月31日。）

〔註24〕燕國材在《漢魏六朝心理思想研究》（長沙：湖南人民出版社，1984年，頁217）中所說：「南北朝時期的總的特點是：社會極端動盪，王朝極端腐敗，人民極端怨望，佛教極端流行。而後一者則正是前三者當時在意識形態上的必然反映。」

〔註25〕見《弘明集》卷六釋道恆「釋駁論」（收錄於大本原式精印四部叢刊正編本第二四冊，臺北：臺灣商務印書館，民國1979年11月）。

〔註26〕參見李世傑：《原始佛學哲學史──印度佛教哲學史》（臺北：臺灣佛教月刊社，1964年6月8日），頁59～60。

〔註27〕參見勞思光：《中國哲學史》（臺北：三民書局股份有限公司，1981年1月）第二卷第三章，頁186～188。

千生，然後乃受。受之無主，必由於心，心無定司，感事而應，應
有遲速，故報有先後。先後雖異，咸隨所遇而爲對。對有強弱，故
輕重不同。斯乃自然之賞罰，三報之大略。〔註28〕

三世報應說肯定了善惡報應之必然性。使人覺悟自己是受因果理法的支配，
而在三世中輪迴。這種輪迴報應的觀念，深植人心。例如《魏書》卷一百一
十四〈釋老志〉所記：

生生之類，皆因行業而起。有過去、當今、未來，歷三世，識神常
不滅。凡爲善惡，必有報應。〔註29〕

此外，當時有六朝志怪小說直接取材於佛典，或題材取之於佛教徒的情
形。例如：《舊雜譬喻經》「梵志吐壺」一文，則成爲《拾遺記》「道術人尸羅」、
《靈鬼志》「外國道人」及《續齊諧記》「陽羨書生」取材的來源。

第三節　書名由來

　　《拾遺記》，又稱《王子年拾遺記》、《王子年拾遺》。〔註30〕「王子年」
一詞，是外加的，目的在明示此書的作者，「拾遺記」才是眞正的主體。

　　《拾遺記》所記上自庖犧下迄石虎，歷述各代正史之外的遺聞軼事。其
所載史事，雖「十不一眞」，〔註31〕但總還有些許「眞」的存在。特別是秦、
漢以後，神話的成分漸少，傳說的成分加多。其中的遺聞軼事，頗足以補史
之闕文。劉知幾在《史通·雜述篇》中提到：「國史之任，記事記言，視聽不
該，必有遺逸，於是好奇之士，補其所亡。」〔註32〕因此，書名「拾遺」，即
拾歷史之遺而補歷史之闕，有「拾遺補闕」的意思。〔註33〕其他小說中，具
有「拾遺」二字者，如：《大業拾遺》、《冥報拾遺》、《仙傳拾遺》等書，也同

〔註28〕　參見唐釋道宣：《廣弘明集》（大本原式精印四部叢刊正編本第二四冊，臺北：
　　　　臺灣商務印書館，1979年11月）卷五，「釋慧遠三報論」。
〔註29〕　參見《魏書》（臺北：鼎文書局，1983年12月），頁3026。
〔註30〕　參見《太平廣記》、《太平御覽》等書中，記載《拾遺記》一書有不同的名稱。
〔註31〕　參見（清）周中孚《鄭堂讀書記》（臺北：世界書局，1960年11月）卷六十
　　　　六子部十二之四小說家類四「異聞」：「……所記上起三皇，下迄石虎，事蹟
　　　　奇詭，十不一眞，徒以辭條豐蔚，頗有資於詞章。」
〔註32〕　參見（唐）劉知幾撰，劉虎如選註《史通》（臺北：臺灣商務印書館，1967
　　　　年4月），頁72。
〔註33〕　參見袁珂：《中國神話史》（臺北：時報文化出版企業有限公司，1991年5月
　　　　20日），頁217。

樣具有「拾遺補闕」之意。

此外，另有《拾遺錄》一書，在《隋書‧經籍志》、《舊唐書‧經籍志》、《新唐書‧藝文志》、《通志‧藝文略》等書中，皆題爲王嘉所撰。然而，《拾遺錄》與《拾遺記》實爲同一書。檢視《太平廣記》及《太平御覽》所引《拾遺錄》的文字，即可證明。試舉例說明如下：

1. 《太平御覽》卷七〇九「薦蓆」一則：

> 軒皇使百辟群臣受教者，先列珪玉於蘭蒲席上。〔註34〕

卷七六九「敍舟」一則中：

> 軒皇變乘採以造舟檝，水物爲之翔踴，滄海爲之恬波。〔註35〕

又卷九三九「飛魚」一則所引：

> 仙人甯封食飛魚而死，死百年生。故甯先遊涉七言頌云：「菁藻灼爍千載舒，萬齡蹔死餌飛魚。」〔註36〕

以上三則，皆爲《拾遺記》卷一第三則〈軒轅黃帝〉中的文字。〔註37〕

2. 《太平廣記》卷四六三〈鸛〉一則：

> 幽州之墟，羽山之北，有善鳴禽，人面鳥喙，八翼一足，毛色如雉，行不踐地，名曰鸛，其聲似鐘磬笙竽也。世語曰：「青鸛鳴，時太平。」乃盛明之世，翔鳴藪澤，音中律呂，飛而不行。禹平水土，栖於川岳，所集之地，必有聖人出焉。自上古鑄諸鼎器，皆圖像其形，銘讚至今不絕。〔註38〕

此則見於《拾遺記》卷一第十則〈唐堯〉中。〔註39〕

3. 《太平廣記》卷四〇八〈金薹草〉

> 晉武帝爲撫軍時，府內後堂砌下，忽生異草三株，莖黃葉綠，若惣金抽翠，花絛苒弱，狀如金薹。時人未得知是何祥瑞也，故隱蔽，不聽外人窺眂。有羌人姓姚名馥，字世芬，充廄養馬，妙解陰陽之

〔註34〕參見（宋）李昉等撰《太平御覽》（臺北：臺灣商務印書館，1975 年 4 月）卷第七百九「服用部」「薦蓆」，頁 3291。

〔註35〕同註 34，卷第七百六十九「舟部二」「敍舟中」，頁 3542。

〔註36〕同註 34，卷第九百三十九「鱗介部十一」「飛魚」，頁 4305。

〔註37〕同註 17，頁 8～9。

〔註38〕參見（宋）李昉等編《太平廣記》（臺北：明倫出版社，1971 年 10 月）卷第四百六十三「禽鳥四」〈鸛〉，頁 3803～3804。

〔註39〕同註 17，頁 22。

術，云：「此草以應金德之瑞。」馥年九十歲，姚襄即其祖也。馥好讀書，嗜酒，每醉歷月不醒，於醉時，好言王者興亡之事。善戲笑，滑稽無窮，常歎云：「九河之水，不足以爲蒸薪，七澤麋鹿，不足以充庖俎。每言凡人稟天地精靈，不知飲酒者，動肉含氣耳。何必土木之偶而無心識乎？」好啜濁嚼糟，恆言渴於醇酒。群輩常弄狎之，呼爲渴羌。及晉武踐位，忽見馥立於階下，帝奇其俏儻，擢爲朝歌邑宰。馥辭曰：「氐羌異域，遠隔風化，得遊中華，已爲殊幸，請辭朝歌之縣，長充馬圉之役，時賜美酒，以樂餘年。」帝曰：「朝歌郡紂之故都，地有酒池，故使老羌不復呼渴。」馥於階下，高聲而應曰：「馬圉老羌，漸染皇教，溥天夷貊，皆爲王臣，今者歡酒池之樂，受朝歌之地，更爲殷紂之比乎？」帝撫玉几大悅，即遷爲酒泉太守。其地有清泉，其味如酒。馥乘酒而拜之，遂爲善政，民爲立生祠。後以府地賜張華，猶有此草，故茂先金蓋賦云：「擢九莖於漢庭，美二株於茲館，貴表祥乎金德，名比類而相亂。」至惠帝咸熙元年，三株草化爲樹，條葉似楊樹，高五尺，以應三楊擅權之事。時有楊雋、弟瑤、弟濟，號曰三楊。醉羌之驗也。〔註40〕

及《太平御覽》卷七四三「消渴」一則：

晉武帝爲撫軍時，羌人姚馥，字世芬，姚襄即其祖也。好啜嚼濁糟，言渴於醇酒。群輩常狎之，呼爲渴羌，爲朝歌邑長。馥辭之帝曰：「朝歌紂之故鄉，地有酒池，故使老羌不復呼飲。」〔註41〕

這兩則文字，與《拾遺記》卷九第一則的內容相同。〔註42〕

第四節 流傳情況

一、卷本問題

（一）卷數分合

《拾遺記》的卷數，依蕭綺序所言：「《拾遺記》者，……凡十九卷，二

〔註40〕 同註38，卷第四百八「草木三」「草」〈金蓋草〉，頁3309～3310。
〔註41〕 同註34，卷第七百四十三「疾病部六」「消渴」，頁3428。
〔註42〕 同註17，頁198～199。

百二十篇，皆爲殘缺。當僞秦之季，王綱遷號，五都淪覆，河洛之地，沒爲戎墟，宮室榛蕪，書藏堙毀。……故使典章散滅，黌館焚埃，皇圖帝冊，殆無一存，故此書多有亡散。……今搜檢殘遺，合爲一部，凡一十卷，序而錄焉。」由序中可知，王嘉《拾遺記》原書共十九卷，二百二十篇。但經歷兵亂，有所亡失，而殘缺不全。蕭綺一方面「搜刊幽秘，捃採殘落」，進行補訂；一方面又嫌原書繁冗，而加以刪削。最後改定爲十卷，並爲之敘錄。由此可見，今傳世的十卷本是蕭綺刪訂本。

不過，《拾遺記》在後世流傳的過程中，卷數的多寡，則出現歧異的情形。將歷代著錄的情況，臚列於下：

1. 《隋書・經籍志》雜史類：
   著錄《拾遺錄》二卷，僞秦姚萇方士王子年撰。又《王子年拾遺記》十卷，蕭綺撰。
2. 《舊唐書・經籍志》雜史類：
   著錄《拾遺錄》三卷，王嘉撰。又《王子年拾遺記》十卷，蕭綺錄。
3. 《新唐書・藝文志》雜史類：
   著錄王嘉《拾遺錄》三卷，又《拾遺記》十卷，蕭綺錄。
4. 《崇文總目》卷二十一傳記類：
   著錄《王子年拾遺記》十卷。
5. 《通志・藝文略》：
   著錄《王子年拾遺記》十卷，《拾遺錄》二卷。
6. 《玉海・藝文・記志篇》：
   引《中興書目・別史類》，晉王嘉撰著《拾遺記》十卷，事多詭怪，今行於世。梁蕭綺序云：本十九卷，書後殘缺，綺因刪集爲十卷。
7. 《郡齋讀書志》：
   著錄《王子年拾遺記》十卷，梁蕭綺敘錄。
8. 《直齋書錄解題》：
   著錄《拾遺記》十卷，晉隴西王嘉子年撰，蕭綺敘錄。又《名山記》一卷，亦稱王子年，即前之第十卷。
9. 《文獻通考・經籍考》子部小說家類：

　　著錄《王子年拾遺記》十卷，《名山記》一卷。

10. 《宋史·藝文志》小說家類：

　　著錄《王子年拾遺記》十卷，晉王嘉撰。

11. 《四庫全書總目提要》卷一百四十二子部小說家類三：

　　著錄《拾遺記》十卷（內府藏本）。

以上十一書，對於《拾遺記》並著錄爲十卷。而《拾遺錄》一書，《隋書》、《通志》著錄爲二卷，《舊唐書》、《新唐書》則爲三卷。但是，今無傳本。《拾遺錄》原貌如何，無從知悉。楊守敬《日本訪書志》卷八，以爲係王子年原書，無蕭綺論贊之文，又殘缺僅存者。〔註43〕

　　此外，今傳之明世德堂本及《稗海》、《漢魏叢書》、《古今逸史》、《廣漢魏叢書》、《秘書二十一種》、《四庫全書薈要》、《四庫全書》、《增訂漢魏叢書》、《百子全書》等收錄的《拾遺記》，都爲十卷。《歷代小史》、《山林經濟籍》、《無一是齋叢鈔》等本，則爲一卷刪節本。《續說郛》、《五朝小說大觀》、《古今說部叢書》各本，僅刻卷十，題曰《拾遺名山記》。

　　因此，由以上敘述可知，《拾遺記》的卷數有十卷的完足本和一卷的刪節本之分。十卷本是記載庖犧到晉時事；而一卷本則有兩種情形：一是專記諸名山的部分，一是自十卷完足本中加以節錄刊載。

（二）版本源流

　　《拾遺記》目前可見的版本，大都收在明、清所編的叢書中。比較重要的本子，又可依其性質，分爲完足本、刪節本及校注本三種，如下：

1. 完足本

（1）明世德堂本

　　明顧春輯，明嘉靖十三年吳郡顧氏世德堂仿宋刊本。題《王子年拾遺記》，十卷，晉王嘉撰、梁蕭綺錄。卷末有顧春識語：「王子年拾遺記十卷，上遡義農，下沿典午，旁及海外瑰奇詭異之說，無不具載。蕭綺復節爲之錄，搜抉典墳，符證秘隱，詞藻燦然，予因刻置家塾。或有訝其怪誕無稽者，噫！邵伯溫有云：四海九州之外何物不有，特人耳目未及，輒謂之妄。矧邃古之事，何可必爲無耶？博洽者固將有取矣。」

〔註43〕參見王師國良：《魏晉南北朝志怪小說研究》（臺北：文史哲出版社，1984年
　　　　7月），頁337。

（2）《古今逸史》本

明吳琯輯刻，明萬曆間新安吳氏校刊本。逸志合志收，題《拾遺記》，十卷，晉王嘉撰、梁蕭綺錄、明吳琯校。卷首有蕭綺序言、總目，文中每則之前，加上標題，如：春皇庖犧、炎帝神農、軒轅黃帝、少昊、顓頊、高辛、唐堯、虞舜、夏禹、殷湯、周、周穆王、魯僖公、周靈王、燕昭王、秦始皇、前漢、後漢、魏、吳、蜀、晉時事、崑崙山、蓬萊山、方丈山、瀛洲、員嶠山、岱輿山、昆吾山、洞庭山等。同時，文末附上蕭綺的錄。卷末有《拾遺記》後序，內容爲《晉書・藝術傳・王嘉》一文。

（3）《稗海》本

明商濬輯，明萬曆間會稽商氏刊本。又有明商濬輯，清李紱重訂，明萬曆間會稽商氏刊清康熙間臨川李氏修補本。第一函收，題《王子年拾遺記》，十卷，晉安陽王嘉撰。文字與世德堂本出入較大，另成一系統，而與《太平廣記》引文多同。本書分卷而無標題，卷首沒有蕭綺的序，卷末也無王嘉傳。同時，蕭綺的錄所存無幾，而又與《拾遺記》正文混雜不分，此爲全書最大的缺點。例如，卷二最後一則：「成康以降，世襪陵衰。昭王不能弘遠業，垂聲教，南遊荊楚，義乖巡狩，溺精靈於江漢，且極於幸由。水濱所以招問，《春秋》以爲深貶。嗟二姬之殉死，三良之貞節，精誠一至，視殞若生。格之正道，不如強諫。楚人憐之，失其死矣。」此段文字，實爲蕭綺的錄。但是，《稗海》本卻誤入《拾遺記》的正文。

（4）《漢魏叢書》本

明程榮輯，明萬曆間新安程氏校刊本。子籍收，題《王子年拾遺記》，十卷，晉隴西王嘉著、梁蘭陵蕭綺錄、明新安程榮校。卷首有蕭綺序言、總目，文中每則之前，加上標目，如：春皇庖犧、炎帝神農、軒轅黃帝、少昊、顓頊、高辛、唐堯、虞舜、夏禹、殷湯、周、周穆王、魯僖公、周靈王、燕昭王、秦始皇、前漢、後漢、魏、吳、蜀、晉時事、崑崙山、蓬萊山、方丈山、瀛洲、員嶠山、岱輿山、昆吾山、洞庭山等。同時，文末附上蕭綺的錄。卷末有《拾遺記》後序，乃收錄《晉書・藝術傳・王嘉》一文。最後並有《拾遺記》識，即嘉靖甲午春三月東滄居士吳郡顧春之識語。

（5）《廣漢魏叢書》本

明何允中輯刻，明末武林何氏刊本配補清刊本。載籍收，題《拾遺記》，十卷，晉王嘉撰。卷首有蕭綺的序言、總目。

（6）《秘書二十一種》本

清汪士漢輯，清康熙七年新安汪氏刊印本，據《古今逸史》板片重印。又有清嘉慶乙丑（十年）新安汪氏重刊本。題《拾遺記》，十卷，晉王嘉撰、梁蕭綺錄。卷首有蕭綺序文，後附「新安汪士漢考述」一文。

（7）《四庫全書薈要》本

清乾隆間紀昀等編。子部第三十三冊小說家類收，題《拾遺記》，十卷，苻秦王嘉撰。卷首有《拾遺記》提要：「秦王嘉撰。嘉字子年，隴西安陽人，事蹟具《晉書·藝術傳》。考舊本繫之晉代，然嘉實苻秦方士，是時關中雲擾，與典午隔絕久矣，稱晉人者非也。其書本十九卷，二百二十篇，後經亂亡殘闕，梁蕭綺搜羅補綴，定爲十卷，並附著所論，命之曰《錄》，即此本也。綺序稱『文起羲、炎以來，事迄西晉之末』，然第九卷記石虎燋龍，至石氏破滅，則事在穆帝永和六年之後，入東晉久矣，綺亦約略言之也。嘉書蓋倣郭憲《洞冥記》而作，其言荒誕，證以史傳皆不合，如皇娥讌歌之事，趙高登仙之說，或上誣古聖，或下獎賊臣，尤爲乖迕。綺錄亦附會其詞，無所糾正。然歷代詞人，取材不竭，亦劉勰所謂『事豐奇偉，辭富膏腴，無益經典，而有助文章』者歟。《虞初》九百，漢人備錄，六朝舊笈，今亦存備採掇焉。」文末並署「乾隆四十一年四月恭校上。總纂官臣紀昀臣陸錫熊臣孫士毅，總校官臣陸費墀」。但是，沒有蕭綺的序、總目。文中每則之前，沒有標目。文末也無蕭綺的錄。

（8）《四庫全書》本

清乾隆間永瑢、紀昀等編。子部十二小說家類二異聞之屬收，題《拾遺記》，十卷，晉王嘉撰。此本爲清乾隆間，四庫館臣據《漢魏叢書》本傳抄，內容與其相同。卷首有《拾遺記》提要（同《四庫全書薈要》本），文末並署「乾隆四十三年七月恭校上。總纂官臣紀昀臣陸錫熊臣孫士毅，總校官臣陸費墀」。

（9）《增訂漢魏叢書》本

清王謨輯刻，清乾隆五十六年金谿王氏刊本。又有清光緒紅杏山房刊本、三餘堂刊本、宣統上海大通書局石印本。載籍收，題《拾遺記》，十卷，晉隴西王嘉著、南昌胡鳳藻校。此本據何允中《廣漢魏叢書》原本翻刻，內容完全相同，文字則有些微的差異。卷首有蕭綺序言、總目，文中每則之前，加上標目，如：春皇庖犧、炎帝神農、軒轅黃帝、少昊、顓頊、高辛、唐堯、

虞舜、夏禹、殷湯、周、周穆王、魯僖公、周靈王、燕昭王、秦始皇、前漢、後漢、魏、吳、蜀、晉時事、崑崙山、蓬萊山、方丈山、瀛洲、員嶠山、岱興山、昆吾山、洞庭山等。並於正文旁，附加句號（。）或讀號（、）。同時，文末有蕭綺的錄。卷末有王謨識語：「右王嘉《拾遺記》，梁蕭綺錄，共十卷。《文獻通考》又以《拾遺記》第十卷別爲《名山記》一卷，實祇一書，卷數分合不同爾。嘉字子年，隴西人，後秦姚萇方士，有列傳《晉書·藝術》，亦言其《拾遺記》記事多詭怪。昔太史公嘗病百家言黃帝，文不雅馴；而嘉乃鑿空著書，專說伏犧以來異事。其甚者，至以《衛風·桑中》託始皇娥，爲有濫佚之行。誣罔不道如此，其見殺於萇，非不幸也！二《志》廁之《雜史》，謬矣！《通考》以入《小說家》，尚爲近之。」今藝文印書館《百部叢書集成》本，即據此本影印。

（10）《百子全書》本

清崇文書局輯，清光緒元年，湖北崇文書局刊。題《拾遺記》十卷，晉隴西王嘉撰、梁蕭綺錄。此本乃據《增訂漢魏叢書》本重刻。卷首有蕭綺的序、總目，文中每則之前，加上標目，如：春皇庖犧、炎帝神農、軒轅黃帝、少昊、顓頊、高辛、唐堯、虞舜、夏禹、殷湯、周、周穆王、魯僖公、周靈王、燕昭王、秦始皇、前漢、後漢、魏、吳、蜀、晉時事、崑崙山、蓬萊山、方丈山、瀛洲、員嶠山、岱興山、昆吾山、洞庭山等。在文末，並附上蕭綺的錄。

2. 刪節本

（1）《類說》本

南宋高宗紹興初年，曾慥取自漢以下百家小說，採掇事實，編纂成書。卷五收錄《拾遺記》，題晉王嘉撰。文中每則之前，加上標題，如：青虹、丹藥霞漿、昆臺、召百辟受教、甯封食飛魚、窮桑、鍾磬聲振百里、夢吞日生子、丹石、寶露、三壺、青鸞、貫月槎、鳥吐五色氣、河精、黃龍玄龜、玉簡、傅說夢乘雲、蜂舟、泥離國來朝、鳳鶵、綠囊中丸散、師延奏曲、比翼鳥、八駿、玉帳高會、仁鳥、水精之子、黃髮五老、寶井、玄天女、肘間金壺、指端出浮圖、螺舟、子午臺、趙高懷中青丸、紫琉璃帳、雲雷宮、崆峒靈瓜、瓊廚金穴、兩舌重音、夜舒荷、太一之精、舌耕、經神經苑、行尸走肉、書倉、針神、辟寒金、機絕針絕絲絕、囈語通周易、九鼎、招涼珠、白獺髓、百濯香、青衣撲火、九醞酒、頻斯國、側理紙、房老、瑤臺、芳塵、金霧、頗稜、怨碑、帝辛枕、泥封、淫泉、龍駒島、蓬萊山、不周之粟、冰

蠶、金堂、玉錢、碧霜、玉人、夜明苔、鑄兔腎爲二劍、月鏡、神龜、八鴻、璿宮等，共節錄八十二則。其中，「頗稜」、「龍駒島」、「碧霜」、「璿宮」等四則，並非《拾遺記》的原文。例如：「頗稜」一則，出自《嘉話錄》；「龍駒島」一則，出自《述異記》。

（2）《紺珠集》本

不題編輯者名氏，或云朱勝非編。卷首有南宋紹興六年王宗哲序。本書鈔撮說部，摘錄數語，體例與《類說》相近。卷八所收，題《拾遺記》，晉王嘉撰。文中每則之前，加上標題，如：華胥洲、青虹繞神母、丹渠、黍龍圃、霞漿、九穗禾、昆臺、沉榆之香、沙瀾、沙海、璇宮夜織、浮金鍾、貫月查、重明集、五老、珠丘、玉簡量天地、乘雲繞日、蜂旗、雲實、鵲扇、冰荷、冰桃碧藕、百子蓮、靜瑟、解糜絨、月鏡、手畫日月、方瞳老叟、金壺龍檢、寶井、縈塵、指端浮圖、螺舟、子午臺、金銀鳬鳥、雲雷宮室、崆峒靈瓜、一土三田、不雷雨、瓊廚金穴、經神學海、經苑、書倉、針神、絲絕、百濯香、九醞酒、玉錢、側理紙、金苔、房老、瑤臺十二、芝田蕙圃、嗅石獸、干將莫邪、三壺、八鴻、鼎兆休咎、師涓四時樂、消暑招涼珠、太一吹青黎、舌耕、望舒草、芳塵、粘雨、四面風、袪塵風、金霧、風扇、龍蒭、紺霜、璿宮、續脉、毛車、甜雪、雲薇、頗陵、八駿名等，共節錄七十九則。其中，「紺霜」、「璿宮」與《類說》之「碧霜」、「璿宮」文字完全相同。而「龍蒭」、「頗陵」二則，也見於《類說》，僅文字上略有出入。但是，「風扇」、「龍蒭」、「紺霜」、「璿宮」、「毛車」、「頗陵」等六則，並非《拾遺記》的原文。「龍蒭」，《太平廣記》卷四○八注出《述異記》；「頗陵」，則出自《嘉話錄》。

（3）《說郛》本

明陶宗儀編，舊鈔本。卷三十收，題《拾遺記》，十卷，晉王嘉撰。實未分卷，僅載標目爲：春皇庖犧、炎帝神農、軒轅黃帝、少昊、顓頊、高辛、唐堯、虞舜、夏禹、殷湯、周、周穆王、魯僖公、周靈王、燕昭王、秦、漢、魏、吳、蜀、晉、諸名山等二十八則。同時，文末缺少蕭綺的錄。

（4）《歷代小史》本

明李栻輯，明萬曆丙戌（十四年）刊本。題《王子年拾遺記》，一卷，晉隴西王嘉撰。僅載庖犧至晉時事。缺〈崑崙山〉至〈洞庭山〉等八則。每則之前，加上標題，如：春皇、炎帝、軒轅、少昊、顓頊、高辛、唐堯、虞舜、

夏禹、殷湯、周、穆王、魯僖公、周靈王、燕昭王、秦始皇、前漢、後漢、魏、吳、蜀、晉時事等。同時，文末缺少蕭綺的錄。

（5）《續說郛》本

明陶宗儀輯，陶珽重編並續，清順治丁亥（四年）兩浙督學李際期刊本。第六十六弖收，題《拾遺名山記》，一卷，晉王嘉撰。僅錄崑崙山、蓬萊山、方丈山、瀛洲、員嶠山、岱輿山、昆吾山、洞庭山等八則。此本據何允中《廣漢魏叢書》本《拾遺記》第十卷重印，內容完全相同，文字僅有極小的差異。

（6）《五朝小說大觀》本

明無名氏輯，民國十五年上海掃葉山房石印本。此本據《續說郛》板片重印。卷一魏晉小說傳奇家收，題《薛靈芸傳》，一卷，及《麋生瘞艸記》，一卷，晉王嘉撰。共八則，每則之前，加上標目，如：崑崙山、蓬萊山、方丈山、瀛洲、員嶠山、岱輿山、昆吾山、洞庭山等。正文旁，附加句號（。）。同時，文末並附上蕭綺的錄。

3. 校注本

（1）《拾遺記》

齊治平校注。民國七十一年二月，木鐸出版社影印本。本書前有齊治平的自序，及蕭綺序。書末有《拾遺記》佚文，並有傳記資料、歷代著錄及評論兩則附錄。本書校訂部分，以明世德堂翻宋本作為底本，參校《稗海》本、《說郛》本、《漢魏叢書》本、《古今逸史》本、《二十一種秘書》本、《增訂漢魏叢書》本，及毛扆校本。並取《藝文類聚》、《北堂書鈔》、《太平廣記》、《太平御覽》、《類說》、《紺珠集》、《路史》等所引《拾遺記》文字，相互校正。遇有疑難之處，則援引相關資料，詳加考證疏釋。同時，根據《太平廣記》、《太平御覽》等類書，輯得佚文十二則。因此，這本以世德堂本為主，參考眾本及類書古注的資料，作成校注，兼輯佚文的本子，最稱完備，故以此書做為本文撰述的依據。

（2）《拾遺記譯注》

孟慶祥、商嫩姝譯注。一九八九年四月，黑龍江人民出版社排印本。本書前有撰者自序。其校訂部分以明世德堂翻宋本為底本，並參酌《稗海》本、《漢魏叢書》本、《二十一種秘書》本，及齊治平校注的《拾遺記》。書中除將每一則文字加以校釋外，並附上譯文。

二、類書採錄

《拾遺記》在隋末、唐初，已引起虞世南、歐陽詢等類書家的青睞。而唐徐堅的《初學記》、白居易的《白氏六帖事類集》，也多有採錄。北宋以後，此書流傳更廣。李昉等人所編的《太平廣記》、《太平御覽》，及吳淑注《事類賦》，採錄尤多。而宋、元、明、清各代所編纂的類書，例如：宋羅泌的《路史》、清代的《古今圖書集成》……等書，或全篇抄錄，或略事刪節，多有採擷。試舉例說明如下：

唐虞世南在《北堂書鈔》卷一「鬚」，卷九四「瑠璃為魚」，卷一二八「倒龍」，卷一三三「青鳳毛」、「黃莞薦」、「青筎」，卷一三四「虎頭」，卷一三六「鳳釵」，卷一三七「蠡舟」、「羽人乘蠡舟」，卷一四○「碧玉輦」，卷一四二「璭珉膏」，卷一四四「桂漿」，卷一五○「瓊兔」，卷一五二「香露」、「甜雪」，卷一五八「蛇穴」中，共引《拾遺記》十三條。其中，卷一五八「蛇穴」一則所引：

> 昔伯禹隨山浚川，起自積石，鑿龍門，至一空穴。初入空穴之時，孔方七尺。積入，幽暗不可復行，禹乃負火而入。有黑蛇長十丈，頭有角，銜夜明之珠，以導於禹。禹乃晝夜並行，計可三十餘里，魑魅莫逢，穴亦積廣，乃至一室裏，有人身如蛇鱗，坐於石上，禹與言焉。〔註44〕

文字與《拾遺記》卷二第十則稍有出入。

唐歐陽詢等人所撰的《藝文類聚》，在卷八二「苔」、「芙蕖」，卷八六「桃」、「櫻桃」，卷八九「桂」中，共引《拾遺記》七條。

徐堅奉唐玄宗敕命編撰的《初學記》，則在卷一「月」，卷二「霜」、「露」、「霧」，卷五「總載山」，卷六「總載水」、「河」，卷七「湖」、「冰」，卷一○「皇后」，卷一四「葬」，卷一五「四夷樂」、「舞」，卷一六「鼓」，卷一八「富」，卷一九「短人」，卷二○「貢獻」，卷二一「墨」，卷二二「漁」，卷二五「屏風」、「席」、「扇」、「鏡」、「燈」、「煙」，卷二六「履」、「裘」、「酒」，卷二七「金」、「珠」、「錦」、「五穀」、「芙蓉」，卷二八「奈」、「桃」、「棗」、「竹」，卷二九「馬」，卷三○「鳳」、「鶴」、「雞」、「鵲」、「魚」、「龜」，共採《拾遺記》三十三條。

《太平廣記》卷五六「女仙」，卷七一「道術」，卷七六「方士」，卷八一「異人」，卷一三五、一三七、一三九「徵應」，卷一六一「感應」，卷一七五

〔註44〕參見（唐）虞世南撰，（清）孔廣陶柱註《北堂書鈔》（臺北：宏業書局，1974年10月）卷一百五十八「地部二」「穴篇十三」，頁767。

「幼敏」，卷一九一「驍勇」，卷二〇三「樂」，卷二一〇「畫」，卷二二五「伎巧」，卷二二九、二三一「器玩」，卷二三三「酒」，卷二三六「奢侈」，卷二七二「婦人」，卷二七六「夢」，卷二八四「幻術」，卷二九一、三一五「神」，卷三一七「鬼」，卷三五九「妖怪」，卷四〇二、四〇三「寶」，卷四〇八、四一一、四一二、四一三「草木」，卷四一八、四二五「龍」，卷四三五、四四四「畜獸」，卷四五六「蛇」，卷四六〇、四六一、四六二、四六三「禽鳥」，卷四六六、四七二「水族」，卷四八〇、四八二「蠻夷」，共引用《拾遺記》八十三條。其中，卷二一〇〈烈裔〉條云：

> 秦有烈裔者，騫消國人，秦皇帝時，本國進之。口含丹墨，噴壁以成龍獸。以指歷如繩界之，轉手方圓，皆如規度，方寸內有五岳四瀆，列國備焉。善畫龍鳳，軒軒然如恐飛去。〔註45〕

文字與《拾遺記》卷四第七則的記載迥異。〔註46〕又卷四〇三〈月鏡〉一則：

> 有侍臣萇弘，巧智如流，因而得侍長夜宴樂。或俳諧儛笑，有殊俗之伎，百戲駢列，鐘石並奏；亦獻異方珍寶，有如玉之人，如龍之錦，亦有如鏡之石，如石之鏡。此石色白如月，照面如雪，謂之「月鏡」。玉人皆有機類，自能轉動，謂之「機妍」。萇弘言於王曰：「聖德所招也。」故周人以弘媚諂而卒殺之。流血成石，或言成璧，不見其尸矣。〔註47〕

也與《拾遺記》卷三第六則的記載不同。〔註48〕

《太平御覽》卷六「星」，卷八「雲」，卷九「風」、「相風」，卷一〇「雨」，卷一二「雪」、「露」，卷一四「霜」，卷一五「霧」，卷二二「夏」，卷二四「秋」，卷二九「元日」，卷五二「石」，卷六一「祥瑞」，卷七八「燧人氏」，卷一五七「敘縣」，卷一七四「室」，卷一七五「殿」，卷一七八「臺」，卷一七九「闕」，卷一八五「房」，卷一八九「井」，卷一九〇「倉」，卷一九一「府庫藏」，卷一九六「苑囿」，卷三四四「劍」，卷三四五「刀」，卷三四六「匕首」，卷三六六「耳」，卷三六七「口」、「頰」，卷三七一「腹」，卷三七二「足」，卷三七三「髮」，卷三七五「骨」、「皮膚」，卷三七六「腸」，卷三七八「短絕域人」，

〔註45〕 同註38，卷第二科一十「畫一」〈烈裔〉，頁1604。
〔註46〕 同註17，頁99～100。
〔註47〕 同註38，卷第四百三「寶四」〈月鏡〉，頁3246。
〔註48〕 同註17，頁73～74。

卷三八一「美婦人」，卷三八三「壽老」，卷三八八「跡」，卷三九二「嘯」，卷三九七「敘夢」，卷四六四「辯」，卷四七二「富」，卷五一七「姊妹」，卷五五八、五五九「冢墓」，卷五六七「四夷樂」，卷五七四「舞」，卷五七五「鍾」，卷五七六「磬」、「瑟」，卷六〇五「紙」、「硯」，卷六〇六「封泥書」，卷六一九「寫書」，卷六八二「璽」，卷六八三「印」，卷六八九「衣」，卷六九一「皷」、「單衣」，卷六九二「珮」、「環」，卷六九四「裘」，卷六九七「履」、「舃」，卷六九九「幔」、「帳」，卷七〇〇「幄」、「帷」、「簾」、「幕」，卷七〇一「屏風」、「步障」，卷七〇二「扇」，卷七〇三「唾壺」、「如意」，卷七〇四「囊」，卷七〇六「床」，卷七〇七「枕」，卷七〇八「氈」、「褥」，卷七〇九「薦蓆」，卷七一〇「几」、「杖」，卷七一一「笈」、「廚」，卷七一三「匣」，卷七一七「鏡」、「奩」，卷七一八「釵」、「指環」，卷七四三「消渴」，卷七五〇「畫」，卷七五二「巧」，卷七五七「鑪」，卷七五八「槃」，卷七六九、七七三「敘舟」，卷七七四「輦」，卷八〇三「珠」，卷八〇八「馬腦」、「水精」、「琉璃」、「虎魄」，卷八〇九「琅玕」，卷八一一「金」，卷八一三「鍮石」，卷八一四「絲」，卷八一五「錦」、「繡」，卷八一六「羅」、「紗」、「綈」、「綃」，卷八一九「紈」，卷八二〇「布」、「火浣布」，卷八二二「耕」，卷八二四「園」、「圃」，卷八二五「蠶」，卷八二六「紡績」，卷八三〇「針」，卷八三二「罝羅」，卷八三三「冶」，卷八三四「釣」，卷八四〇「粟」，卷八四一「豆」、「麻」，卷八四六「嗜酒」，卷八六二「鮓」，卷八六九「火」，卷八七〇「燈」、「燭」，卷八七一「煙」，卷八八六「魂魄」、「精」，卷八八八「變化」，卷八九一「虎」，卷八九七「馬」，卷九一五「鳳」，卷九一六「鶴」，卷九一八「雞」，卷九二一「山鵲」，卷九二二「雀」，卷九三〇「龍」、「螭」、「蛟」，卷九三一「龜」，卷九三二「鼈」，卷九三六「魚」，卷九三九「飛魚」、「海鯤魚」，卷九四〇「玄魚」，卷九五一「虱蟣」，卷九五七「桂」，卷九六二、九六三「竹」，卷九六五「棗」，卷九六七「桃」，卷九六九「櫻桃」，卷九七〇「椋」，卷九八四「藥」，卷九九九「芙蕖」，卷一〇〇〇「苔」，共採《拾遺記》九十七條。其中，卷七五二、八九一：

> 始皇二年，騫消國獻善畫之工，名烈裔。刻白玉爲兩虎，削玉爲毛，有如真矣。不點兩目睛，始皇點之即飛去。明年南郡有獻白虎二頭，始皇使視之，乃是先刻玉者。始命去目睛，二虎不復能去。〔註49〕
> 始皇二年，騫消國畫工者名烈裔，刻白玉兩虎。削玉爲毛，有如真

〔註49〕同註34，卷第七百五十二「工藝部九」「巧」，頁3469。

矣，不點兩目睛。始皇使餘工夜往，點之爲睛。旦往，虎即飛去。
明年，南郡有獻白虎二頭。始皇視之，乃是先刻玉。始皇命去目睛，
二虎不能復去。〔註50〕

文字與《拾遺記》卷四第七則的記載迥異。〔註51〕又如卷八七〇「燈」一則：

穆王東至大轍韜之谷，起春宵之宮，集諸方士，問佛道法。時已將
夜，聞殷然雷聲，伏蟄皆動，俄而有流光照於宮內。王更設常生之
燈，一名怕明；亦有鳳腦之燈，綴水蓮冰谷之花，上去燈七八尺，
不欲使烟光遠照也。西王母來，乘翠鳳之輦，共王飲會。〔註52〕

與《拾遺記》卷三第二則的記載有出入。〔註53〕

《事類賦》卷二「風」、「雲」，卷三「雨」、「露」、「霜」、「雪」，卷四「夏」，
卷五「秋」，卷六「河」，卷七「石」，卷八「火」，卷九「珠」，卷一〇「錦」，
卷一一「舞」，卷一二「衣」，卷一三「劍」，卷一四「几」、「杖」、「扇」，卷
一五「筆」、「硯」、「墨」，卷一六「舟」、「車」，卷一七「酒」，卷一八「鳳」、
「鶴」、「雞」，卷一九「烏」、「鵲」、「雀」，卷二〇「虎」，卷二一「馬」，卷二
四「竹」，卷二六「桃」、「奈」，卷二八「龍」，卷二九「魚」，共引《拾遺記》
四十三條。

三、佚文考定

（一）原書遺佚

1. 《太平御覽》卷八〇三中所引：

黃帝之子名青陽，是曰少昊，一名摯，有白雲之瑞，號爲白帝。有
鳳銜明珠置於庭，少昊乃拾珠懷之，使照服於天下。〔註54〕

當爲卷一第四則的佚文。〔註55〕

2. 《太平御覽》卷一二有：

嵊州甜雪。嵊州去玉門三十萬里，地多寒雪，霜露著木石之上，皆

〔註50〕同註34，卷第八百九十一「獸部三」「虎上」，頁4091。
〔註51〕同註17，頁99～100。
〔註52〕同註34，卷第八百七十「火部三」「燈」，頁3987。
〔註53〕同註17，頁64～65。
〔註54〕同註34，卷第八百三「珠寶部三」「珠下」，頁3697。
〔註55〕同註17，頁12～14。

融而甘，可以爲菓也。〔註56〕

以上數句，疑爲卷三第二則之佚文。〔註57〕此外，《太平御覽》卷九六五中：

> 北極有岐峰之陰，多棗樹百尋，其枝莖皆空，其實長尺，核細而柔，
> 百歲一實。〔註58〕

同爲本則佚文。

3. 《太平廣記》卷二〇三〈師曠〉一則所載，包括卷三第八則：

> 師曠者，或出於晉靈之世，以主樂官，妙辨音律，撰兵書萬篇。時
> 人莫知其原裔，出沒難詳也。晉平公之時，以陰陽之學顯於當世。
> 燻目爲瞽人，以絕塞眾慮，專心於星算音律之中。考鍾呂以定四時，
> 無毫釐之異。《春秋》不記師曠出何帝之時。曠知命欲終，乃述《寶
> 符》百卷。至戰國分爭，其書滅絕矣。〔註59〕

與卷三第九則：

> 晉平公使師曠奏清徵，師曠曰：「清徵不如清角也。」公曰：「清角
> 可得聞乎？」師曠曰：「君德薄，不足聽之；聽之，將恐敗。」公曰：
> 「寡人老矣，所好者音，願遂聽之！」師曠不得已而鼓，一奏之，
> 有雲從西北方起；再奏之，大風至，大雨隨之，掣帷幕，破俎豆，
> 墮廊瓦。坐者散走，平公恐懼，伏於廊室。晉國大旱，赤地三年。
> 平公之身遂病。〔註60〕

兩段文字，文末注「出《王子年拾遺記》」。然而卷三第九則的文字，今《拾遺記》各本均不載，因此本則當爲佚文。

4. 《太平御覽》卷一二中，有：

> 廣延之國，去燕七萬里，在扶桑東。其地寒，盛夏之日，冰厚至丈，
> 常雨青雪。冰霜之色，皆如紺碧。〔註61〕

疑爲卷四第一則的佚文。〔註62〕

5. 《太平御覽》卷八六九中：

〔註56〕同註34，卷第十二「天部十二」「雪」，頁188。
〔註57〕同註17，頁64～65。
〔註58〕同註34，卷第九百六十五「果部二」「棗」。
〔註59〕同註17，頁78。
〔註60〕同註17，頁78～79。
〔註61〕同註34，卷第十二「天部十二」「雪」，頁188。
〔註62〕同註17，頁91～92。

申彌國去都萬里，有燧明國，不識四時晝夜。其人不死，厭世則升天。國有火樹，名燧木，屈盤萬識，雲霧出於中間，折枝相鑽，則火出矣。後世聖人，變腥臊之味，遊日月之外，以食救萬物，乃至南垂。目此樹表，有鳥若鴞，以口啄木，粲然火出。聖人成焉，因取小枝以鑽火，號燧人氏，在庖羲之前，則火食起乎茲矣。〔註63〕

《路史‧前紀五》注引《拾遺記》：

燧明之國，不識晝夜，土有燧木。後世聖人游於日月之外，以食救物，至於南垂，觀此燧木，有鳥類鴞，啄其枝則火出，取以鑽火，號燧人氏，在包羲氏之前，蓋火山國也。〔註64〕

《路史‧發揮一》注引卷四第五則的佚文，有：

遂民國不識四時晝夜，有火樹名燧木，屈盤萬頃。〔註65〕

其中，「遂木」即「燧木」，廣達萬頃，當即卷四第五則中所謂的「燧林」。

6. 《太平御覽》卷八四〇所記：

雲蘱粟，叢生，葉似扶蘱，食之益顏色，粟莖赤黃，皆長二丈，千株叢生。〔註66〕

當是卷六第三則的佚文。〔註67〕

7. 《太平御覽》卷八七一在「望之煌煌如列星矣」一句之下，有：

於冥昧當雨之時，而光色彌明。此石常浮於水邊，方數百里，其色多紅。燒之，有數百里，升天則成香雲；香雲遍潤，則成香雨。〔註68〕

等文字。又《太平御覽》卷八，有：

爛石色紅似肺，燒之有香煙聞數百里，煙氣昇天，則成香雲。香雲遍潤，則成香雨。〔註69〕

一段文字，皆爲卷十第五則〈員嶠山〉的佚文。〔註70〕

〔註63〕 同註34，卷第八百六十九「火部二」「火下」，頁3983。

〔註64〕 參見（宋）羅泌：《路史》（臺北：臺灣中華書局，1983年4月）冊一，「前紀」第五〈遂人氏〉，頁4。

〔註65〕 同註64，冊二，「發揮」第一〈論遂人改火〉，頁9。

〔註66〕 同註34，卷第八百四十「百穀部四」「粟」，頁3887。

〔註67〕 同註17，頁131～133。

〔註68〕 同註34，卷第八百七十一「火部四」「煙」，頁8991。

〔註69〕 同註34，卷第八「天部八」「雲」，頁168。

〔註70〕 同註17，頁228～229。

（二）類書誤引

1. 《太平廣記》卷二七六〈沈慶之〉一則引《拾遺錄》云：

> 沈慶之，元嘉中，始夢牽鹵（薄）部入廁中，雖欣清道，而甚惡之。
> 或爲之解曰：「君必貴，然未也。鹵部者，富貴之容；廁中，所謂後
> 帝也。君富貴不在今主矣。」後果中焉。〔註71〕

按：沈慶之，武康人，字弘先，宋文帝元嘉中累功爲建威將軍。其事在
後，非王嘉所能知。因此，此則絕非《拾遺記》原文。

2. 《太平廣記》卷二七六〈袁愍孫〉一則引《拾遺記》云：

> 袁愍孫，世祖出爲海陵守，夢日墜身上，尋而追還，與機密。〔註72〕

按：《宋書》卷八十九所記：袁粲初名愍孫，字景倩，順帝時歷官中書監，
司徒侍中。此事在王嘉身後，所以也非《拾遺記》本文。

《隋書‧經籍志》雜史類有梁少府卿謝綽撰《宋拾遺》十卷，《舊唐書‧經籍
志》作《宋拾遺錄》。以上二則，當爲《宋拾遺錄》文字。

3. 《太平廣記》卷四○三〈四寶宮〉一則記載：

> 武帝爲七寶床、雜寶按（案）、屏風、雜寶帳，設於桂宮，時人謂之
> 「四寶宮」。〔註73〕

此則見於《西京雜記》，〔註74〕《太平廣記》誤引爲《拾遺記》原文。

4. 《類說》卷五「頗陵」一則：

> 西國菜名頗稜，因僧攜子入中國，訛爲波稜。〔註75〕

5. 《類說》卷五「龍駒島」一則：

> 東海有島名龍駒川，穆王養八駿處，有草名龍芻。〔註76〕

6. 《紺珠集》卷八「風扇」：

> 後魏人都芳造風扇，候一十四氣，每一氣至，一扇舉焉。〔註77〕

〔註71〕同註38，卷第二百七十六「夢一」〈沈慶之〉，頁2185。
〔註72〕同註38，卷第二百七十六「夢一」〈袁愍孫〉，頁2186。
〔註73〕同註38，卷第四百三「寶四」〈四寶宮〉，頁3248。
〔註74〕參見（漢）劉歆：《西京雜記》（收錄於《增訂漢魏叢書》（二），臺北：大化
　　　書局，1983年12月）卷二，頁1077。
〔註75〕參見（宋）曾慥撰，（民國）嚴一萍校訂《類說》（臺北：藝文印書館，1970
　　　年），卷五「頗陵」。
〔註76〕同註74，卷五「龍駒島」。
〔註77〕參見（宋）不著輯者：《紺珠集》（臺北：臺灣務印書館，1970年11月）卷八

7. 《紺珠集》卷八「龍芻」：

　　東海有島曰龍駒川，穆天子養八駿處。島中有草名龍芻，馬食之，
　　日行千里。語曰：「一株龍芻化龍駒」。〔註78〕

8. 《紺珠集》卷八「毛車」：

　　異國入貢，乘毛之車甚快。〔註79〕

9. 《紺珠集》卷八「頗稜」：

　　西域菜名，僧攜其子入中國，訛爲波稜。〔註80〕

以上《類說》及《紺珠集》所引各則，皆非《拾遺記》本文。詳見上節「版本源流」部分，茲不贅述。

（三）出處不明

　　《太平御覽》卷九三二：

　　　容山下有水，多丹鼈魚，皆能飛躍。〔註81〕

　　按：本則雖標注出自《拾遺記》，然無法找到相關段落，故暫時存疑。

　　「風扇」，頁22。
〔註78〕同註77，卷八「龍芻」，頁22。
〔註79〕同註77，卷八「毛車」，頁22～23。
〔註80〕同註77，卷八「頗稜」，頁23。
〔註81〕同註34，卷第九百三十二「鱗介部四」「鼈」，頁4275。

第三章 《拾遺記》的內容分析（上）

　　《拾遺記》一書所記載的範圍，由卷一至卷九，上自庖犧下迄石虎，歷述各代奇聞逸事；卷十，則分別描寫崑崙、蓬萊、方丈、瀛洲、員嶠、岱輿、昆吾、洞庭等八座仙山。這本將近一百三十則以朝代編年先後為架構的集子，避開正史重大之事不記，選擇以逸聞瑣事為全書的內容。因此，搜奇志異內容題材十分廣泛。以下兩章試依內容主題，將其分門別類，歸納整理出：神話傳說、宗教影響、五行數術、風俗產物、名山仙境等五類。而前四類，是將卷一至卷九的內容歸類分析；最後一類，則將卷十的內容獨立處理。雖然「名山仙境」的內容中，也涉及道教影響的部分。但是，這一類的內容主題，著眼於崑崙、蓬萊、方丈、瀛洲、員嶠、岱輿、昆吾、洞庭等八座仙山中，仙境氣象、殊方異邦及奇珍異物的描寫，不同於「道教影響」一節，針對修鍊服食及鏡劍傳說等加以論述，兩節在取材重點上有所區別。同時，宋代以後《拾遺記》卷十記載這八座仙山的部分，曾別刻行世，題曰《名山記》。〔註1〕因此，選擇將「名山仙境」自「道教影響」中分出，另立一節。分類時又依各節內容的繁簡情況，再設若干細目加以討論。

第一節　神話傳說

　　《拾遺記》卷一至卷九，全記載歷史遺聞逸事。因此，蕭綺說：「子年所述，涉乎萬古。」〔註2〕卷一記庖犧、神農、黃帝、少昊、顓頊、高辛、唐堯、

〔註1〕　陳振孫《直齋書錄解題》、馬端臨《文獻通考・經籍考》，並著錄《名山記》一卷，王子年撰。

〔註2〕　參見（晉）王嘉撰，（梁）蕭綺錄，齊治平校注《拾遺記》（臺北：木鐸出版

虞舜等八代之事,卷二至卷四寫夏至秦代之事,卷五、六記漢時事,卷七、八則寫三國之事,卷九爲晉代及石崇、石虎之事。所記載的人物事件,大抵爲神話、傳說,且又「多涉禎祥之書,博采神仙之事」〔註3〕其中,敘述三皇五帝部分多爲上古神話,至周代以後則多有比較新奇的歷史傳說。因此,以下分爲上古神話、歷史傳說兩部分討論。

一、上古神話

(一)感天而生

感生神話的產生,起源必相當早;主要是被人們用來解釋歷代帝王出生之不凡,並賦予其特殊的意義。〔註4〕它純然是從「以愚黔首」的動機出發而產生的。因此,這類神話與其他神話最大的不同點,在於它所描寫的對象多具有異於一般人的高貴身分。歷代帝王在感生神話神祕思想的籠罩下,其出生增添一層不平凡的過程及特殊的意義。因爲,唯有強調其出生的不平凡,才能烘托、成就其將來不平凡的事業。在整個不平凡的相遇、懷孕、誕生過程中,歷代帝王的母親必須先與非人的神祇或聖跡相遇相感,或與其他具有靈異特質的事物接觸,才能產下不平凡的下一代。〔註5〕在《拾遺記》中,也有不少感天而生的例子。

卷一第一則,寫庖犧的感生云:

> 春皇者,庖犧之別號。所都之國,有華胥之洲。青虹繞神母,久而方滅,即覺有娠。歷十二年而生庖犧。長頭、脩目、龜齒、龍唇,眉有白毫,鬚垂委地。〔註6〕

社,1982 年 2 月)卷二第一則中蕭綺「錄」,頁 35。

〔註 3〕 同註2,見蕭綺序言部分。

〔註 4〕 參考康韻梅:《六朝小說變形觀之探究》(臺灣大學中國文學研究所碩士論文,1987 年 6 月),引吳彰裕〈歷代興業帝王政治謎思之研究〉之說,認爲「有關於帝王的誕聖事跡,實爲統治者利用來建立、轉移、維持權力。」頁 124。

〔註 5〕 有關各代始祖的誕生,都有感生神話附會。例如:契之母簡狄,因吞玄鳥之卵而有契(《詩經・商頌・玄鳥》、《楚辭・天問》);周之始祖后稷之母姜源,踩到巨人的腳印而有孕(《詩經・大雅・生民》)。司馬遷《史記・五帝本紀》中,雖未明言爲何而孕,但言「生而有靈」。而皇甫謐的《帝王世紀》,則遍舉歷代帝王,均有感生聖跡。因此,康韻梅懷疑此種情形,「殆爲後人的杜撰」(同註4,頁 33)。

〔註 6〕 同註2,頁 1。

庖犧之母，因青虹縈繞而有孕。屬於與具有靈異特質的事物接觸，才產下不平凡的聖王。

卷二第四則，記載商湯的感生則云：

> 商之始也，有神女簡狄，遊於桑野，見黑鳥遺卵於地，有五色文，作「八百」字。簡狄拾之，貯以玉筐，覆以朱紱。夜夢神母謂之曰：「爾懷此卵，即生聖子，以繼金德。」狄乃懷卵，一年而有娠，經十四月而生契。祚以八百，叶卵之文也。〔註7〕

有關契誕生的神話，《詩經・商頌・玄鳥》：「天命玄鳥，降而生商。」〔註8〕《楚辭・天問》：「簡狄在臺，嚳何宜？玄鳥致貽，女何喜？」〔註9〕到了《史記・殷本紀》則為：「殷契母曰簡狄，……三人行浴，見玄鳥墮其卵，簡狄取吞之，因孕生契。封于商，賜姓子氏。」〔註10〕但這個神話流傳到《拾遺記》便改變面貌，吞卵孕契變成懷卵一年而有娠，又孕十四月乃生契，且已加入五行之說與瑞應的觀念，只有玄鳥遺卵一事，始終一致。

（二）傳奇事蹟

商代，是中國信史的開始。在此之前，所謂的三皇五帝，不僅真象難以確認，名稱也不一。〔註11〕到夏、商、周三代，文物制度漸臻齊備，史料也較豐富。但是，對歷朝開國之君及各代中興名主的事蹟記載，卻多加入傳奇色彩，藉神祕性來烘托其偉大與不凡。例如：

卷一第三則，寫黃帝修仙成仙的事蹟。

> 軒轅出自有熊之國。……服冕垂衣，故有袞龍之頌。……薰風至，真人集，乃厭世於昆臺之上，留其冠、劍、佩、舄焉。〔註12〕

關於黃帝修道成仙之說，《拾遺記》所載是《列仙傳》說法的進一步演變、發

〔註7〕 同註2，頁40～41。

〔註8〕 參見（漢）毛亨傳，鄭玄箋，（唐）孔穎達疏《毛詩正義》（十三經注疏本第二冊，藍燈文化事業公司）卷第二十之三〈玄鳥〉，頁793。

〔註9〕 參見傅錫壬註譯《新譯楚辭讀本》（臺北：三民書局股份有限公司，1976年7月）卷三〈天問〉，頁79。

〔註10〕 參見（日）瀧川龜太郎：《史記會注考證》（臺北：洪氏出版社，1986年9月）卷三〈殷本紀〉第三，頁54。

〔註11〕 中國古史傳說中「三皇五帝」之稱，其說不一。孔安國〈尚書序〉、皇甫謐《帝王世紀》以伏犧、神農、黃帝為三皇，少昊、顓頊、高辛、堯、舜為五帝。而《拾遺記》中記古帝名次，則與〈尚書序〉、《帝王世紀》相同。

〔註12〕 同註2，頁8～9。

展。〔註13〕至於鼎湖成仙一說，則見於《史記・封禪書》和《列仙傳》，充滿神仙家思想。《史記・封禪書》云：「黃帝采首山銅，鑄鼎於荊山下。鼎既成，有龍垂胡髯下迎黃帝。黃帝上騎，群臣後宮從上者七十餘人，龍乃上去。餘小臣不得上，乃悉持龍髯，龍髯拔墮，墮黃帝之弓。百姓仰望，黃帝既上天，乃抱其弓與胡髯號，故後世因名其處曰鼎湖，其弓曰烏號。」〔註14〕與《列仙傳》卷上「黃帝」一則引仙書之說大同小異。

卷一第五則，關於顓頊的出身。其記載，則附會了五行之說。

> 帝顓頊高陽氏，黃帝孫，昌意之子。昌意出河濱，遇黑龍負玄玉圖。
> 時又一老叟謂昌意云：「生子必叶水德而王。」至十年，顓頊生，手
> 有文如龍，亦有玉圖之象。其夜昌意仰視天，北辰下，化為老叟。
> 及顓頊居位，奇祥眾祉，莫不總集；不稟正朔者，越山航海而皆至
> 也。〔註15〕

卷一第十則，寫唐堯聖世的事蹟。

> 帝堯在位，聖德光洽。河、洛之濱，得玉版方尺，圖天地之形。又
> 獲金璧之瑞，文字炳列，記天地造化之始。四凶既除，善人來服，
> 分職設官，彝倫攸敘。……有吳之鄉，有北之地，無有妖災。沉翔
> 之類，自相馴擾。〔註16〕

卷二第九則，記載周武王伐紂時，有「蜂舟」一事。

> 周武王東伐紂，夜濟河。時雲明如晝，八百之族皆齊而歌。有大蜂，
> 狀如丹鳥，飛集王舟。因以鳥畫其幡旗。翌日而梟紂，名其船曰蜂舟。
> 〔註17〕

（三）造福生民

古代的聖王賢主為對抗大自然，改善人民生活環境，因而有種種征服自然的治水疏濬工程，及改善生活的創造發明。以下分為創造發明、導河治水

〔註13〕《列仙傳》：「黃帝……自擇亡日，與群臣辭。至於卒，還葬橋山，山崩，柩空無尸，唯劍、舄在焉。」（收錄於《叢書集成新編》第100冊，臺北：新文豐出版公司，1985年1月，頁270）而《拾遺記》所載黃帝存留之物，較之則多了冠、佩。

〔註14〕同註10，卷二十八〈封禪書〉第六，頁512。

〔註15〕同註2，頁16。

〔註16〕同註2，頁22。

〔註17〕同註2，頁48。

兩方面討論。

1. 創造發明

《太平御覽》卷八六九引《拾遺記》，記載燧人氏教民鑽木取火之事云：

> 申彌國去都萬里，有燧明國，不識四時晝夜。其人不死，厭世則
> 升天。國有火樹，名燧木，屈盤萬頃，雲霧出於中間，折枝相鑽，
> 則火出矣。後世聖人，變腥臊之味，遊日月之外，以食救萬物，
> 乃至南垂。目此樹表，有鳥若鴞，以口啄木，粲然火出。聖人感
> 焉，因取小枝以鑽火，號燧人氏，在庖羲之前，則火食起乎茲矣。
> 〔註18〕

火的使用，使人類由生食進步到熟食的階段，可說是人類文明演進的一大轉機。

卷一第一則，敘述庖羲訂定禮樂教化制度。

> 春皇者，庖羲之別號。……禮義文物，於茲始作。去巢穴之居，變
> 茹腥之食，立禮教以導文，造干戈以飾武，絲桑為瑟，均土為塤，
> 禮樂於是興矣。調和八風，以畫八卦，分六位以正宗。于時未有書
> 契，規天為圖，矩地取法，視五星之文，分晷景之度。使鬼神以致
> 群祠，審地勢以定川岳，始嫁娶以修人道。〔註19〕

各種禮樂教化制度的產生，是中國文明演進上的一大契機。

卷一第二則，記載神農教人民耕種之事。

> 炎帝（神農）始教民耒耜，躬勤畎畝之事，百穀滋阜。〔註20〕

而在《淮南子・修務訓》中，也有一段對神農的描述：「古者民茹草飲水，采樹木之實，食蠃蚌之肉。時多疾病毒傷之害。於是神農乃始教民播種五穀，相土地宜，燥溼肥墝高下，嘗百草之滋味，水泉之甘苦，令民知所避就。當此之時，一日而遇七十毒。」〔註21〕此段文字，較《拾遺記》更為詳實，頗能表現初民草莽生活的概況。由此可知，神農是中國由漁獵社會進入農業社會的代表人物。

卷一第三則，描寫黃帝創造發明的各種制度及事物。

〔註18〕 參見（宋）李昉等撰《太平御覽》（臺北：臺灣商務印書館，1975 年 4 月）卷
　　　　 第八百六十九「火部二」「火下」，頁 3983。
〔註19〕 同註 2，頁 1。
〔註20〕 同註 2，頁 5。
〔註21〕 參見（漢）劉安撰，高誘注《淮南子》（收錄於《增訂漢魏叢書》（三），臺北：
　　　　 大化書局，1983 年 12 月）卷十九〈修務訓〉，頁 2152。

軒轅……考定曆紀，始造書契。……變乘桴以造舟楫，水物為之祥
踴，滄海為之恬波；吹玉律，正璇衡；置四使以主圖籍，使九行之
士以統萬國。〔註22〕

中國的文字、算術、曆法、音樂、舟車等，相傳均為黃帝時代所創造發明，
可見黃帝在後人心目中是建立文明秩序的偉大帝王。

2. 導河治水

《拾遺記》中，共有三則記載鯀、禹治水的事蹟。

卷二第一則，寫鯀治水無功，化為玄魚，而由禹繼續其未竟之業一事。

堯命夏鯀治水，九載無績。鯀自沉於羽淵，化為玄魚。時揚鬐振鱗，
橫脩波之上，見者謂為河精。……至舜，命禹疏川奠岳。濟巨海，
則黿鼉而為梁；踰翠岑，則神龍而為馭。行遍日月之墟，惟不踐羽
山之地。〔註23〕

卷二第三則，寫禹治水時，有黃龍、玄龜之助。

禹盡力溝洫，導川夷岳。黃龍曳尾於前，玄龜負青泥於後。……龜
領下有印，文皆古篆字，作九州山川之字。禹所穿鑿之處，皆以青
泥封記其所，使玄龜印其上。今人聚土為界，此之遺象也。〔註24〕

卷二第四則，寫禹鑿龍門山，遇羲皇授玉簡一事。

禹鑿龍關之山，亦謂之龍門，至一空巖，深數十里，幽暗不可復行。
禹乃負火而進。有獸狀如豕，銜夜明之珠，其光如燭。又有青犬，
行吠於前。禹計行可十里，迷於晝夜。既覺漸明，見向來豕犬變為
人形，皆著玄衣。又見一神，蛇身人面。禹因與語。神即示禹八卦
之圖，列於金版之上。又有八神，侍於此圖之側。禹曰：「華胥生聖
子，是汝耶？」答曰：「華胥是九河神女，以生余也。」乃探玉簡授
禹，長一尺二寸，以合十二時之數，使量度天地。禹即持此簡，以
平定水土。蛇身之神，即羲皇也。〔註25〕

《山海經·海內經》云：「洪水滔天。鯀竊帝之息壤以堙洪水，不待帝命。帝
令祝融殺鯀於羽郊。鯀復生禹。帝乃命禹卒布土以定九州。」〔註26〕此為鯀、

〔註22〕同註2，頁8～9。
〔註23〕同註2，頁33。
〔註24〕同註2，頁37。
〔註25〕同註2，頁38。
〔註26〕參見袁珂校注《山海經校注》（上海：上海古籍出版社，1980年7月）「海經」

禹治水神話的粗略輪廓。鯀死後，有化身爲黃熊、黃熊、黃龍等說法。而王子年《拾遺記》謂其化爲玄魚，乃因「鯀」之或體字作「鮌」而附會。羅泌《路史・餘論》卷九「黃熊化」篇中，有詳細的辨證。〔註27〕之後，禹受命承父業以治水。得神龍畫地以疏濬河川，及各方神靈餽贈寶物，終告完成。其中，《楚辭・天問》「應龍何畫」王逸注：「禹治洪水時，有神龍以尾畫地，導水所注當決者，因而治之也。」可能是《拾遺記》中「黃龍曳尾於前」的由來。同時，也反映出禹是以疏導的方式來治水。

二、歷史傳說

（一）帝王賢主傳說

《拾遺記》屬於志怪小說，因此著重搜奇志異的趣味性。同時，又具有雜史「拾遺補闕」的作用，其性質不同於正史的記載。所以書中對君王的描述不以文治武功等政績爲主，而著眼於嗜欲、生活、逸事的撰寫。因此，以下由興趣嗜好、生活逸事兩方面，舉例說明。

1. 興趣嗜好

卷三第十三則，寫宋景公好陰陽象緯之術，對善於此道者則加以禮遇，並記賜子韋姓名一事。

> 宋景公之世，有善星文者，許以上大夫之位，處於層樓延閣之上，以望氣象。設以珍食，施以寶衣。……燒異香於臺上。忽有野人，被草負笈，扣門而進，曰：「聞國君愛陰陽之術，好象緯之祕，請見！」景公乃延之崇堂。語則及未來之兆，次及以往之事，萬不失一。夜則觀星望氣，畫則執算披圖，不服寶衣，不甘奇食。景公謝曰：「今宋國喪亂，微君何以輔之？」野人曰：「德之不均，亂將及矣。修德以來人，則天應之祥，人美其化。」景公曰：「善」。遂賜姓曰子氏，名之曰韋，即子韋也。〔註28〕

2. 生活逸事

卷四第九則，記載秦始皇爲築雲明臺，而蒐羅天下珍木、巧工，並有兩

卷十三〈海內經〉，頁472。
〔註27〕參考王師國良：《魏晉南北朝志怪小說研究》（臺北：文史哲出版社，1984年7月），頁124。
〔註28〕同註2，頁84～85。

—39—

異人相助的情形。

> 始皇起雲明臺，窮四方之珍木，搜天下之巧工。南得烟丘碧桂，酈
> 水燃沙，賁都朱泥，雲岡素竹；東得蔥巒錦柏，漂檖龍松，寒河星
> 柘，屼山雲梓；西得漏海浮金，狼淵羽璧，滌嶂霞桑，沉塘員籌；
> 北得冥阜乾漆，陰坂文杞，褒流黑魄，闇海香瓊，珍異是集。二人
> 騰虛緣木，揮斤斧於空中，子時起工，午時已畢。秦人謂之「子午
> 臺」，亦言於子午之地，各起一臺，二說疑也。〔註29〕

同時，藉描述興建雲明臺的繁浩過程，寫出秦始皇大興土木、勞民傷財的史
況，並揭露君王的貪婪、奢侈。

卷五第三則，敘述李夫人去世後，漢武帝思念不已，因此詔李少君以暗
海潛英之石刻成夫人之像一事。

> 漢武帝思懷往者李夫人，不可復得。……帝息於延涼室，臥夢李夫
> 人授帝蘅蕪之香。帝驚起，而香氣猶著衣枕，歷月不歇。帝彌思求，
> 終不復見，涕泣洽席，遂改延涼室為遺芳夢室。初，帝深嬖李夫人，
> 死後常思夢之，或欲見夫人。……詔李少君與之語曰：「朕思李夫人，
> 其可得見乎？」少君曰：「可遙見，不可同於帷幄。」帝曰：「一見
> 足矣，可致之。」少君曰：「暗海有潛英之石，……刻之為人像，神
> 悟不異真人。使此石像往，則夫人至矣。此石人能傳譯人言語，有
> 聲無氣，故知神異也。」……得此石，即命工人依先圖刻作夫人形。
> 刻成，置於輕紗幬裏，宛若生時。帝大悅，問少君曰：「可得近乎？」
> 少君曰：「……此石毒，宜遠望，不可逼也。勿輕萬乘之尊，惑此精
> 魅之物！」帝乃從其諫。見夫人畢，少君乃使舂此石人為丸，服之，
> 不復思夢。乃築靈夢臺，歲時祀之。〔註30〕

卷五第五則，描寫秦始皇驪山塚墓內的情形及怨碑一事。

> ……昔始皇為塚，斂天下瑰異，生殉工人，傾遠方奇寶於塚中，為
> 江海川瀆及列山岳之形。以沙棠沉檀為舟楫，金銀為鳧雁，以瑠璃
> 雜寶為龜魚。又於海中作玉象鯨魚，銜火珠為星，以代膏燭，光出
> 墓中，精靈之偉也。昔生埋工人於塚內，至被開時皆不死。工人於
> 塚內琢石為龍鳳仙人之像，及作碑文辭讚。……後人更寫此碑文，

〔註29〕同註2，頁102～103。
〔註30〕同註2，頁115～117。

而辭多怨酷之言，乃謂爲「怨碑」。〔註31〕

墓中江海玉象的建造，雜寶金鳧的飾設，生埋工匠的幽怨，無不令人神迷心悸，同時也抒寫了後人對秦始皇暴虐的憤恨之情。

卷六第一則，描述漢昭帝開鑿淋池，與宮人在其間嬉遊宴樂的情形。

> 昭帝始元元年，穿淋池，廣千步。……帝時命水嬉，遊宴永日。土人進一巨槽，帝曰：「桂楫松舟，其猶重朴，況乎此槽，可得而乘也？」乃命以文梓爲船，木蘭爲柂，刻飛鸞翔鵠，飾於船首，隨風輕漾，畢景忘歸，乃至通夜。……起商臺於池上。及乎末歲，進諫者多，遂省薄遊幸，堙毀池臺，鸞舟荷芰，隨時廢滅。今臺無遺址，溝池已平。
> 〔註32〕

卷六第六則，寫漢成帝起宵遊宮、造飛行殿等宴樂生活。

> 漢成帝好微行，於太液池旁起宵遊宮，以漆爲柱，鋪黑綈之幕，器服乘輿，皆尚黑色。既悅於暗行，憎燈燭之照。宮中美御，皆服皀衣，自班婕妤以下，咸帶玄綬，衣珮雖加錦繡，更以木蘭紗綃罩之。至宵遊宮，乃秉燭。宴幸既罷，靜鼓自舞，而步不揚塵。好夕出遊。造飛行殿，方一丈，如今之輦，選羽林之士，負之以趨。帝於輦上，覺其行快疾，聞其中若風雷之聲，言其行疾也，名曰「雲雷宮」。所幸之宮，咸以氍毹藉地，惡車轍馬跡之喧。雖惑於微行昵宴，在民無勞無怨。每乘輿返駕，以愛幸之姬寶衣珍食，捨於道傍，國人之窮老者皆歌「萬歲」。是以鴻嘉、永始之間，國富家豐，兵戈長戢。故劉向、谷永指言切諫。於是焚宵遊宮及飛行殿，罷宴逸之樂。
> 〔註33〕

卷六第八則，記載漢哀帝與寵臣董賢之事。

> 哀帝尚淫奢，多進諂佞。幸愛之臣，競以妝飾妖麗，巧言取容。董賢以霧綃單衣，飄若蟬翼。帝入宴息之房，命筵卿易輕衣小袖，不用奢帶脩裙，故使宛轉便易也。宮人皆效其斷袖。又曰，割袖恐驚其眠。〔註34〕

〔註31〕同註2，頁119。
〔註32〕同註2，頁128～129。
〔註33〕同註2，頁137。
〔註34〕同註2，頁140。

漢哀帝喜男色，而董賢美麗善媚，深爲哀帝所寵，行臥不離，被封爲高安侯。哀帝身爲一國之尊，卻沉溺於諂佞、男色之中，其生活之淫蕩奢靡可見一斑。

卷六第十二則，描寫漢靈帝起裸遊館千間，與宮人宴樂其間的奢靡生活。

> 靈帝初平三年，遊於西園，起裸遊館千間，采綠苔而被階，引渠水以繞砌，周流澄澈。乘船以遊漾，使宮人乘之，選玉色輕體者，以執篙櫂，搖漾於渠中。其水清澄，以盛暑之時，使舟覆沒，視宮人玉色。又奏《招商》之歌，以來涼氣也。……帝盛夏避暑於裸遊館，長夜飲宴。帝嗟曰：「使萬歲如此，則上仙也。」宮人年二七已上，三六以下，皆靚妝，解其上衣，惟著內服，或共裸浴。西域所獻茵墀香，煮以爲湯，宮人以之浴浣畢，使以餘汁入渠，名曰「流香渠」。又使內豎爲驢鳴。於館北又作雞鳴堂，多畜雞，每醉迷於天曉，內侍競作雞鳴，以亂眞聲也。乃以炬燭投於殿前，帝乃驚悟。〔註35〕

卷七第二則，敘述魏明帝起凌雲臺、廣求天下珍寶，窮奢極侈的行徑，後聽從諫者之議，去奢歸儉，因而天下眾祥皆應。

> 魏明帝起凌雲臺，躬自掘土，群臣皆負筞畚鍤，天陰凍寒，死者相枕。洛、鄴諸鼎，皆夜震自移。又聞宮中地下，有怨嘆之聲。
>
> 高堂隆等上表諫曰：「王者宜靜以養民，今嗟嘆之聲，形於人鬼，願省薄奢費，以敦儉樸。」帝猶不止，廣求瑰異，珍賂是聚，飭臺榭累年而畢。諫者尤多，帝乃去煩歸儉，死者收而葬之。人神致感，眾祥皆應。〔註36〕

卷九第十二則，寫石虎驕奢淫靡的生活。

> 石虎於太極殿前起樓，高四十丈，結珠爲簾，垂五色玉珮，風至鏗鏘，和鳴清雅。盛夏之時，登高樓以望四極，奏金石絲竹之樂，以日繼夜。於樓下開馬埒射場，周迴四百步，皆文石丹沙及彩畫於埒旁。聚金玉錢貝之寶，以賞百戲之人。四廂置錦幔，屋柱皆隱起爲龍鳳百獸之形，雕斲眾寶，以飾楹柱，夜往往有光明。集諸羌互於樓上。時亢旱，舂雜寶異香爲屑，使數百人於樓上吹散之，名曰「芳塵」。臺上有銅龍，腹容數百斛酒，使胡人於樓上嗽酒，風至望之如露，名曰「黏雨臺」，用以灑塵。樓上戲笑之聲，音震空中。又爲四時浴室，用鍮石爲堤岸，

〔註35〕 同註2，頁144～145。
〔註36〕 同註2，頁162～163。

或以琥珀爲瓶杓。夏則引渠水以爲池，池中皆以紗縠爲囊，盛百雜香，漬於水中。嚴冰之時，作銅屈龍數千枚，各重數十斤，燒如火色，投於水中，則池水恆溫，名曰「燋龍溫池」。引鳳文錦步障縈蔽浴所，共宮人寵嬖者解媟服宴戲，彌於日夜，名曰「清嬉浴室」。浴罷，洩水於宮外。水流之所，名「溫香渠」。渠外之人，爭來汲取，得升合以歸，其家人莫不怡悅。至石氏破滅，燋龍猶在鄴城，池今夷塞矣。〔註37〕

由以上敘述可知，歷代帝王爲追求個人生活享樂，關建起造不少池苑臺閣。例如：漢昭帝的淋池、商臺，漢成帝的宵遊宮，漢靈帝的裸遊館、流香渠、雞鳴堂，魏明帝的凌雲臺，石虎的太極殿、黏雨臺、燋龍溫池、清嬉浴室等。因此，透過這些華麗的池沼、苑囿、臺榭、樓觀、館閣，即可窺探、了解帝王驕奢淫靡的生活方式。

（二）后妃婢妾傳說

　　《拾遺記》中，描寫不少后妃婢妾的生平事蹟。茲依其特質略分爲美貌、聰慧、巧藝等三方面，略加引述說明。

1. 美　貌

　　卷三第十四則，描述越國進獻夷光、脩明二美女於吳。

　　　越謀滅吳，蓄天下奇寶、美人、異味進於吳。……越又有美女二人，一名夷光，二名脩明，以貢於吳。吳處以椒華之房，貫細珠爲簾幌，朝下以蔽景，夕捲以待月。二人當軒並坐，理鏡靚妝於珠幌之內。竊窺者莫不動心驚魄，謂之神人。吳王妖惑忘政。及越兵入國，乃抱二女以逃吳苑。越軍亂入，見二女在樹下，皆言神女，望而不敢侵。今吳城蛇門內有杇株，尚爲祠神女之處。〔註38〕

夷光、脩明，根據《拾遺記》注可知，即爲西施、鄭旦的別名。西施，其人其事不見《左傳》、《國語》、《史記》，但多次出現於《孟子》、《莊子》……等典籍中。〔註39〕直到東漢，西施才與吳越事聯繫起來，且又增加鄭旦一人。《越絕書》卷十二〈越絕內經九術〉云：「越乃飾美女西施、鄭旦，使大夫種獻之

〔註37〕同註2，頁217～218。
〔註38〕同註2，87～88。
〔註39〕李劍國：《唐前志怪小說史》（天津：南開大學出版社，1984年5月）中，對有關記載西施資料的典籍，曾有詳細羅列。（頁328～329）

于吳王。」卷八〈越絕外傳記地傳〉:「美人宮……句踐所習教美女西施、鄭
足宮臺也。女出於苧蘿山,欲獻于吳。」又《吳越春秋》卷五〈句踐陰謀外
傳〉云:「乃使相者,國中得苧蘿山鬻薪之女曰西施、鄭旦,飾以羅縠,教以
容步,習于土城。于都巷三年學服,而獻于吳。」獻美者非文種而係范蠡。
至於西施的結局,《越絕書》、《吳越春秋》二書今本皆不載。唐陸廣微《吳地
記》引《越絕書》曰:「西施亡吳國,後復歸范蠡,同泛五湖而去。」宋姚寬
《西溪叢語》引《吳越春秋》曰:「吳亡,西施被殺。」楊慎《丹鉛總錄》卷
十三又稱《修文御覽》引《吳越春秋》逸篇:「吳亡後,越浮西施于江,令隨
鴟夷以終。」并云:「隨鴟夷者,子胥之譖死,西施有力焉;胥死盛以鴟夷,
今沉西施所以報子胥之忠,故云隨鴟夷以終。」說法頗異。而《拾遺記》則
將西施、鄭旦神化,在入吳亂政後,最後回到仙府神宮。〔註40〕

卷六第七則,記漢成帝后趙飛燕一事。

> 帝常以三秋閑日,與飛燕戲於太液池,……及觀雲棹水,玩擷菱蕖,
> 帝每憂輕蕩,以驚飛燕,令伕飛之士,以金鑠纜雲舟於波上。每輕
> 風時至,飛燕殆欲隨風入水。帝以翠纓結飛燕之裙,遊倦乃返。飛
> 燕後漸見疏,常怨曰:「妾微賤,何復得預纓裙之遊?」今太液池尚
> 有避風臺,即飛燕結裙之處。〔註41〕

卷八第三則,寫潘夫人以姿色見寵於孫權,但終因被譖毀而漸失寵。

> 吳主潘夫人,父坐法,夫人輸入織室,容態少儔,為江東絕色。……
> 有司聞於吳主,使圖其容貌。夫人憂戚不食,減瘦改形。工人寫其
> 真狀以進,吳主見而喜悅,以虎魄如意撫按即折,嗟曰:「此神女也,
> 愁貌尚能惑人,況在歡樂!」乃命雕輪就織室,納於後宮,果以姿
> 色見寵。……又與夫人遊釣臺,得大魚。王大喜,夫人曰:「昔聞泣
> 魚,今乃為喜,有喜必憂,以為深戒!」至於末年,漸相譖毀,稍
> 見離退。時人謂「夫人知幾其神」。吳主於是罷宴,夫人果見棄逐。
> 〔註42〕

《拾遺記》對潘夫人的描寫,從因父坐法被迫入宮,到被譖毀棄逐,都將其
塑造為楚楚可憐的弱者形象。但是根據《三國志‧吳書‧妃嬪傳》所載:潘

〔註40〕 同註38,頁329～330。
〔註41〕 同註2,頁138～139。
〔註42〕 同註2,頁181～182。

夫人因生孫亮，被立爲后；又稱其「性險妒容媚，自始至卒，譖害袁夫人等甚眾」，最後因積怨被諸宮人縊死。〔註43〕在此，潘夫人則以工於心計，採主動出擊鞏固自身地位的強者姿態出現。因此，潘夫人的形象，就因小說和史書敘述角度的不同，而有所差別。

2. 聰　慧

卷六第十三則，描述李傕起兵圍攻長安，伏皇后負漢獻帝出宮時，所表現的聰惠明智。

> 獻帝伏皇后，聰惠仁明，有聞於內則。及乘輿爲李傕所敗，晝夜逃走，宮人奔竄，萬無一生。至河，無舟楫，后乃負帝以濟河，河流迅急，惟覺腳下如有乘踐，則神物之助焉。兵戈逼岸，后乃以身擁過於帝。帝傷趾，后以綉拭血，刮玉釵以覆於瘡，應手則愈。以淚洒帝衣及面，潔淨如浣。軍人嘆伏：雖亂猶有明智婦人。精誠之至，幽祇之所感矣。〔註44〕

卷八第九則，記載甘后勸諫劉備「凡淫惑生疑，勿復進焉」的聰慧之舉。

> 先主甘后，沛人也，生於微賤。……及后長而體貌特異，至十八，玉質柔肌，態媚容冶。先主召入綃帳中，於戶外望者如月下聚雪。河南獻玉人，高三尺，乃取玉人置后側，晝則講說軍謀，夕則擁后而玩玉人。……后常欲琢毀壞之，乃誡先主曰：「昔子罕不以玉爲寶，《春秋》美之；今吳、魏未滅，安以妖玩經懷。凡淫惑生疑，勿復進焉！」先主乃撤玉人，雙者皆退。當斯之時，君子議以甘后爲神智婦人焉。〔註45〕

依《三國志·蜀書·二主妃子傳》所記：甘后「隨先主於荊州，產後主。值曹公軍至，追及先主於當陽長阪，於時困偪，棄后及後主，賴趙雲保護，得

〔註43〕參見（晉）陳壽《三國志》卷五十《吳書》五〈妃嬪傳〉第五〈權潘夫人〉：「吳主權潘夫人，會稽句章人也，父爲吏，坐法死，夫人與姊俱輸織室，權見而異之，召充後宮，得幸有娠，夢有以龍頭授己者，己以蔽膝受之，遂生（孫）亮，赤烏十三年，亮立爲太子，請出嫁夫人之姊，權聽許之。明年，立夫人爲皇后。性險妒容媚，自始至辛，譖害袁夫人等甚。權不豫，夫人使問中書令孫弘呂后專制故事。侍疾疲勞，因以羸疾，諸宮人伺其牀臥，共縊殺之，託言中惡。後事泄，坐死者六七人。」（臺北：鼎文書局，1978 年 6 月，頁 1199。）

〔註44〕同註2，頁 148。

〔註45〕同註2，頁 191～192。

免於難。后卒，葬於南郡」〔註46〕然而當時劉備方顛沛，甘后又早卒，因此絕無《拾遺記》中所載之事。

3. 巧　藝

卷二第十二則，敘述周成王時，因祇國所獻善織的女工。

> 五年。有因祇之國，去王都九萬里，獻女工一人。體貌輕潔，被織羅雜繡之衣，長袖修裾，風至則結其衿帶，恐飄颻不能自止也。其人善織，以五色絲內於口中，手引而結之，則成文錦。〔註47〕

卷七第一則，描寫魏文帝所愛的美人薛靈芸，具有能在黑暗中裁製衣服的絕藝。

> 文帝所愛美人，姓薛名靈芸，常山人也。……改靈芸之名曰夜來，入宮後居寵愛。……夜來妙於鍼工，雖處於深帷之內，不用燈燭之光，裁製立成。非夜來縫製，帝則不服。宮中號為「鍼神」也。〔註48〕

卷八第二則，描述趙夫人善於繪畫、刺繡、編織，有「三絕」之稱。

> 吳主趙夫人，丞相達之妹。善畫，巧妙無雙，能於指間以綵絲織雲霞龍蛇之錦，大則盈尺，小則方寸，宮中謂之「機絕」。孫權常嘆魏、蜀未夷，軍旅之際，思得善畫者使圖山川地勢軍陣之像。達乃進其妹。權使寫九州方嶽之勢。夫人曰：「丹青之色，甚易歇滅，不可久寶；妾能刺繡，作列國方帛之上，寫以五嶽河海城邑行陣之形。」既成，乃進於吳主，時人謂之「針絕」。……權居昭陽宮，倦暑，乃褰紫綃之帷，夫人曰：「此不足貴也。」權使夫人指其意思焉。……夫人乃拆髮，以神膠續之。……乃織為羅縠，累月而成，裁為幔，內外視之，飄飄如烟氣輕動，而房內自涼。時權常在軍旅，每以此幔自隨，以為征幕，舒之則廣縱一丈，卷之則納於枕中，時人謂之「絲絕」。故吳有「三絕」，四海無儔其妙。〔註49〕

卷九第十一則，寫翔風有「妙別玉聲，巧觀金色」的特長。

> 石季倫愛婢名翔風，魏末於胡中得之。年始十歲，使房內養之，至十五，無有比其容貌，特以姿態見美。妙別玉聲，巧觀金色。石氏

〔註46〕同註43，卷三十四《蜀書》四〈二主妃子〉〈先主甘后〉，頁905。
〔註47〕同註2，頁50。
〔註48〕同註2，頁159～160。
〔註49〕同註2，頁179～180。

之富，……珍寶奇異，……皆殊方異國所得，莫有辨識其出處者。

乃使翔風別其聲色，悉知其處。言西方北方，玉聲沉重而性溫潤，

佩服者益人性靈；東方南方，玉聲輕潔而性清涼，佩服者利人精神。

〔註50〕

（三）名流才士傳說

《拾遺記》中除搜奇志異外，也記錄不少名人逸事。這些人物在史傳中均有記載，而《拾遺記》描寫、取材的角度，則偏向誇誕的逸事、傳說，雖與史傳不甚符合，但更加凸顯書中人物的個性、特質。以下試依個人專長，略分爲學術、音樂、數術、理財、武藝等方面，加以討論。

1. 學　術

卷六第十六則，敘述賈逵幼敏，能暗誦六經。後以口授經文，而得「舌耕」之譽。

賈逵年五歲，明惠過人。其姊……聞鄰中讀書，旦夕抱逵隔籬而聽之。逵靜聽不言，姊以爲喜。至年十歲，乃暗誦六經。姊謂逵曰：「吾家貧困，未嘗有教者入門，汝安知天下有《三墳》、《五典》而誦無遺句耶？」逵曰：「憶昔姊抱逵於籬間聽鄰家讀書，今萬不遺一。」乃剝庭中桑皮以爲牒，或題於扉屏，且誦且記。期年，經文通遍。於閭里每有觀者，稱云振古無倫。門徒來學，不遠萬里，或袖負子孫，舍於門側，皆口授經文，贈獻者積粟盈倉。或云：「賈逵非力耕所得，誦經舌倦，世所謂舌耕也。」〔註51〕

賈逵的生平，據《後漢書・賈逵傳》所載：其父徽曾從劉歆、塗惲、謝曼卿受《左氏春秋》、《古文尚書》及《毛詩》之學，著有《左氏條例》二十一篇。逵悉傳父業，弱冠能誦《左氏傳》及《五經》本文。自爲兒童，常在太學。〔註52〕因此，本則中逵姊抱之於籬間聽鄰家讀書，或有其事；但稱全憑聽記，而沒其

〔註50〕同註2，頁214。

〔註51〕同註2，頁154。

〔註52〕參見（南朝宋）范曄《後漢書》卷三十六〈鄭范陳賈張〉列傳第二十六〈賈逵〉：「……父徽，從劉歆受左氏春秋，兼習《國語》、《周官》，又受《古文尚書》於塗惲，學《毛詩》於謝曼卿，作《左氏條例》二十一篇。逵悉傳父業，弱冠能誦左氏傳及五經本文，以大夏侯尚書教授，雖爲古學，兼通五家穀梁之說。自爲兒童，常在太學，不通人閒事。」（臺北：鼎文書局，1978 年 4 月，頁 1234～1235）

家學，則與史傳不合。

卷六第十七則，記載何休木訥多智、博聞強記，有「三闕」等著作，及博得「學海」之稱。

> 何休木訥多智，《三墳》、《五典》，陰陽算術，河洛讖緯，及遠年古諺，歷代圖籍，莫不咸誦也。門徒有問者，則爲注記，而口不能說。作《左氏膏肓》、《公羊廢疾》、《穀梁墨守》，謂之「三闕」。言理幽微，非知機藏往，不可通焉。及鄭康成鋒起而攻之，求學者不遠千里，贏糧而至，如細流之赴巨海。京師謂康成爲「經神」，何休爲「學海」。〔註53〕

何休爲人質朴訥口，而雅有心思，精研《六經》，世儒無及者。根據《後漢書·何休傳》記載：「休善曆算，與其師博士羊弼，追述李育意以難二傳，作《公羊墨守》、《左氏膏肓》、《穀梁廢疾》。」〔註54〕其中，何休的著作「三闕」中的《公羊墨守》、《穀梁廢疾》，《拾遺記》誤爲《公羊廢疾》、《穀梁墨守》。

卷六第十八則，描寫任末好學不倦，而有「經苑」之名。

> 任末年十四時，學無常師，負笈不遠險阻。每言：「人而不學，則何以成？」或依林木之下，編毛爲菴，削荆爲筆，刻樹汁爲墨。夜則映星望月，暗則縷麻蒿以自照。觀書有合意者，題其衣裳，以記其事。門徒悅其勤學，更以靜衣易之。非聖人之言不視。臨終誡曰：「夫人好學，雖死若存；不學者雖存，謂之行尸走肉耳！」河洛秘奧，非正典籍所載，皆注記於柱壁及園林樹木，慕好學者，來輒寫之。時人謂任氏爲「經苑」。〔註55〕

卷六第十九則，描述曹曾刊正、收藏天下書籍，而獲得「書倉」之號。

> 曹曾，魯人也。本名平，慕曾參之行，改名爲曾。……天下名書，上古以來，文篆訛落者，曾皆刊正，垂萬餘卷。及國難既夷，收天下遺書於曾家，連車繼軌，輸於王府。諸弟子於門外立祠，謂曰曹師祠。及世亂，家家焚廬，曾慮先文湮沒，乃積石爲倉以藏書，故謂曹氏爲「書倉」。〔註56〕

〔註53〕同註2，頁155。
〔註54〕同註51，卷七十九下〈儒林列傳〉第六十九下〈何休〉，頁2583。
〔註55〕同註2，頁156。
〔註56〕同註2，頁157。

依《後漢書・歐陽歙傳》所載：「濟陰曹曾字伯山，從歙受《尚書》，門徒三千人，位至諫議大夫。」〔註 57〕又當時獻書京師者，有范升、陳元等，未及曹曾，此則可補其缺漏。

2. 音　樂

卷三第八則，敘述晉國樂師師曠的專長及著作。

> 師曠者，或出於晉靈之世，以主樂官，妙辨音律，撰兵書萬篇。時人莫知其原裔，出沒難詳也。晉平公之時，以陰陽之學顯於當世。爛目爲瞽人，以絕塞眾慮，專心於星算音律之中。考鍾呂以定四時，無毫釐之異。《春秋》不記師曠出何帝之時。曠知命欲終，乃述《寶符》百卷。至戰國分爭，其書滅絕矣。〔註 58〕

師曠，春秋晉國樂師，能辨音以知吉凶。《左傳》襄公十四、十八年，都曾記師曠之事。

因此，本則中「《春秋》不記師曠出何帝之時」的敘述並不恰當。此外，《漢書・藝文志》中沒有《寶符》百卷及「兵書萬卷」的記錄，而且先秦人著書簡約，並無百卷萬篇，可知此則有誇誣之嫌。

卷三第十二則，寫衛靈公的樂官師涓演奏四時之樂，悔其違背《雅》、《頌》宗旨有失爲臣之道，因而退隱一事。

> 師涓出於衛靈公之世，能寫列代之樂，善造新曲以代古聲，故有四時之樂，亦有奇麗寶器。春有離鴻去雁應蘋之歌，夏有明晨焦泉朱華流金之調，秋有商風白雲落葉吹蓬之曲，冬有凝河流陰沉雲之操。以此四時之聲，奏於靈公。靈公情溺心惑，忘於政事。……師涓悔其乖於《雅》、《頌》，失爲臣之道，乃退而隱跡。〔註 59〕

3. 數　術

卷八第十一則，記載周群精通算術讖說，並附會以白猿精點化指引的故事。

> 周群妙閑算術讖說，遊岷山採藥，見一白猿，從絕峰而下，對群而立。群抽所佩書刀投猿，猿化爲一老翁，握中有玉版長八寸，以授群。群問曰：「公是何年生？」答曰：「已衰邁也，忘其年月，猶憶

〔註 57〕 同註 51，卷七十九上〈儒林列傳〉第六十九上〈歐陽歙〉，頁 2556。
〔註 58〕 同註 2，頁 78。
〔註 59〕 同註 2，頁 82。

軒轅之時，始學曆數，風后、容成，皆黃帝之史，就余授曆數。至顓頊時，考定日月星辰之運，尤多差異。及春秋時，有子韋、子野、禆之徒，權略雖驗，未得其門。邇來世代興亡，不復可記，因相襲。至大漢時，有洛下閎，頗得其旨。」群服其言，更精勤算術，乃考校年曆之運，驗於圖讖，知蜀應滅，及明年，歸命奔吳。皆云：「周群詳陰陽之精妙也。」蜀人謂之「後聖」。〔註60〕

周群的生平事蹟，見《三國志・蜀書》本傳。周群父舒，「少學術於廣漢楊厚，名亞董扶、任安」周群受業於父，「專心候業」，善望氣，「故凡有氣候，無不見之者，是以所言多中」。〔註61〕《拾遺記》對周群這位具有上通天人本領的神祕色彩人物，加以讚嘆。因此，解說性的附會文字相應而生。

4. 理　財

卷三第十五則，描述范蠡富裕的情況。

> 范蠡相越，日致千金。家童閑算術者萬人，收四海難得之貨，盈積於越都，以爲器。銅鐵之類，積如山阜，或藏之井塹，謂之「寶井」。
> 奇容麗色，溢於閨房，謂之「遊宮」。歷古以來，未之有也。〔註62〕

范蠡之事，見於《國語・越語》、《史記・越世家》、《吳越春秋》及《越絕書》等書。而由以上各書中得知，范蠡仕越爲大將軍，並未嘗爲相。且《史記・貨殖列傳》稱范蠡居積致富一事，是在離開越國以後。可見《拾遺記》僅藉歷史事蹟爲故事發展的骨幹，與史傳的記載並不相符。

卷六第十四則，寫郭況家財萬貫、珍寶盈室的富裕狀況。

> 郭況，光武皇后之弟也，累金數億，家僮四百餘人，以黃金爲器，工冶之聲，震於都鄙。時人謂：「郭氏之室，不雨而雷。」言其鑄鍛之聲盛也。庭中起高閣長廊，置衡石於其上，以稱量珠玉也。閣下有藏金窟，列武士以衛之。錯雜寶以飾臺榭，懸明珠於四垂，晝視之如星，夜望之如月。里語曰：「洛陽多錢郭氏室，夜日晝星富無匹。」其寵者皆以玉器盛食，故東京謂郭家爲「瓊廚金穴」。況小心畏慎，雖居富勢，閉門優遊，未曾干世事，爲一時之智也。〔註63〕

〔註60〕同註2，頁195～196。
〔註61〕同註43，卷四十二《蜀書》十二〈周群〉，頁1020。
〔註62〕同註2，頁88～89。
〔註63〕同註2，頁150。

5. 武 藝

卷七第三則，記魏任城王曹彰的驍勇事蹟。

> 任城王彰，武帝之子也，少而剛毅，學陰陽識候之術，誦《六經》、
> 《洪範》之書數千言。……王善左右射，學擊劍，百步中髭髮。時
> 樂浪獻虎，文如錦斑，以鐵爲檻，梟殷之徒，莫敢輕視。彰曳虎尾
> 以繞臂，虎弭耳無聲。莫不服其神勇。時越獻白象子在帝前，彰手
> 頓其鼻，象伏不動。文帝鑄萬斤鍾，置崇華殿，欲徙之，力士百人
> 不能動，彰乃負之而趨。四方聞其神勇，皆寢兵自固。帝曰：「以王
> 之雄武，吞併巴蜀，如鴟銜腐鼠耳！」〔註64〕

曹彰，魏武帝曹操之子，黃初中封任城王。《三國志・魏書》彰傳稱其「少善
射御，臂力過人，手格猛獸，不避險阻。」〔註65〕而《拾遺記》中則對曹彰
的英勇威猛，做更生動、深刻的描繪。

（四）神仙方士傳說

《拾遺記》中，對神仙的具體形象，並沒有鮮明的刻畫。部分的篇章僅
就仙人的外形做簡單的描述，對其神異事蹟、超人異能，則略而不提。相反
地，對方士的描寫，則較爲生動，引人入勝。在《拾遺記》中，這類人物極
具神祕色彩，行蹤飄忽不定，並能使用法術，呼風喚雨，及幻化出各種奇觀。
因此，以下就神仙、方士的特質分爲仙人形貌、傳授知識、奇幻法術等方面，
舉例說明。

1. 仙人形貌

《拾遺記》中對西王母的形象塑造十分模糊。卷三第二則，寫西王母與
周穆王在春宵宮的歡宴，僅對西王母出現的場面及裝束做簡短的描述。

> ……西王母乘翠鳳之輦而來，前導以文虎、文豹，後列雕麟、紫麞。
> 曳丹玉之履，敷碧蒲之席，黃莞之薦，共玉帳高會。〔註66〕

又卷四第五則，寫西王母與燕昭王見面一事，也只簡略提及：

> ……王母果至。與昭王遊於燧林之下，說炎帝鑽火之術。〔註67〕

〔註64〕同註2，頁165。
〔註65〕同註43，卷十九《魏書》十九〈任城陳蕭王傳〉第十九〈任城威王彰〉，頁
　　　　555。
〔註66〕同註2，頁65。
〔註67〕同註2，頁97。

但是，在《山海經‧大荒西經》中，則對西王母的形象有截然不同的描繪。

> 有人，戴勝，虎齒，有豹尾，穴處，名曰西王母。〔註68〕

在《山海經》中，西王母的形貌近似半人半獸，而在《拾遺記》中，則成爲以華服裝扮的仙人形象出現。

卷三第十則，記載與老子共談天地之數的五方之精。

> 老聃在周之末，居反景日室之山，與世人絕跡。惟有黃髮老叟五人，或乘鴻鶴，或衣羽毛，耳出於頂，瞳子皆方，面色玉潔，手握青筇之杖，與聃共談天地之數。……五老即五方之精也。〔註69〕

本則中，對東、西、南、北、中五方之神的奇特外形及裝束，有一番描述。

卷四第一則，敘述燕昭王時廣延國所獻善舞者旋娟、提嫫的美貌與舞姿。此二人，即由玄天之女託形幻化的。

> 王即位二年，廣延國來獻善舞者二人：一名旋娟，一名提嫫，並玉質凝膚，體輕氣馥，綽約而窈窕，絕古無倫。或行無跡影，或積年不飢。昭王處以單綃華幄，飲以瑉珉之膏，飴以丹泉之粟。王登崇霞之臺，乃召二人來側，時香風欻起，二人徘徊翔轉，殆不自支。王以纓縷拂之，二人皆舞。容冶妖麗，靡於鸞翔，而歌聲輕颺。……其舞一名縈塵，言其體輕與塵相亂；次曰集羽，言其婉轉若羽毛之從風；末曰旋懷，言其肢體纏曼，若入懷袖也。乃設麟文之席，散荃蕪之香。……以屑噴地，厚四五寸，使二女舞其上，彌日無跡，體輕故也。〔註70〕

其中，「行無跡影」、「積年不飢」，正凸顯玄天之女的仙人特質。

2. 傳授知識

卷六第十五則，寫太一之精化爲老者，傳授劉向《洪範五行》及天文地理等知識。

> 劉向於成帝之末，校書天祿閣，專精覃思。夜有老人，著黃衣，植青藜杖，登閣而進，見向暗中獨坐誦書。老父乃吹杖端，烟然，因以見向，說開闢以前。向因受《洪範五行》之文，恐辭說繁廣忘之，

〔註68〕 參見袁珂校注《山海經校注》（上海：上海古籍出版社，1980 年 7 月）「海經」卷十一「大荒西經」〈昆侖西王母〉，頁 407。
〔註69〕 同註2，頁 79。
〔註70〕 同註2，頁 91。

乃裂裳及紳，以記其言。至曙而去，向請問姓名。云：「我是太一之精，天帝聞金卯之子有博學者，下而觀焉。」乃出懷中竹牒，有天文地圖之書，「余略授子焉」。〔註71〕

3. 奇幻法術

卷三第六則，敘述周靈王時有能呼風喚雨、變夏改寒的神異之人。

……王乃登臺，望雲氣翁鬱，忽見二人乘雲而至，鬢髮皆黃，非謠俗之類也。乘遊龍飛鳳之輦，駕以青螭。其衣皆縫緝毛羽也。王即迎之上席。時天下大旱，地裂木燃。一人先唱：「能為雪霜。」引氣一噴，則雲起雪飛，坐者皆凜然，宮中池井，堅冰可瑑。又設狐腋素裘、紫罷文褥，罷褥是西域所獻也，施於臺上，坐者皆溫。又有一人唱：「能使即席為炎。」乃以指彈席上，而暄風入室，裘褥皆棄於臺下。〔註72〕

卷三第七則，描寫韓房以丹砂畫手，能發出光輝的法術。

有韓房者，自渠胥國來，……韓房身長一丈，垂髮至膝，以丹砂畫左右手如日月盈缺之勢，可照百餘步。周人見之，如神明矣。〔註73〕

渠胥國，可能是渠搜國，即古西戎國名。在《漢書·地理志》中作渠叟國，《隋書·西域傳》則有：「鏺汗國都蔥嶺之西五百餘里，古渠搜國也。」〔註74〕由此可知，這種法術來自西域。

卷四第三則，描述沐胥國道術人尸羅變幻莫測的術惑之術。

……有道術人尸羅。……善術惑之術。於其指端出浮屠十層，高三尺，及諸天神仙，巧麗特絕。人皆長五六分，列幢蓋，鼓舞，繞塔而行，歌唱之音，如真人矣。尸羅噴水為雰霧，暗數里間。俄而復吹為疾風，雰霧皆止。又吹指上浮屠，漸入雲裏。又於左耳出青龍，右耳出白虎。始出之時，纔一二寸，稍至八九尺。俄而風至雲起，即以一手揮之，即龍虎皆入耳中。又張口向日，則見人乘羽蓋，駕螭、鵠，直入於口內。復以手抑胸上，而聞懷袖之中，轟轟雷聲。更張口，則向見羽蓋、螭、鵠相隨從口中而出。尸羅常坐日中，漸

〔註71〕同註2，頁153。
〔註72〕同註2，頁73～74。
〔註73〕同註2，頁75。
〔註74〕參見（唐）魏徵等：《隋書》（臺北：鼎文書局，1979年12月）卷八十三列傳第四十八〈西域〉，頁1853。

　　漸覺其形小，或化爲老叟，或爲嬰兒，倏忽而死，香氣盈室，時有

　　清風來吹之，更生如向之形。咒術衒惑，神怪無窮。〔註75〕

本則中提及沐胥國，一名申毒國，即印度。因此得知尸羅變化多端的衒惑幻術，是由印度傳至中土。此外，有關印度幻術的記載，在唐釋道世《法苑珠林》卷六一中提到：「晉永嘉中，有天竺胡人，來渡江南，其人有幻術，能斷舌、續勸、吐火。」

第二節　宗教影響

一、佛教影響

　　自東漢佛教傳入中國後，譯經風氣漸盛，佛教思想對中國哲學、宗教、社會、文學等方面，有深遠的影響。在文學方面，佛教的輸入對中國小說的影響極大。它除提供許多佛經的故事題材外，更引導小說的作者向一條因果報應的路上走去。〔註76〕以下試就《拾遺記》受佛教影響的部分，分爲因果報應及採引佛經兩方面加以引證說明。

（一）因果報應

　　魏晉南北朝時，盛行凡爲善惡，必致因果報應之說。例如：《梁書·范縝傳》云：

　　君不信因果，世間何得有富貴？何得有貧賤？〔註77〕

又《周書·蕭大圜傳》則有：

　　大圜深信因果，必安閑放。嘗言之曰：「拂衣裹裳，無吞舟之漏網；掛冠懸節，應我志之未從。儻獲展禽之免，有美慈明之進；如蒙北叟之放，實勝濟南之徵。其故何哉？」〔註78〕

　　除史書的記載外，《拾遺記》中也可見因果報應的故事題材。如卷六第十

〔註75〕同註2，頁94。

〔註76〕參見西諦：《中國文學中的小說傳統》（臺北：木鐸出版社，1985年9月），頁26。

〔註77〕參見《梁書》（臺北：鼎文書局，1983年1月）卷四十八列傳第四十二〈儒林〉〈范縝傳〉，頁665。

〔註78〕參見《周書》（臺北：鼎文書局，1978年11月）卷四十二列傳第三十四〈蕭大圜傳〉，頁757。

一則：

>……有瑯瑘王溥，即王吉之後。……及安帝時，家貧不得仕，乃挾
>竹簡插筆，於洛陽市傭書。美於形貌，又多文辭。來僦其書者，丈
>夫贈其衣冠，婦人遺其珠玉，一日之中，衣寶盈車而歸。積粟于廩，
>九族宗親，莫不仰其衣食，洛陽稱爲善筆而得富。溥先時家貧，穿
>井得鐵印，銘曰：「傭力得富，錢至億庾，一土三田，軍門主簿。」
>後以一億錢輸官，得中壘校尉。三田一土，「壘」字也；中壘校尉掌
>北軍壘門，故曰軍門主簿。積善降福，神明報焉。〔註79〕

這種「積善降福，神明報焉」，以天爲主宰的現世報應觀念，正如《易經・坤》
文言曰：「積善之家必有餘慶，積不善之家必有餘殃。」〔註80〕上天可對人的
行爲作公正的審判，成了個人約束行爲的道德信念。

　　除了鑒臨下民的天帝外，人死後的鬼魂，也具有賞善罰惡的能力。例如
卷八第十則：

>麋竺用陶朱計術，日益億萬之利，貨擬王家，有寶庫千間。竺性能賑
>生恤死，家中馬廄屋仄有古塚，中有伏尸，夜聞涕泣聲。竺乃尋其泣
>聲之處，忽見一婦人袒背而來，訴云：「昔漢末妾爲赤眉所害，叩棺
>見剔，今袒在地，羞晝見人，垂二百年，今就將軍乞深埋，并弊衣以
>掩形體。」竺許之，即命之爲棺槨，以青布爲衣衫，置於塚中，設祭
>既畢。歷一年，行於路曲，忽見前婦人，所著衣皆是青布，語竺曰：
>「君財寶可支一世，合遭火厄，今以青蘆杖一枚長九尺，報君棺槨衣
>服之惠。」竺挾杖而歸。所住鄰中常見竺家有青氣如龍蛇之形。或有
>人謂竺曰：「將非怪也？」竺乃遺此異，問其家僮。云：「時見青蘆杖
>自出門間，遺其神，不敢言也。」竺爲性多忌，信厭術之事，有言中
>忤，即加刑戮，故家僮不敢言。竺貨財如山，不可算計，内以方諸盆
>瓶，設大珠如卵，散滿於庭，謂之「寶庭」，而外人不得窺。數日，
>忽青衣童子數十人來云：「麋竺家當有火厄，萬不遺一，賴君能恤斂
>枯骨，天道不辜君德，故來禳卻此火，當使財物不盡；自今以後，亦
>宜防衛！」竺乃掘溝渠周繞其庫。旬日，火從庫内起，燒其珠玉十分
>之一，皆是陽燧旱燥自能燒物。火盛之時，見數十青衣童子來撲火，

〔註79〕同註2，頁143。
〔註80〕參見《周易》（藍燈文化事業公司，十三經注疏本第一冊）卷一〈坤〉，頁20。

有青氣如雲，覆於火上，即滅。童子又云：「多聚鸛鳥之類，以禳火災；鸛能聚水於巢上也。」家人乃收鸛鷿數千頭養於池渠中，以厭火。〔註81〕

麋竺因替古塚中的女屍重新備妥衣衫及棺槨，而得到女屍孤魂報恩，使家中庫藏的珍寶免於付之一炬的厄運。正因古人相信鬼魂有超人能力，故能對人的行爲進行監視與賞罰，這正是中國固有賞善罰惡、禍福相報的觀念。〔註82〕

這種因果報應的觀念，所以普及於當時社會、深植於百姓心中，並爲《拾遺記》所吸收，成爲故事題材，實乃中國故有的報應觀念與佛教輪迴報應思想的盛行、融合之結果。因爲，佛教教義宣傳「行惡必有累劫之殃，修善使有無窮之慶，論罪則有幽冥之司，語福則有神明之祐」，〔註83〕而因果報應便是建立在此輪迴的基礎上，認爲現行之苦樂，乃緣於過去自己行爲活動所決定的「業」〔註84〕果，同時爲求得未來之善果，必須現在多積「善業」。

（二）採引佛經

佛教傳入中國本土後，盛行於六朝。而王嘉爲北方苻秦時人，北地佛教又較盛行，因此雖爲道士也受其影響，在《拾遺記》中即可見釋典痕跡。又可分爲兩種情形：一是援用佛經語詞，一是改寫佛經故事。

1. 援用佛經語詞

即在內容中引用佛經的文字，例如：

卷一第九則〈高辛〉條：「丹丘之地，有夜叉駒跋之鬼。」其中，「夜叉」一詞，漢譯云勇健，「亦云暴惡。舊云閱叉，西域記云藥叉，舊訛曰夜叉，能

〔註81〕 同註2，頁192～194。
〔註82〕 例如《墨子・明鬼》下云：「古今爲鬼，非他也，有天鬼，亦有山木鬼者，亦有人死爲鬼者。」從人相信死後爲鬼，靈魂不失的觀念，並進而相信鬼魂有超自然力量，對人的行爲或善或惡，「鬼神之明必知之」，又：「鬼神之罰不可爲富貴、眾強、勇力、強武、堅甲之兵（所阻），鬼神之罰必勝之」，其至貴爲天子、富有天下者亦不免鬼神之罰：「鬼神之所賞，無小必賞之。鬼神之所罰，無大必罰之」。
〔註83〕 見《弘明集》卷六釋道恆「釋駁論」（大本原式精印四部叢刊正編本第二四冊，臺北：臺灣商務印書館，1979年11月）。
〔註84〕 「業」，是佛教的輪迴主體。簡言之，「業」是實體的緣起。（見李世傑：《原始佛學哲學史——印度佛教哲學史》，臺北：臺灣佛教月刊社，1964年6月8日，頁59～60。）指自我在昏迷盲目的欲念下，由欲生意向、意向生業果的活動結果，此種結果再生出具體的生命，造成繼續之流轉、輪迴。（參見勞思光：《中國哲學史》第二卷，臺北：三民書局股份有限公司，1981年1月，頁186～188。）

飛騰空中，什曰秦言貴人，亦言輕健，有三種：一在地，二在虛空，三天夜叉。地夜叉但以財施，故不能飛空；天夜叉以車馬施，故能飛行。肇曰：天夜叉居下二天，守天城池門閣。」。〔註85〕

卷四第三則：「……有道術人名尸羅。……善衒惑之術。於其指端出浮屠十層，高三尺，及諸天神仙，巧麗特絕。」其中「浮屠」一詞，舊譯家以爲佛陀之轉音。《廣弘明集》二曰：「浮圖，或言佛陀，聲明轉也。譯云浮覺。滅穢成明覺，爲聖悟也。」秘藏記本曰：「浮圖，佛也。新人曰物他也，古人曰浮圖也。」新譯家以爲窣堵波（即塔）之轉音。《西域記》一曰：「窣堵波，即舊所謂浮圖也。」《瑜伽倫記》十一上曰：「窣堵波者，此云供養處。舊云浮圖者，音訛也。」世多通用後義。〔註86〕

又卷十第一則〈崑崙山〉條：「崑崙山者，西方曰須彌山，對七星下，出碧海之中，上有九層。」而「須彌山」本是佛家語。佛經謂南贍部洲等四大洲之中心有須彌山，處大海之中，上高三百三十六萬里，頂上爲帝釋天所居，半腹爲四天王住處。〔註87〕

2. 改寫佛經故事

將佛經內容略作修改增損，成爲故事的題材之一。段成式《酉陽雜俎》續集貶誤篇中，謂其讀〈陽羨書生〉（《續齊諧記》第八則）：

> 釋氏《譬喻經》〔註88〕云：昔梵志作術，吐出一壺，中有女，與屏處作家室。梵志少息。女復作術，吐出一壺，中有男子，復與共臥。梵志覺，次第互吞之，柱杖而去。余以吳均嘗覽此事，訝其說以爲至恠也。〔註89〕

其實整個演變過程爲：《舊雜譬喻經》「梵志吐壺」→《拾遺記》卷四第三則「道術人尸羅」→《靈鬼志》「外國道人」一則→《續齊諧記》「陽羨書生」。以下分別引《舊雜譬喻經》及《拾遺記》原文，說明其間的演化。

〔註85〕　參見《翻譯名義集》（大本原式精印四部叢刊正編本第二七冊，臺北：臺灣商務印書館，1979 年 11 月）卷二，八部篇第十四，頁 44。

〔註86〕　參見《佛學辭典》（臺北：五洲出版社，1984 年 3 月），頁 1152。

〔註87〕　參考周次吉：《六朝志怪小說研究》（臺北：文津出版社，1990 年 9 月），頁81～82。

〔註88〕　實爲《舊雜譬喻經》卷上第十八則，而非《譬喻經》，此乃段成式之誤。

〔註89〕　參見（唐）段成式：《酉陽雜俎》（臺北：臺灣學生書局，1975 年 1 月）續集卷之四〈貶誤〉，頁 134～135。

昔有國王持婦女急，正夫人謂太子，我爲汝母，生不見國中，欲一
出，汝可白王。太子上樹，逢見梵志獨行來入水池浴出飯食，作術
吐出一壺，壺中有女人，與於屏處作家室，梵志遂得臥。女人則復
作術，吐出一壺，壺中有年少男子，復與共臥已，便吞壺。須臾，
梵志起復內婦著壺中。吞之已作杖而去。……

《拾遺記》則將上述《舊雜譬喻經》梵志吐壺的故事，加以變化：

> （燕昭王）七年，……有道術人尸羅。……善衛惑之術。於其指端
> 出浮屠十層，高三尺，及諸天神仙，巧麗特絕。……又於左耳出青
> 龍，右耳出白虎。始出之時，纔一二寸，稍至八九尺。俄而風至雲
> 起，即以一手揮之，即龍虎皆入耳中。又張口向日，則見人乘羽蓋，
> 駕螭、鵠，直入於口內。復以手抑胸上，而聞懷袖之中，轟轟雷聲。
> 更張口，則向見羽蓋、螭、鵠相隨從口中而出。……〔註90〕

而仍留下申毒國〔註91〕的道人尸羅，以見其痕跡。

二、道教影響

　　道教在漢末魏晉以前，屬於巫教、神仙思想流傳的階段，可稱爲前道教
時期；六朝道教正式成立以後，直到清末，千餘年間，道教發展出不同的流
派，錯綜複雜，自有變化。〔註92〕道教文化表現在文學藝術之上，形成別具
風格的道教藝術。而在文學中表現的道教主題，有：仙境遊歷、度脫成仙、
試練指點、法術除妖及創業啓示等。前三者與修眞成仙的經驗有關，後兩項
一爲道教法術思想、一爲政治神話的製造。〔註93〕以下則就《拾遺記》受道
教影響的部分，分爲修鍊服食、鏡劍傳說兩方面說明。

（一）修鍊服食

　　漢成帝末年頗好鬼神，《漢書·郊祀志》下，谷永諫成帝云：

> 臣聞明於天地之性，不可或以神怪；知萬物之情，不可罔以非類。

〔註90〕 同註2，頁94。

〔註91〕 申毒國即印度，舊譯有身毒、天竺、信度等稱，皆一音之轉。俞樾《茶香室
叢鈔》卷十三〈尸羅〉云：「此（指本條所記）乃佛法入中國之始，申毒即身
毒也，視《列子》所載，周穆王時『化人』事尤爲明顯矣。」（收錄於《叢書
集成三編》第66冊，臺北：新文豐出版公司，1997年3月，頁280。）

〔註92〕 參見李豐楙：《探求不死》（臺北：久大文化有限公司，1987年9月），頁6。

〔註93〕 同註88。

諸背仁義之正道，不遵五經之法言，而盛稱奇怪鬼神，廣崇祭祀之方，求報無福之祠，及言世有僊人，服食不終之藥，遙興輕舉，登遐倒景，覽觀縣圃，浮遊蓬萊，耕耘五德，朝種暮穫，與山石無極，黃冶變化，堅冰淖溺，化色五倉之術者，皆姦人惑眾，挾左道，懷詐僞，以欺罔世主。〔註94〕

上述指斥的內容，包括：金丹、存思、服食、輕舉、變化等，即當時的仙道理論。至魏晉南北朝時，道教中人頗重修養之法，舉凡虛心養性、食炁辟穀、導引胎息、房中寶精、餌丹服藥等，並繼承前代方士修鍊之說，更加系統化。〔註95〕以下就《拾遺記》的內容，分爲虛心養生、丹藥服食兩點說明。

1. 虛心養生

所謂「養生」，包括養形及養性。神仙道教的養生思想，以愛氣寶精爲主。因爲，氣的多寡將影響壽命的長短，精的盈虛又關係氣的盛衰。所以，必須恬淡寡欲，才能養生。

例如卷四第二則，記燕昭王向甘需學長生久視之法一事：

四年，王居正寢，召其臣甘需曰：「寡人志於仙道，欲學長生久視之法，可得遂乎？」需曰：「臣遊崑臺之山，見有垂髮之叟，宛若少童，貌如冰雪，形如處子，血清骨勁，膚實腸輕，乃歷蓬、瀛而超碧海，經涉升降，遊往無窮，此爲上仙之人也。蓋能去滯慾而離嗜愛，洗神滅念，常遊於太極之門。今大王以妖容惑目，美味爽口，列女成群，迷心動慮，所愛之容，恐不及玉，纖腰皓齒，患不如神；而欲卻老雲遊，何異操圭爵以量滄海，執毫釐而迴日月，其可得乎！」昭王乃徹色滅味，居乎正寢。……〔註96〕

對於心性的修養，首重袪除情慾的干擾。《抱朴子》〈道意篇〉及〈極言篇〉中分別提到：「薄喜怒之邪，減愛惡之端」〔註97〕、「忍怒以全陰氣，抑喜以養陽氣。」〔註98〕正因爲喜怒愛惡等人的七情，會干擾內心的寧靜，因此必須將其

〔註94〕見（漢）班固撰，（唐）顏師古注《新校漢書集注》（臺北：世界書局，1978年11月）卷二十五下〈郊祀志〉第五下，頁1260。
〔註95〕同註27，頁257。
〔註96〕同註2，頁93。
〔註97〕參見李中華注譯《新譯抱朴子》（臺北：三民書局股份有限公司，1996年4月）卷九〈道意篇〉，頁223。
〔註98〕同註97，卷十三〈極言〉，頁337。

排除。所以，《抱朴子‧論仙篇》中說：「學仙之法，欲得恬愉澹泊，滌除嗜欲，內視反聽，尸居無心。」〔註99〕精神的修養為一切養生的基礎，而燕昭王的生活享受，烹肥煮鮮，不合恬愉澹薄的養生之方。同時，《抱朴子‧微旨篇》中有：「寶精愛氣，最其急也。」〔註100〕這是一種基於氣為人身之寶的養生觀。由此可知甘需提出長生久視之法，正是「去滯慾，離嗜愛」，以虛心養生。

2. 丹藥服食

煉丹是神仙道教嘗試控制自然的一種努力，企圖藉煉丹服食變成神仙，達到長生不老的境地。魏伯陽《參同契》中說：

> 巨勝尚延年，還丹可入口。金性不敗朽，故為萬物寶，術士伏食之，壽命得長久。……金砂入五內，霧散若風雨。薰蒸達四肢，顏色悅懌好。髮白更生黑，齒落生舊所。老翁復丁壯，耆嫗成姹女。改形免世厄，號之曰真人。〔註101〕

葛洪《抱朴子‧金丹篇》中也依據丹方加以誇說：

> 夫金丹之為物，燒之愈久，變化愈妙；黃金入火百鍊不消，埋之畢天不朽。服此二物，鍊人身體，故能令人不老不死。此蓋假求於外物以自堅固，有如脂之養火而可不滅，銅青塗腳入水不腐，此是借銅之勁以扞其肉也。金丹入身中，沾洽榮衛，非但銅青之外傅也。……
>
> 〔註102〕

魏晉時人多重視服食，舉凡可以延年益壽、駐顏美容的祕方，在人們夢寐不死、企求長生的大前提下，都被允許以無限制的追求，煉丹、服散，只是其中較為著稱的幾種。以《拾遺記》為例：

> ……今蒼梧之外，山人採藥，時有得青石，圓潔如珠，服之不死，帶者身輕。故仙人方迴〈遊南岳七言讚〉：「珠塵圓潔輕且明，有道服者得長生。」〔註103〕

上述為卷一第十三則，寫服食蒼梧之野的青石後，能使人長生不老，而帶上青石會變得身體輕捷，具有神奇的作用。

〔註99〕同註97，卷二〈論仙〉，頁37。

〔註100〕同註97，卷六〈微旨〉，頁155。

〔註101〕參見（東漢）魏伯陽：《參同契》〈二土全功章第十〉，頁2983。（收錄於《增訂漢魏叢書（四）》，臺北：大化書局，1983年12月。）

〔註102〕同註97，卷四〈金丹〉，頁87。

〔註103〕同註2，頁28。

> 昭王即位二十年，王坐祇明之室，晝而假寐。忽夢白雲蓊蔚而起，
> 有人衣服並皆毛羽，因名羽人。王夢中與語，問以上仙之術。羽人
> 曰：「大王精智未開，欲求長生久視，不可得也。」王跪而請受絕慾
> 之教。羽人乃以指畫王心，應手即裂。王乃驚寤，而血濕衿席，因
> 患心疾，即卻膳撤樂。移於旬日，忽見所夢者復來，語王曰：「先欲
> 王之心。」乃除方寸綠囊，中有續脈明丸、補血精散，以手摩王之
> 臆，俄而即愈。王即請此藥，貯以玉缶，緘以金繩。王以塗足，則
> 飛天地萬里之外，如遊咫尺之內。有得服之，後天而死。〔註104〕

上述卷二第十五則，記周昭王於夢中問羽人上仙之術，而得以換心，並服食
續脈明丸、補血精散。因而有異能，且能長生不死。

> ……此蛾出於員丘之穴。……蛾憑氣飲露，飛不集下，群仙殺此蛾
> 合丹藥。……王曰：「今乞此蛾以合九轉神丹！」王母弗與。〔註105〕

上述為卷四第五則，寫燕昭王九年時，西王母與群仙遊員丘之上，並取神蛾
合丹藥，以及燕昭王向西王母乞神蛾合九轉神丹被拒絕之事。九轉神丹，亦
名九轉金丹。《抱朴子‧金丹篇》：

> 一轉之丹，服之三年得仙；二轉之丹，服之二年得仙；三轉之丹，
> 服之一年得仙，四轉之丹，服之半年得仙；五轉之丹，服之百日得
> 仙；六轉之丹，服之四十日得仙；七轉之丹，服之三十日得仙；八
> 轉之丹，服之十日得仙；九轉之丹，服之三日得仙。〔註106〕

道家以藥煉金石為丹，**轉數多**，歷時久，則藥力足，故以九轉為貴。燕昭王
因此希望能得神蛾合九轉神丹，服食成仙，而能長生不老。

> ……囚高於咸陽獄，懸於井中，七日不死；更以鑊湯煮，七日不沸，
> 乃戮之。子嬰問獄吏曰：「高其神乎？」獄吏曰：「初囚高之時，見
> 高懷有一青丸，大如雀卵。」時方士說云：「趙高先世受韓終丹法，
> 冬月坐於堅冰，夏日臥於爐上，不覺寒熱。」及高死，子嬰棄高屍
> 於九達之路。泣送者千家，或見一青雀從高屍中出，直飛入雲。九
> 轉之驗，信於是乎！〔註107〕

〔註104〕同註2，頁53～54。
〔註105〕同註2，頁97。
〔註106〕同註97，卷四〈金丹〉，頁101。
〔註107〕同註2，頁105。

上述卷四第十一則，寫趙高因受韓終丹法，練就寒熱不侵之身，死後並化爲青雀尸解，這就是所謂的丹藥之法。

> ……道家云：「昔仙人桐君採石，入穴數里，得丹石雞，舂碎爲藥，服之者令人有聲氣，後天而死。」……〔註108〕

上述卷七第四則，引述道家的一段話，說明仙人桐君以丹石雞製成丹藥，服食後可精力旺盛、長生不死。

（二）鏡劍傳說

鏡、劍等法術變化觀念，表現中古民間與道教對超自然力的一種信仰。同時，鏡、劍之類的法物均屬人間官府威權的象徵，既可制人，自可依據象徵律則，類推其威力，厭伏違反常態的怪異之氣。〔註109〕

1. 鏡

鏡，爲道教儀式中的重要法物之一。今人劉萬枝、李獻璋等所作田野調查報告，可以證實寶鏡深具法術功能。〔註110〕中土自製的寶鏡，具靈威法力。例如《搜神後記》卷九，有照妖鏡傳說：

> 淮南陳氏，於田中種豆。忽見二女子，姿色甚美，著紫纈襦青裙，天雨而衣不濕。其壁先掛一銅鏡，鏡中見二鹿，遂以刀斫，獲之，以爲脯。〔註111〕

而遠方外邦所獻的寶鏡，尤具神祕威力。例如《拾遺記》卷三第七則所記渠胥國的火齊鏡：

> 有韓房者，自渠胥國來，獻……火齊鏡廣三尺，闇中視物如晝，向鏡語，則鏡中影應聲而答。……〔註112〕

火齊鏡神奇之處，是能在暗夜中象白天一樣照東西。如果對著鏡子說話，寶

〔註108〕同註2，頁167。
〔註109〕參考李豐楙：〈六朝鏡劍傳說與道教法術思想〉，收錄於《中國古典小說研究專集》第二輯（臺北：聯經出版事業公司，1980年6月）。
〔註110〕例如：劉枝萬〈臺灣臺北縣樹林鎮建醮祭典〉一文中，有斗燈，斗內器物有：彩傘、劍、鏡及剪刀等。又〈臺灣桃園縣中壢市建醮祭典〉一文，斗燈內的器物，有：燈、鏡、秤、尺、剪刀五種。又如：李獻璋〈道教醮儀的發展與現代的醮〉，即以彰化南瑤宮爲調查對象，解說「鏡」：「多用圓形鋼鏡，鏡有照妖作用，以祝不爲邪妖所害，也示圓圓。」大抵合乎六朝道教的原始構想。
〔註111〕參見（晉）陶淵明撰，汪紹楹校注《搜神後記》（臺北：木鐸出版社）卷九，頁58。
〔註112〕同註2，頁75。

鏡中的人影竟能應聲回答。

　　除上述的銅鏡外，還有石鏡，爲天然光明之物。因其照明燭暗，據傳有銅鏡的功能。例如卷三第六則中的月鏡：

　　　　（周靈王）二十三年，……時異方貢玉人、石鏡，此石色白如月，照面如雪，謂之「月鏡」。……〔註113〕

又如卷十第三則「方丈山」一條：

　　　　方丈之山，……山西有照石，去石十里，視人物之影如鏡焉。碎石片片，皆能照人，而質方一丈，則重一兩。昭王春此石爲泥，泥通霞之臺，與西王母常遊居此臺上。常有眾鸞鳳鼓舞，如琴瑟和鳴，神光照耀，如日月之出。……有池方百里，水淺可涉，泥色若金而味辛，……百煉可爲金，色青，照鬼魅猶如石鏡，魑魅不能藏形矣。

　　　　〔註114〕

月鏡和照石，雖然同屬石鏡，但卻能發光照人。而用方丈山池中之泥，百煉爲金後，更具照妖鏡的功用，能使魑魅現形。

　　2. 劍

　　劍，也是道教儀式中的重要法物。寶劍傳說，早期與冶鍊巫術有密切關係。例如：東漢趙曄的《吳越春秋》及袁康的《越絕書》中，都一再強調吳越冶鍊集團鑄劍的神祕性、靈威性。〔註115〕因爲，古代冶鍊技術實非人力所能完全控制，所以需施以巫術，再加上吳越地區巫風流行，更增強其巫術性格。其中，干將、莫邪與歐冶子作劍爲流傳最廣的傳說。

　　到了六朝初期，約有三類相關的神祕說法，即：劍氣、變化、飛騰，都基於變化神話、氣化思想演變而成。張華尋劍，爲最著名的劍氣說。據雷次宗《豫章記》所載：

　　　　吳未亡，恆有紫氣見斗牛之間。雷孔章曰：是寶物之精，上徹於天耳，在豫章豐城。張華遂以孔章爲豐城令，至縣，移獄，掘深二丈，得玉匣，長八九尺。開之，得二劍，一即龍淵，二即太阿，其夕牛斗氣不復見。

〔註113〕同註2，頁73～74。

〔註114〕同註2，頁225～226。

〔註115〕參見（漢）趙曄《吳越春秋》卷二〈闔閭內傳第四〉，頁1011～1022。（漢）袁康《越絕書》卷十一〈外傳記寶劍〉，頁983～985。（以上二書皆收錄於《增訂漢魏叢書》（二），臺北：大化書局，1983年12月。）

寶物之精，恒有異氣，是六朝以前的氣化觀念。漢人尤以氣化解說氣的形成。
張華號稱博物，善觀天象；而雷次宗精於觀氣，類此均爲方士祕技。依據方
士思想，靈異寶物，能上應天地，預見朝代嬗替，乃至個人吉凶，此即漢世
讖緯思想的異徵變化觀念。劍能變化爲龍，龍爲變化的靈物，與古代圖騰信
仰有關的神祕靈物。《拾遺記》卷一第五則，有劍作龍吟的記載：

> 帝顓頊高陽氏，……有曳影之劍，騰空而舒，若四方有兵，此劍則
> 飛起指其方，則剋伐；未用之時，常於匣裏，如龍虎之吟。

騰空、飛赴爲龍騰雲霧之象。〔註116〕

在《拾遺記》卷十第七則「昆吾山」中的寶劍傳說，亦爲道教思想的產物。

> 昆吾山，其下多赤金，色如火。昔黃帝伐蚩尤，陳兵於此地，掘深百
> 丈，猶未及泉，惟見火光如星。地中多丹，鍊石爲銅，銅色青而利。
> 泉色赤。山草木皆勁利，土亦剛而精。至越王句踐，使工人以白馬白
> 牛祠昆吾之神，採金鑄之，以成八劍之精：一名掩日，以之指日，則
> 光晝暗。金陰也，陰盛則陽滅。二名斷水，以之劃水，開即不合。三
> 名轉魄，以之指月，蟾兔爲之倒轉。四名懸翦，飛鳥遊過觸其刃，如
> 斬截焉。五名驚鯢，以之泛海，鯨鯢爲之深入。六曰滅魂，挾之夜行，
> 不逢魑魅。七名卻邪，有妖魅者，見之則伏。八名眞剛，以切玉斷金，
> 如削土木矣。以應八方之氣鑄之也。其山有獸，大如兔，毛色如金，
> 食土下之丹石，深穴地以爲窟；亦食銅鐵，膽腎皆如鐵。其雌者色白
> 如銀。昔吳國武庫之中，兵刃鐵器，俱被食盡，而封署依然。王令檢
> 其庫穴，獵得雙兔，一白一黃，殺之，開其腹，而有鐵膽腎，方知兵
> 刃之鐵爲兔所食。王乃召其劍工，令鑄其膽腎以爲劍，一雌一雄，號
> 「干將」者雄，號「鏌鋣」者雌。其劍可以切玉斷犀，王深寶之，遂
> 霸其國。後以石匣埋藏。及晉之中興，夜有紫氣衝斗牛。張華使雷煥
> 爲豐城縣令，掘而得之。華與煥各寶其一。拭以華陰之土，光耀射人。
> 後華遇害，失劍所在。煥子佩其一劍，過延平津，劍鳴飛入水。及入
> 水尋之，但見雙龍纏屈於潭下，目光如電，遂不敢前取矣。〔註117〕

其內容綜合黃帝伐蚩尤、越王句踐祠昆吾鑄劍、吳國武庫食鐵兔及干將鏌鋣
神劍、張華雷煥等事，可謂寶劍傳說的集大成。

〔註116〕同註109。
〔註117〕同註2，頁232～234。

鏡、劍本具有實用目的，爲現實生活中實用的物品。但是到六朝時期，前此所有的道家學說、讖緯思想及駁雜的民間傳說結合爲道教法術思想，鏡、劍被視爲具超自然靈力的法物。依交感巫術的原則，可施諸精怪、物魅，解除人類迷信心理的鬱結。因此，鏡、劍傳說不僅爲民間巫祝信仰，同時是道教思想的產物，表現自古以來，人類潛存在內心深處恐懼意識的一種解脫、依賴的感覺，也是對超自然現象的一種幻想與願望。因此，具有現實用途以外的神異色彩。〔註118〕

第三節　五行數術

一、五行之運

　　古代以五行生剋爲帝王嬗替之應，而五德終始之說，則由戰國時代齊國鄒衍所倡。他認爲各朝代必依其所有五行之德興廢或更迭，而其更迭則有一定的順序。若一王朝勃興，即隨其德而顯出祥瑞。〔註119〕但是自漢代以來，陰陽家多以五行相生爲說。如《淮南子・天文訓》中所載：「東方木也，其帝太皞，其佐句芒，執規而治春；……南方火也，其帝炎帝，其佐朱明，執衡而治夏；……中央土也，其帝黃帝，其佐后土，執繩而治四方；……西方金也，其帝少昊，其佐蓐收，執矩而治秋；……北方水也，其帝顓頊，其佐玄冥，執權而治冬。」〔註120〕以五帝配五方、五行，而有庖犧爲木德、神農爲火德、黃帝爲土德、少昊爲金德、顓頊爲水德等，即寓相生之意。〔註121〕以下試就《拾遺記》中有關五行之說者，舉例說明。

　　卷一第一則，說明庖犧以木德稱王。

　　　　……以木德稱王，故曰春皇。其明叡照于八區，是謂太昊。昊者明

〔註118〕同註109。
〔註119〕同註94，卷二十五上〈郊祀志〉第五上記載：「騶子之徒論著終始五德之運。」如淳注：「今其書有《五德終始》。五德各以所勝爲行。秦謂周爲火德，滅火者水，故自謂水德。」（臺北：世界書局，1978年11月，頁1203～1204。）
〔註120〕同註21，卷三〈天文訓〉，頁1988。
〔註121〕五行相生之說，胡三省《通鑑・秦紀》注云：「所謂終始五德之運者：伏羲以木德王；木生火，故神農以火德王；火生土，故黃帝以土德王；木又生火，故帝堯以火德王；火又生土，故帝舜以土德王；土又生金，故夏以金德王；金又生水，故商以水德王；水又生木，故周以木德王，是五行之終而復始也。」

也。位居東方，以含養蠢化，叶于木德，其音附角，號曰「木皇」。〔註122〕

卷一第五則，說明顓頊以水德而王。

> 帝顓頊高陽氏，黃帝孫，昌意之子。……時有一老叟謂昌意云：「生子必叶水德而王。」〔註123〕

卷二第八則，以五行相生之說，說明周所以代殷之理。

> ……及武王伐紂，樵夫牧豎探高鳥之巢，得玉璽，文曰：「水德將滅，木祚方盛。」文皆大篆，紀殷之世歷已盡，而姬之盛德方隆。是以三分天下而其二歸周。〔註124〕

卷七第二則，以連理文石等嘉瑞，印證魏爲土德之徵。

> ……太山下有連理文石，高十二丈，狀如柏樹，其文彪發，似人雕鏤，自下及上皆合，而中開廣六尺，望若眞樹也。父老云：「當秦末，二石相去百餘步，蕪沒無有蹊徑。及魏帝之始，稍覺相近，如雙闕。」土石陰類，魏爲土德，斯爲靈徵。苑囿及民家草樹，皆生連理。……沛國有黃麟見於戊己之地，皆土德之嘉瑞。〔註125〕

卷九第一則，寫晉爲金德，因此有狀似金蓉之草，應金德之瑞。

> 武帝爲撫軍時，府內後堂砌下忽生草三株，莖黃葉綠，若惣金抽翠，花條苒弱，狀似金蓉。有一羌人，姓姚名馥，字世芬，充廄養馬，妙解陰陽之術，云：「此草以應金德之瑞。」〔註126〕

此外，由五行之說衍生出的青、赤、黃、白、黑五色，在全書中具有特殊的表徵作用。例如：卷一第四則，敘述少昊時有五鳳出現一事云：

> ……少昊以主西方，一號金天氏，亦曰金窮氏。時有五鳳，隨方之色，集於帝庭，因曰鳳鳥氏。〔註127〕

依據《小學紺珠》記載：「五鳳：赤者鳳，黃者鵷雛，青者鸞，紫者鷺鷟，白者鵠。」而「隨方之色」，即隨五方之色，東方青色，南方赤色，西方白色，北方黑色，中央黃色。黑、紫兩色相近，此或以鷺鷟配北方黑色。因此，青、

〔註122〕同註2，頁2。
〔註123〕同註2，頁16。
〔註124〕同註2，頁43。
〔註125〕同註2，頁163。
〔註126〕同註2，頁198。
〔註127〕同註2，頁13。

赤、白、黑、黃五色，便和東、南、西、北、中五方相配合。而在描述名山仙境、奇珍異物時，也常使用五色，使其成爲祥瑞、珍貴的代表。例如：憑霄雀吐五色氣（卷一第十四則）、黑鳥之卵五色文（卷二第五則）、江漢人結五色絲囊盛食（卷二第十六則）、紫色芸薇有五色實（卷九第二則）、頻斯國以五色玉爲衣（卷九第六則）、崑崙山第六層有五色玉樹、瑤臺以五色玉爲臺基、白螾腸化爲五色石（卷十第一則）、岱輿山有五色蝙蝠（卷十第六則）等。

《拾遺記》中，青、赤、黃、白、黑五種顏色，以青色所佔的比例最重。例如：

卷一：青虹繞神母、洹流有青色石藥、憑霄雀銜青砂珠、山人採藥得青石等。〔註 128〕

卷二：青犬行吠於禹前、塗脩國獻青鳳等。〔註 129〕

卷三：二人駕青螭、黃髮老叟五人手握青筠杖、金壺封以青泥、浮瀛上有青石等。〔註 130〕

卷四：尸羅左耳出青龍、子嬰夜夢有人鬚鬢絕青、趙高懷有青丸、青雀從趙高屍中出等。〔註 131〕

卷五：暗海有青色潛英之石等。〔註 132〕

卷六：白蛟骨青、老人執青藜杖等。〔註 133〕

卷七：尸塗國獻青色駢蹄之牛等。〔註 134〕

卷八：第十則，敘述麋竺一事中，出現多處以青色爲主的事、物，如：麋竺爲塚中伏尸以青布爲衣衫、婦人著青布衣、長九尺的青蘆杖、有青氣如龍蛇之形、青衣童子、有青氣如雲等。〔註 135〕

卷九：芸薇色青者爲下蔬、青雀銜玉杓以授子晉、漢武帝賜張華青鐵硯等。〔註 136〕

卷十：青鸞集於浮筠之簳上、泥百煉爲金色青、金巒觀中有青瑤几、岱

〔註 128〕同註 2，頁 1、9、28。

〔註 129〕同註 2，頁 38、55。

〔註 130〕同註 2，頁 73、79、80、66。

〔註 131〕同註 2，頁 94、105。

〔註 132〕同註 2，頁 116。

〔註 133〕同註 2，頁 130、153。

〔註 134〕同註 2，頁 159。

〔註 135〕同註 2，頁 193。

〔註 136〕同註 2，頁 203、209、211。

岱輿山有青色蝙蝠等。〔註137〕

在五行學說中，木的方位屬東方，季節為春，其色青，是生命力旺盛的代表。再加上道教尚青的風氣，使其地位不同凡響。〔註138〕

在五色中，比例居第二位的是赤色。例如：

卷一：丹雀銜九穗禾、赤烏如鵬等。〔註139〕

卷二：簡狄以朱紱覆鳥卵、朱鳥銜火、赤象駕瑤華之車、塗脩國獻丹鵠等。〔註140〕

卷三：西王母曳丹玉之履、進洞淵紅蘤、丹烏夾王而飛等。〔註141〕

卷四：燕昭王飴玄天二女丹泉之粟、赤雲入於酆鎬、丹雀瑞昌之符、貢都朱泥等。〔註142〕

卷六：漢昭帝以丹鯉為餌等。〔註143〕

卷七：沉明石雞色如丹等。〔註144〕

卷九：梁冀以赤布製成「丹衣」、望舒草其色紅等。〔註145〕

卷十：崑崙山有朱露、丹密雲、赤陂紅波、藏珠鳥身紺翼丹、岱輿山有丹桂及赤色蝙蝠、昆吾山下多赤金等。〔註146〕

五行中，火的方位屬南方，季節為夏，其色赤，是光明赫耀的象徵。〔註147〕

此外，黃、白、黑三色，在書中也佔有多少不等的比例。例如：昔舜時黃雲興於郊野（卷九第四則）、夏代白雲蔽於都邑（卷九第四則）、殷代玄雲

〔註137〕同註2，頁224、226、227、231。

〔註138〕《管子》卷三〈幼官篇〉、《呂氏春秋》卷三〈季春紀〉，並以東方春木配青色。《魏書》卷一一四〈釋老志〉，載太平眞君三年（西元442年），北魏太武帝接受寇謙之建議，親至道壇，受符籙。備法駕，旗幟盡青，以從道家之色。（參見王師國良：《漢武洞冥記研究》（臺北：文史哲出版社，1989年10月），頁20、34。）

〔註139〕同註2，頁5、26。

〔註140〕同註2，頁40、42、49、55。

〔註141〕同註2，頁65、88。

〔註142〕同註2，頁91、101、102。

〔註143〕同註2，頁130。

〔註144〕同註2，頁166。

〔註145〕同註2，頁206、213。

〔註146〕同註2，頁221、222、227、231、232。

〔註147〕《管子》卷三〈幼民篇〉、《呂氏春秋》卷六〈季夏紀〉，並以南方夏火配赤色，《說文解字》十篇下：「赤，南方色也，從大火。」段注云：「火者，南方之行，故赤為南方之色；從大者，言大明也。」（同前註，頁21、34。）

覆於林藪（卷九第四則）等。〔註148〕

二、符命瑞應

《宋書·符瑞志》云：「夫體睿窮幾，謂之聖人，所以能君四海而役萬物，使動植之類，莫不各得其所。百姓仰之，歡若親戚，芬若椒蘭，故爲旗章輿服以崇之，玉璽黃屋以尊之，以神器之重，推之於兆民之上。自中智以降，則萬物之爲役者也。性識殊品，蓋有愚暴之理存焉。見聖人利天下，謂天下可以爲利，見萬物之歸聖人，謂之利萬物。力爭之徒，至以逐鹿方之，亂臣賊子，所以多於世也。夫龍飛九五，配天光宅，有受命之符，天人之應。《易》曰：『河出圖，洛出書，而聖人則之。』符瑞之義大矣。」〔註149〕統治者常藉此「受命之符，天人之應」的眞命天子形象，來取信於民，鞏固本身的地位。而覬覦王位者，也利用符命瑞應爲理由，來正名分。此外，個人的符祿、家族的興榮，也常有瑞應出現。以下分爲符命之徵、吉祥之兆兩方面說明。

（一）符命之徵

《拾遺記》中出現三則有關符命說的例子，分別是：

卷二第七則，記載周武王以木德代商紂之水德而興的符命之應：

> ……及武王伐紂，樵夫牧豎探高鳥之巢，得玉璽，文曰：「水德將滅，木祚方盛。」文皆大篆，紀殷之世歷已盡，而姬之盛德方隆。是以三分天下而其二歸周。〔註150〕

卷五第一則，寫漢太上皇遊酆沛山中，遇冶工贈劍，及影響漢高祖因此得以殲三猾之事：

> 漢太上皇微時，常佩一刀，長三尺，上有銘，其字難識，疑是殷高宗伐鬼方之時所作也。上皇遊酆沛山澤中。遇窮谷裏有人冶鑄。上皇息其傍，問曰：「此鑄何器？」工者笑而答曰：「爲天子鑄劍，慎勿泄言！」上皇謂爲戲言而無疑色。工人曰：「今所鑄鐵鋼礦，製器難成。若得公腰間佩劍雜而冶之，即成神器，可以剋定天下，星精爲輔佐，以殲三猾。木衰火盛，此爲異兆也。」……上皇即解腰間匕首，投於爐中。

〔註148〕同註2，頁206。
〔註149〕參見（梁）沈約：《宋書》（臺北：鼎文書局，1975年6月）卷二十七志第十七〈符瑞〉上，頁1。
〔註150〕同註2，頁43。

俄而煙燄衝天，日爲之晝晦。及乎劍成，殺三牲以釁祭之。……工人
即持劍授上皇。上皇以賜高祖，高祖長佩於身，以殲三猾。〔註151〕

鑄劍冶工的一番話，正說明漢高祖剋定天下是應符命之徵。冶工鑄劍事，王嘉在正文中藉冶工之口提到「木衰火盛」的說法，而蕭綺《錄》曰：「三尺之劍，以應天地之數，故三爲陽數，亦應天地之德。按《鉤命訣》曰：『蕭何爲昴星精，項羽、陳勝、胡亥爲三猾。』周爲木德，漢叶火位，此其徵也。」其說皆不離五行家言。卷七第七則，敘述晉以金德代魏之土德而興之事：

魏禪晉之歲，北闕下有白光，如鳥雀之狀，時飛翔來去。有司聞奏，
帝使羅之，得一白燕，以爲神物。於是以金爲樊，置於宮中。旬日
不知所在。論者云：「金德之瑞。昔師曠時，有白燕來巢。」檢《瑞
應圖》，果如所論。白色叶於金德，師曠晉時人也，古今之議相符焉。
〔註152〕

有關師曠時，白燕來巢，以叶金德之瑞一事，在《宋書·符瑞志》中也有類似的記載：「白燕者，師曠時銜丹書來至。」〔註153〕對於魏晉兩代的嬗替，王嘉則主張以金得生土德的五行相生之說。

（二）吉祥之兆

《拾遺記》卷二第二則中，曾舉禹鑄九鼎，以占卜天地吉凶的例子：

禹鑄九鼎，五者以應陽法，四者以象陰數。使工師以雌金爲陰鼎，
以雄金爲陽鼎。鼎中常滿，以占氣象之休否。當夏桀之世，鼎水忽
沸。及周將末，九鼎咸震，皆應滅亡之兆。後世聖人，因禹之迹，
代代鑄鼎焉。〔註154〕

此外，《拾遺記》中，也列舉三則預示天下太平及個人仕途福祿的例證。

卷七第四則，記載漢獻帝時有沉明石雞，在天下太平時則出現盤旋飛翔，因而被視爲吉兆：

建安三年，胥徒國獻沉明石雞，……若天下太平，翔飛頡頏，以爲
嘉瑞，亦謂「寶雞」。……《洛書》云：「皇圖之寶，土德之徵，大

〔註151〕同註2，頁110。
〔註152〕同註2，頁170。
〔註153〕參見《宋書》（臺北：鼎文書局，1975年6月）卷二十九志第十九〈符瑞〉
　　　　下，頁8。
〔註154〕同註2，頁36。

魏之嘉瑞。」〔註155〕

卷三第五則，描述孔子誕生時所出現的吉祥之兆：

> 周靈王立二十一年，孔子生於魯襄公之世。夜有二蒼龍自天而下，來附徵在之房，因夢而生夫子。有二神女，擎香露於空中而來，以沐浴徵在。天帝下奏鈞天之樂，列以顏氏之房。空中有聲，言天感生聖子，故降以和樂笙鏞之音，異於俗世也。又有五老列於徵在之庭，則五星之精也。夫子未生時，有麟吐玉書於闕里人家，文云：「水精之子，係衰周而素王。」故二龍繞室，五星降庭。徵在賢明，知爲神異，乃以繡紱繫麟角，信宿而麟去。相者曰：「夫子係殷湯，水德而素王。」〔註156〕

除了敘述各種瑞應外，也附會以五行之說。

卷八第五則，敘述張承之母懷承之時，有蛇、鵠之祥兆出現：

> 張承之母孫氏，懷承之時，乘輕舟遊於江浦之際。忽有白蛇長三尺，騰入舟中。母祝曰：「若爲吉祥，勿毒噬我！」縈而將還，置諸房內，一宿視之，不復見蛇，嗟而惜之。鄰中相謂曰：「昨見張家有一白鶴聳翮入雲。」以告承母，母使筮之。筮者曰：「此吉祥也。蛇、鶴延年之物；從室入雲，自下升高之象也。昔吳王闔閭葬其妹，殉以美女、珍寶、異劍，窮江南之富。未及十年，雕雲覆於溪谷，美女遊於塚上，白鵠翔於林中，白虎嘯於山側，皆昔時之精靈，今出於世，當使子孫位超臣極，擅名江表。若生子，可以名曰白鵠。及承生，位至丞相、輔吳將軍，年踰九十，蛇、鵠之祥也。」〔註157〕

三、夢兆休徵

（一）「夢」的意義

1. 在心理學方面

夢在心理學上的意義，根據佛洛依德的說法：「夢的本質是願望的達成」。它是一種潛意識活動的具現，無論是潛意識慾望或恐懼的投射，都是人類心理上的事實。而人類心理的真實呈現與存在，與真實的現實世界是同等重要的。

〔註155〕同註2，頁166～167。
〔註156〕同註2，頁70。
〔註157〕同註2，頁185。

因為人可以藉著它減輕焦慮、填補渴望，甚至洞察並預示現實界的疑難與未來。

2. 在中國文化方面

在中國古書中，有許多關於夢的資料，其中有些夢的記載，是經過文人的經營修飾，實有意利用夢境，以表現哲理，或達成某種目的，這種夢是有意識的作為，而非潛意識的表現。同時其形式與作用，近似於寓言體，在中國文化上具有相當的地位與價值。

例如預示未來的夢，有預兆福祉的，見《晉書・王濬傳》：

> 除巴郡太守。郡邊吳境，兵士苦役，生男多不養。濬乃嚴其科條，寬其繇課，其產育者皆與休復，所全活者數千人。轉廣漢太守，垂惠布政，百姓賴之。濬夜夢懸三刀於臥屋梁上，須臾又益一刀，濬驚覺，意甚惡之。主簿李毅再拜賀曰：「三刀為州字，又益一者，明府其臨益州乎？」及賊張弘殺益州刺史皇甫晏，果遷濬為益州刺史。〔註158〕

王濬終因吏治清明而得蒼天服佑。生、死、禍、福的見夢，其用意在勸人為善，這些預示之夢，實具教化的意義。

有時夢也被用為達成譬喻、諷刺、教訓，及實踐政治慾望的目的。例如：《莊子・田子方》記載文王藉夢以達成授政的目的：

> 文王觀於臧，見一丈夫釣，而其釣莫釣；非持其釣有釣者也，常釣也。文王欲舉而授之政，而恐大臣父兄之弗安也；欲終而釋之，而不忍百姓之無天也。於是旦而屬之大夫曰：「昔者寡人夢見良人，黑色而髯，乘駁馬而偏朱蹄，號曰：『寓而政於臧丈人，庶幾乎民有瘳乎！』」諸大夫蹴然曰：「先君王也。」文王曰：「然則卜。」諸大夫曰：「先君之命，王其無它，又何卜焉！」遂迎臧丈人而授之政。……〔註159〕

有些夢則經由占夢者的解析，而完成規勸、諷諫的作用。例如：《韓非子・內儲》倒言七所載，由侏儒解析夢見竈，不夢見日的緣由中，諷諫靈公被人蒙蔽：

> 衛靈公之時，彌子瑕有寵，專於衛國。侏儒有見公者曰：臣之夢賤矣。公曰：何夢？對曰：夢見竈為見公也。公怒曰：吾聞見人主者

〔註158〕參見（唐）房玄齡等撰《晉書》（臺北：鼎文書局，1983 年 7 月）卷四十二列傳第十二〈王濬傳〉，頁 1208。

〔註159〕參見《莊子》（臺北：華正書局，1985 年 8 月）外篇〈田子方〉，頁 720～722。

夢見日，奚爲見寡人而夢見竈？對曰：夫日兼燭天下，一物不能當
也。人君兼燭一國人，一人不能擁也。故將見人主者夢見日。夫竈
一人煬焉，則後人無從見矣。今或者一人有煬君者乎？則臣雖夢見
竈不亦可乎？〔註160〕

上述兼具諷諫、教化，或爲達成某種目的的夢，都是有意識的夢。

又有以夢境表現哲理，例如《莊子・齊物論》：

昔者莊周夢爲胡蝶，栩栩然胡蝶也，自喻適志與！不知周也。俄然

覺，則蘧蘧然周也。不知周之夢爲胡蝶與，胡蝶之夢爲周與？〔註161〕

其藉莊周化蝶的夢境，映現出「夢不知覺」的迷離境界，讓人自由體會。並
表達「物自無物，雖蝶亦非；我自無我，雖周亦幻。」〔註162〕的「物我兩化」
之理。

可見這些夢的作用，已與寓言無異，這種特殊的語言形式，在中國文化
上，自有其地位與價值。

3. 在中國文學方面

夢在中國文學上有兩種類型：

一是以夢境作爲人與鬼神之間的橋樑，溝通現實與超現實界，這種夢屬
於寫作題材。中國小說自六朝志怪開始，常出現此類的夢。夢境中象徵著許
多人類無法實現的冀望、夢想，及焦慮的舒解。《拾遺記》中有關夢的內容屬
於此類。

二是以夢預告情節或表現主題，這種夢則爲文學技巧的表現。這種形式
的運用，則由唐人傳奇開始。例如〈枕中記〉、〈南柯記〉，都是藉夢來表達榮
華富貴虛幻不眞的主題。而元明戲曲，也常有藉夢境，貫穿情節，表現主題，
如：〈黃粱夢〉、〈揚州夢〉等。夢所以能成爲文學作品的片段或主題，在於夢
境的虛幻迷離、生動多變，及夢醒時的恍惚無定。這種如幻似眞的感覺，正
是文學創作的資源。〔註163〕

〔註160〕參見《韓非子》（大本原式精印四部叢刊正編第一八冊，臺北：臺灣商務印書
館，1979 年 11 月）卷九內儲說上七術第三十，倒言七右經。

〔註161〕同註159，內篇〈齊物論〉，頁 112。

〔註162〕參見李元卓：《莊列十論》（收錄於蕭天石編《道藏精華》第六集之二內，自
由出版社，1976 年）。

〔註163〕參見吳秀鳳：《廣異記研究》（輔仁大學中國文學研究所碩士論文，1986 年 6
月），頁 404～408。

（二）夢兆內容分析

《拾遺記》中，有關夢兆題材的故事，仍不脫搜奇志異的性質。以夢兆為故事主題，只是寫作的素材，而非文學技巧的運用。以下試就書中的內容，分為預示未來、夢境徵驗兩方面討論。

1. 預示未來

《拾遺記》中預言性的夢兆，多為仕途官職的預測。可知追求功名利祿、飛黃騰達，仍是當時人努力的目標，而反映在夢這種心靈活動中。

卷七第八則中，薛夏母孕夏時，曾夢見有人預言其子日後將賢明，為帝王所崇信。後薛夏果然名冠當時，成為一代英才：

> 薛夏，天水人也，博學絕倫。母孕夏時，夢人遺之一篋衣云：「夫人必產賢明之子也，為帝王之所崇。」母記所夢之日。及生夏，年及弱冠，才辯過人。魏文帝與之講論，終日不息，應對如流，無有疑滯。帝曰：「昔公孫龍稱為辯捷，而迂誕誣妄；今子所說，非聖人之言不談，子游、子夏之儔，不能過也。若仲尼在魏，復為入室焉。」帝手制書與夏，題云「入室生」。位至秘書丞。居生甚貧，帝解御衣以賜之，果符元所夢。名冠當時，為一代高士。〔註164〕

而卷八第一則，寫孫堅母懷孕時，請筮者占夢，而預示孫堅的未來，及晉滅吳之事：

> 孫堅母妊堅之時，夢腸出繞腰，有一童女負之繞吳閶門外，又授以芳茅一莖。童女語曰：「此善祥也，必生才雄之子。今賜母以土，王於翼、軫之地，鼎足於天下。百年中應有異寶授於人也。」語畢而覺，日起筮之。筮者曰：「所夢童女負母繞閶門，是太白之精，感化來夢。」夫帝王之興，必有神跡自表，白氣者，金色。及吳滅而踐晉祚，夢之徵焉。〔註165〕

夢原是心理活動的結果，無法用理性思維及現實邏輯解釋。因此，占夢者便利用夢這種「象徵的語言」本身，加以分析來解夢。所以，當孫堅之母請筮者占夢時，他就根據孫母夢中童女的言行，推測出孫堅的未來，及吳晉兩朝的嬗替。

2. 夢境徵驗

卷二第六則，敘述傅說的夢境成真，而由版築傭工任阿衡一官職：

〔註164〕同註2，頁171。
〔註165〕同註2，頁176。

傅說賃爲赭衣者，舂於深巖以自給。夢乘雲繞日而行，筮得「利建
侯」之卦。歲餘，湯以玉帛聘爲阿衡也。〔註166〕

傅說的夢境，經卜筮得一君臣遇合之兆，而由湯授以阿衡之官。根據《史記
索隱》：「阿，倚也；衡，平也。言依倚而取平。《書》曰『惟嗣王弗惠於阿衡』，
亦曰『保衡』，皆伊尹之官號。」〔註167〕可知湯以伊尹爲阿衡，任以國政。但
是，傅說爲武丁時人，距湯時已歷十世。此應爲王嘉之誤。

當人類在現實生活中，有不易獲得滿足的願望或企求時，常常藉著夢境
來達成。所以，夢往往是對慾望的渴求。

卷二第十五則，記載周昭王於夢中向羽人請受絕慾之教，而使夢境應驗
之事：

昭王即位二十年，王坐祇明之室，晝而假寐。忽夢白雲蓊蔚而起，
有人衣服並皆毛羽，因名羽人。王夢中與語，問以上仙之術。羽人
曰：「大王精智未開，欲求長生久視，不可得也。」王跪而請受絕慾
之教。羽人乃以指畫王心，應手即裂。王乃驚寤，而血濕衿席，因
患心疾，即卻膳徹樂。移於旬日，忽見所夢者復來，語王曰：「先欲
易王之心。」乃出方寸綠囊，中有續脈明丸、補血精散，以手摩王
之臆，俄而即愈。王即請此藥，貯以玉缶，緘以金繩。王以塗足，
則飛天地萬里之外，如遊咫尺之內。有得服之，後天而死。〔註168〕

周昭王的夢不僅可以徵驗，且留下痕跡。昭王由夢中驚醒，發現血濕衿席。
後又有羽人在夢中爲其換心，留下續脈明丸、補血精散等藥品。此以血跡、
藥物，表示夢的客觀實存性，即曾經有夢的實證。

卷八第六則，敘述呂蒙在夢中與伏犧、周公、文王討論歷代興亡大事，
並背誦《周易》一事：

呂蒙入吳，吳主勸其學業，蒙乃博覽群籍，以《易》爲宗。嘗在孫
策座上酣醉，忽臥，於夢中誦《周易》一部，俄而驚起。眾人皆問
之。蒙曰：「向夢見伏犧、周公、文王，與我論世祚興亡之事，日月
貞明之道，莫不窮精極妙；未該玄旨，故空誦其文耳。」眾座皆云：

〔註166〕同註2，頁41。
〔註167〕參見（日）瀧川龜太郎：《史記會注考證》（臺北：洪氏出版社，1986年9月）
卷三〈殷本紀第三〉，頁55。
〔註168〕同註2，頁53～54。

「呂蒙囈語通《周易》。」〔註169〕

呂蒙的夢境,則是藉著醉臥孫策宴席上囈語背誦《周易》,證實夢的實存性。

卷六第九則,寫漢明帝之母陰貴人夜夢食瓜味美,於是明帝求諸方國,而得到美味如飴的「穹隆」:

> 明帝陰貴人夢食瓜甚美。帝使求諸方國。時燉煌獻異瓜種,……瓜名「穹隆」,長三尺,而形屈曲,味美如飴。父老曰:「昔道士從蓬萊山得此瓜,云是崆峒靈瓜,四劫一實,西王母遺於此地,世代遐絕,其實顏在。」〔註170〕

而陰貴人夢境的徵驗,則是以燉煌所獻的「穹隆」異瓜來印證,確實有如其夢中所食味美如飴的瓜。

〔註169〕同註2,頁188。
〔註170〕同註2,頁141。

第四章　《拾遺記》的內容分析（下）

第一節　風俗產物

　　《拾遺記》中記載了三十多個國家的風俗產物。作者不僅搜奇志異，而且以豐富的想像力刻意渲染，使得內容呈現多彩多姿的不同面貌。除描述各國的山川景物、風俗習慣的特色外，並記錄殊方異物的由來、命名、特徵等。因此，以下分為風土人情、奇珍異物兩方面加以討論。

一、風土人情

　　《拾遺記》中的異國外邦，在風土民情上自成一格。不論是地理環境、生活方式、居民形貌、技能巧藝，都別具特色。以下則就此四方面，分別說明。

（一）地理環境

　　殊方異邦在地理環境上，常有特殊的景觀，例如：卷一第十六則，描述南潯國有一處下通地脈的洞穴：

> 南潯之國，有洞穴陰源，其下通地脈。中有毛龍、毛魚，時蛻骨於
> 曠澤之中。魚、龍同穴而處。〔註1〕

又如卷九第六則，描寫頻斯國有大楓木成林、可容萬人坐的大石室及天然的丹石井等景象：

〔註 1〕 參見（晉）王嘉撰，（梁）蕭綺錄，齊治平校注《拾遺記》（臺北：木鐸出版
　　　　 社，1982 年 2 月），頁 30。

……其國又大楓木成林，高六七十里，善算者以里計之，雷電常出樹之半。其枝交陰於上，蔽不見日月之光。其下平淨掃灑，雨霧不能入焉。樹東有大石室，可容萬人坐。壁上刻爲三皇之像：天皇十三頭，地皇十一頭，人皇九頭，皆龍身。亦有膏燭之處。緝石爲床，床上有膝痕深三寸。床前有竹簡長尺二寸，書大篆之文，皆言開闢以來事，人莫能識。或言是伏羲畫卦之時有此書，或言是倉頡造書之處。傍有丹石井，非人之所鑿，下及漏泉，水常沸湧，諸仙欲飲之時，以長緶引汲也。〔註2〕

此外，這些國家的所在地，都距離中國相當遙遠，而且神祕莫測。例如：卷二第十則，寫泥離國使者來朝時的歷程：

成王即政三年，有泥離之國來朝。其人稱：自發其國，常從雲裏而行，聞雷霆之聲在下；或入潛穴，又聞波濤之聲在上。視日月以知方國所向，計寒暑以知年月。〔註3〕

拉克伯里（Terrien de Lacouperie）認爲泥離國是緬甸伊勒瓦第河（Irawadi）西岸奴萊（Norai）古國。〔註4〕又如卷二第十三則，敘述周成王時燃丘國使者到中國，沿途的經歷及花費的時間：

六年。……其國使者……經歷百有餘國，方至京師。其中路山川不可記。越鐵硯，泛沸海，蛇洲、蜂岑。鐵硯峭礪，車輪剛金爲輞，比至京師，輪皆銚銳幾盡。又沸海洶湧如煎，魚鱉皮骨堅強如石，可以爲鎧。泛沸海之時，以銅薄舟底，蛟龍不能近也。又經蛇洲，則以豹皮爲屋，於屋內推車。又經蜂岑，燃胡蘇之木。此木煙能殺百蟲。經途五十餘年，乃至洛邑。……使發其國之時並童稚，至京師鬢皆白。及還至燃丘，容貌還復少壯。〔註5〕

又如卷九第五則，記載晉時因墀國的地理位置，及使者來中國的情形：

……因墀國在西域之北，送使者以鐵爲車輪，十年方至晉。及還，輪皆絕銳，莫知其遠近也。〔註6〕

〔註2〕同註1，頁209。
〔註3〕同註1，頁49。
〔註4〕見張星烺：《中西交通史料彙編》（臺北：世界書局，1962年8月）第一冊，頁59。
〔註5〕同註1，頁51。
〔註6〕同註1，頁208。

（二）生活狀況

　　遠方國度的生活情形，在食衣住行各方面，都染上一層神祕的色彩。例如卷一第六則，寫勃鞮國人能飛，且享壽千歲：

　　　　溟海之北，有勃鞮之國。人皆衣羽毛，無翼而飛，日中無影，壽千歲。食以黑河水藻，飲以陰山桂脂。憑風而翔，乘波而至。中國氣暄，羽毛之衣，稍稍自落。帝乃更以文豹爲飾。〔註7〕

又如卷五第八則，敘述民風淳和享有長壽的祈淪國：

　　　　天漢二年，渠搜國之西，有祈淪之國。其俗淳和，人壽三百歲。有壽木之林，一樹千尋，日月爲之隱蔽。若經憩此木下，皆不病不死。或有泛海越山來會其國，歸懷其葉者，則終身不老。其國人綴草毛爲繩，結網爲衣，似今之羅紈也。〔註8〕

　　除生活情況奇特外，這些國家中也有不少是以孝著稱。例如卷一第十五則所記的孝養國：

　　　　冀州之西二萬里，有孝養之國。其俗人年三百歲，而織茅爲衣，即《尚書》：「島夷卉服」之類也。死，葬之中野，百鳥銜土爲墳，群獸爲之掘穴，不封不樹。有親死者，刓木爲影，事之如生。其俗驍勇，能嚙金石，其舌杪方而本小。手搏千鈞，以爪畫地，則洪泉湧流。善養禽獸，入海取虬龍，育於圜室，以充祭祀。昔黃帝伐蚩尤，除諸凶害，獨表此處爲孝養之鄉，萬國莫不欽仰，故舜封爲孝讓之國。舜受堯禪，其國執玉帛來朝，特加賓禮，異於餘戎狄也。〔註9〕

又如卷四第四則所寫的盧扶國：

　　　　八年，盧扶國來朝，渡河萬里方至。云其國中山川無惡禽獸，水不揚波，風不折木。人皆壽三百歲，結草爲衣，是謂卉服，至死不老，咸知孝讓。壽登百歲以上，相敬如至親之禮。死葬於野外，以香木靈草瘞掩其屍。閭里助送，號泣之音，動於林谷，溪源爲之止流，春木爲之改色。居喪水漿不入於口，至死者骨爲塵埃，然後乃食。昔大禹隨山導川，乃旌其地爲無老純孝之國。〔註10〕

〔註7〕　同註1，頁17。
〔註8〕　同註1，頁123。
〔註9〕　同註1，頁29。
〔註10〕　同註1，頁95。

由以上敘述得知，盧扶國可說是世外桃源的國度。那裏的自然條件是風平浪靜，「無惡禽獸」；那裏的人民「咸知孝讓」，大有淳樸、忠厚的古風，因此，堪稱「無老純孝之國」。而這種寧靜祥和的環境，也正是當時人民的理想和追求。因為，魏晉南北朝時人民飽受戰禍之苦，顛沛流離，民不聊生。他們所嚮往的安居樂業生活在現實中是不存在的，只能把心中的樂土寄託於幻想之中。又如卷六第五則所載的張掖郡：

> 張掖郡有郅族之盛，因以名也。郅奇字君珍，居喪盡禮。所居去墓百里，每夜行，常有飛鳥銜火夾之，登山濟水，號泣不息，未嘗以險難為憂，雖夜如晝之明也。以淚灑石則成痕，著朽木枯草，必皆重茂。以淚浸地即鹹，俗謂之「鹹鄉」。至昭帝嘉其孝異，表銘其邑曰「孝感鄉」，四時祭祀，立廟焉。〔註11〕

（三）居民形貌

外邦的人民，在外貌、裝扮上各具特色，和中國人有相當的差異。例如卷二第十三則，描述燃丘國使者卷髮尖鼻、著雲霞衣的外觀：

> ……其國使者皆拳頭尖鼻，衣雲霞之布，如今「朝霞」也。〔註12〕

卷四第八則，寫宛渠國人的形貌：

> ……其國人長十丈，編鳥獸之毛以蔽形。〔註13〕

卷五第二則，描寫泥離國人奇異的外貌：

> ……其人長四尺，兩角如靈，牙出於唇，自乳以來，有靈毛自蔽。
> 〔註14〕

卷九第六則，敘述頻斯國人有伸縮自如具神奇功用的頭髮：

> ……羽毛為衣，髮大如縷，堅韌如筋，伸之幾至一丈，置之自縮如蠹。續人髮以為繩，汲丹井之水，久久方得升之水。〔註15〕

（四）技能巧藝

異國人民具有各種特殊技藝。例如卷二第十二則，寫因祇國的男子善耕種：

〔註11〕同註1，頁134。
〔註12〕同註1，頁51。
〔註13〕同註1，頁101。
〔註14〕同註1，頁113。
〔註15〕同註1，頁209。

……其國丈夫勤於耕稼，一日鋤十頃之地。又貢嘉禾。一莖盈車。

故時俗四言詩曰：「力勤十頃，能致嘉穎。」〔註16〕

因祇國，是 Hind 的譯音，今作印度。〔註17〕

卷二第十四則，敘述扶婁國人長於幻術：

七年。南陲之南，有扶婁之國。其人善能機巧變化，易形改服，大則興雲起霧，小則入於纖毫之中。綴金玉毛羽為衣裳。能吐雲噴火，鼓腹則如雷霆之聲。或化為犀、象、師子、龍、蛇、犬、馬之狀。或變為虎、兕，口中生人，備百戲之樂，宛轉屈曲於指掌間。人形或長數分，或復數寸，神怪欻忽，衒麗於時。樂府皆傳此伎，至末代猶學焉，得粗亡精，代代不絕，故俗謂之婆候伎，則扶婁之音，訛替至今。〔註18〕

卷五第九則，記載因霄國人善嘯：

太始二年，西方有因霄之國，人皆善嘯，丈夫嘯聞百里，婦人嘯聞五十里，如笙竽之音，秋冬則聲清亮，春夏則聲下沉。人舌尖處倒向喉內，亦曰兩舌重沓，以爪徐刮之，則嘯聲逾遠。故《呂氏春秋》云「反舌殊鄉之國」，即此之謂也。〔註19〕

二、奇珍異物

中國地大物博，蟲魚鳥獸、花草樹木、珠玉礦石，種類繁多。同時，漢魏以後與西域及海外貿易往來發達，各種殊方異物也藉以流傳到中國。因此，《拾遺記》中除廣泛蒐羅琳琅滿目的物品外，也刻意想像編造，描述各式各樣引人入勝的新鮮事物。本節試將各種奇珍異物略分為動物、植物、礦物、雜物四大類，每一大類再細分成若干種類，加以討論說明。

（一）動物類

根據《周禮·大司徒》：「以土會之法，辨五地之物生。」〔註20〕可知，

〔註16〕同註1，頁50。

〔註17〕同註4，頁4。

〔註18〕同註1，頁53。

〔註19〕同註1，頁124。

〔註20〕見《周禮·大司徒》：「以土會之法，辨五地之物生。一曰山林，其動物宜毛物，其植物宜皁物，其民毛而方；二曰川澤，其動物宜鱗物，其植物宜膏物，其民黑而津；三曰丘陵，其動物宜羽物，其植物宜覈物，其民專而長；四曰

動物包括：毛物、鱗物、羽物、介物、臝物五類。因此，以下由鱗介、禽鳥、畜獸三方面，舉例說明。

1. 鱗 介

（1）蛟

卷六第二則，記漢昭帝於桂臺下釣得白蛟之事：

> 元鳳二年，於淋池之南起桂臺，以望遠氣。東引太液之水。……帝常以季秋之月，泛衡蘭雲鷁之舟，窮晷係夜，釣於臺下，以香金為鉤，繽絲為綸，丹鯉為餌，釣得白蛟，長三丈，若大蛇，無鱗甲。帝曰：「非祥也。」命太官為鮓，肉紫骨輕，味甚香美，班賜群臣。帝思其美，漁者不能復得，知為神異之物。〔註21〕

（2）蚌

卷四第六則，寫燕昭王得到黑蚌所生的一顆「銷暑招涼之珠」，除能懸照使百神現形外，還能銷暑招涼，具有神奇功能：

> 昭王坐握日之臺參雲，上可捫日。時有黑鳥白頭，集王之所，銜洞光之珠，圓徑一尺。此珠色黑如漆，懸照於室內，百神不能隱其精靈。此珠出陰泉之底。……有黑蚌飛翔，來去於五岳之上。……至燕昭王時，有國獻於昭王。王取瑤漳之水，洗其沙泥，乃嗟歎曰：「自懸日月以來，見黑蚌生珠已八九十遇，此蚌千歲一生珠也。」珠漸輕細。昭王常懷此珠，當隆暑之月，體自輕涼，號曰：「銷暑招涼之珠」也。〔註22〕

2. 禽 鳥

（1）鳥

卷一第十二則，描述祇支國所獻的重明鳥：

> 堯在位七十年，有鸞雛歲歲來集，麒麟遊於藪澤，梟鴟逃於絕漠。有祇支之國獻重明之鳥，一名「雙睛」，言雙睛在目。狀如雞，鳴似

祇衍，其動物宜介物，其植物宜莢物，其民皙而瘠；五曰原隰，其動物宜臝物，其植物宜叢物，其民豐肉而庳。」（藍燈文化事業公司，十三經注疏本第三冊，頁150。）其中，動物有五類，包括：毛物（如：貂、狐、貒、貉）、鱗物（如：魚、龍）、羽物（如：翟、雉）、介物（如：龜、鼈）、臝物（如：虎、豹、貔、貅）。

〔註21〕同註1，頁130。

〔註22〕同註1，頁98～99。

鳳。時解落毛羽，肉翮而飛。能搏逐猛獸虎狼，使妖群禍不能為害。貽以瓊膏。或一歲數來，或數歲不至。國人莫不掃灑門戶，以望重明之集。其未至之時，國人或刻木，或鑄金，為此鳥之狀，置於門戶之間，則魑魅醜類自然退伏。今人每歲元日，或刻木鑄金，或圖畫為雞於牖上，此之遺像也。〔註23〕

由以上敘述可知，重明鳥還能驅獸伏妖。因此，後人有每年正月初一畫雞門戶，以求驅吉避凶的習俗。〔註24〕

卷二第十三則，記載周成王六年燃丘國所獻的比翼鳥：

六年。燃丘之國獻比翼鳥，雌雄各一，以玉為樊。……比翼鳥多力，狀如鵲，銜南海之丹泥，巢崑岑之玄木，遇聖則來集，以表周公輔聖之祥異也。〔註25〕

卷七第五則，描寫魏明帝時昆明國所貢嗽金鳥的種種，及其影響：

明帝即位二年，起靈禽之園，遠方國所獻異鳥殊獸，皆畜此園也。昆明國貢嗽金鳥。國人云：「其地去燃洲九千里，出此鳥，形如雀而色黃，羽毛柔密，常翱翔海上，羅者得之，以為至祥。聞大魏之德，被於荒遠，故越山航海，來獻大國。」帝得此鳥，畜於靈禽之園，飴以真珠，飲以龜腦。鳥常吐金屑如粟，鑄之可以為器。昔漢武帝時，有人獻神雀，蓋此類也。此鳥畏霜雪，乃起小屋處之，名曰辟寒臺，皆用水精為戶牖，使內外通光。宮人爭以鳥吐之金用飾釵珮，謂之「辟寒金」。故宮人相嘲曰：「不服辟寒金，那得帝王心？」於是媚惑者，亂爭此寶金為身飾，及行臥皆懷挾以要寵幸也。魏氏喪滅，池臺鞠為煨燼，嗽金之鳥，亦自翱翔矣。〔註26〕

本則記嗽金鳥能吐金，唯畏霜雪，蓋產自熱帶赤道附近。〔註27〕

卷八第四則，寫孫權時越巂之南獻背明鳥一事：

〔註23〕同註1，頁24。

〔註24〕畫雞門戶的習俗，在董勛《問禮俗》中有記載：「正月一日為雞，二日為狗，三日為羊，四日為豬，五日為牛，六日為馬，七日為人。正旦畫雞於門。……」而《荊楚歲時記》「正月」中也有：「帖畫雞，或斲鏤五采及土雞于戶上。」（收錄於《叢書集成新編》第91冊，臺北：新文豐出版公司，1985年1月，頁179。）

〔註25〕同註1，頁51。

〔註26〕同註1，頁168。

〔註27〕參見王師國良：《魏晉南北朝志怪小說研究》（臺北：文史哲出版社，1984年7月），頁241。

　　黃龍元年，始都武昌。時越巂之南，獻背明鳥，形如鶴，止不向明，巢常對北，多肉少毛，聲音百變，聞鐘磬笙竽之聲，則奮翅搖頭。時人以爲吉祥。是歲遷都建業，殊方多貢珍奇。吳人語訛，呼背明爲背亡鳥。國中以爲大妖，不及百年，當有喪亂背叛滅亡之事，散逸奔逃，墟無煙火。果如斯言。後此鳥不知所在。〔註28〕

背明鳥本爲吉祥之物，因吳人語訛「背亡」，而以爲日後必有喪亂背叛滅亡之事，此爲附會東晉成帝時蘇峻叛亂燒殺都城一事之言。

　　卷九第八則，敘述晉惠帝時常山郡獻傷魂鳥一事，及其得名的始末：

　　惠帝元熙二年，改爲永平元年，常山郡獻傷魂鳥，狀如雞，毛色似鳳。帝惡其名，棄而不納；復愛其毛羽。當時博物者云：「黃帝殺蚩尤，有貙、虎誤噬一婦人，七日氣不絕，黃帝哀之，葬以重棺石槨。有鳥翔其塚上，其聲自呼爲傷魂，則此婦人之靈也。」後人不得其令終者，此鳥來集其國園林之中。至漢哀、平之末，王莽多殺伐賢良，其鳥亟來哀鳴。石人疾此鳥名，使常山郡國彈射驅之。至晉初，干戈始戢，四海攸歸，山野間時見此鳥。憎其名，改「傷魂」爲「相弘」。及封孫皓爲歸命侯，相弘之義，叶於此矣。永平之末，死傷多故，門嗟巷哭，常山有獻，遂放逐之。〔註29〕

（2）雀

　　卷一第十四則，寫在埋葬虞舜的蒼梧之野，有能群飛銜土成丘墳的憑霄雀一事：

　　舜葬蒼梧之野，有鳥如雀，自丹州而來，吐五色之氣，氤氳如雲，名曰憑霄雀，能群飛銜土成丘墳。此鳥能反形變色，集於峻林之上，在木則爲禽，行地則爲獸，變化無常。常遊丹海之際，時來蒼梧之野，銜青砂珠，積成壟阜，名曰「珠丘」。〔註30〕

（3）鵲

　　卷六第十則，記載漢安帝時條支國貢鴆鵲一事：

　　章帝永寧元年，〔註31〕條支國來貢異瑞。有鳥名鴆鵲，形高七尺，解

〔註28〕同註1，頁184。
〔註29〕同註1，頁212。
〔註30〕同註1，頁28。
〔註31〕漢章帝爲明帝的第五子，名炟。章帝在位十三年，改元三次：建初、元和、章和，而無「永寧」一年號。永寧，是漢安帝的年號，此處爲王嘉誤記。

人語。其國太平，則鳩鵲群翔。昔漢武帝時，四夷賓服，有獻馴鵲，若有喜樂事，則鼓翼翔鳴。按莊周云「雕陵之鵲」，蓋其類也。《淮南子》云：「鵲知人喜。」今之所記，大小雖殊，遠近爲異，故略舉焉。〔註32〕

條支國，也作條枝國，古國名，領有今敘利亞及幼發拉底河以東之地。

（4）雞

卷一第十則，記唐堯時，有一善鳴之禽「青鸐」的種種：

> 帝堯在位，聖德光洽。……幽州之墟，羽山之北，有善鳴之禽，人面鳥喙，八翼一足，毛色如雉，行不踐地，名曰青鸐，其聲似鐘磬笙竽也。《世語》曰：「青鸐鳴，時太平。」故盛明之世，翔鳴藪澤，音中律呂，飛而不行。至禹平水土，棲於川岳，所集之地，必有聖人出焉。自上古鑄諸鼎器，皆圖像其形，讚銘至今不絕。〔註33〕

根據《爾雅·釋鳥》：「鸐，山雉。」〔註34〕可知，青鸐又名鸐雉、山雞。

卷五第七則，敘述漢武帝時大月氏貢的雙頭雞，被視爲不祥之物，進而有謠言示預王莽篡位一事：

> 太初二年，大月氏國貢雙頭雞，四足一尾，鳴則俱鳴。武帝置於甘泉故館，更以餘雞混之，得其種類而不能鳴。諫者曰：「《詩》云：『牝雞無晨。』一云：『牝雞之晨，惟家之索。』今雄類不鳴，非吉祥也。」帝乃送還西域，行至西關，雞反顧望漢宮而哀鳴。故謠言曰：「三七末世，雞不鳴，犬不吠，宮中荊棘亂相係，當有九虎爭爲帝。」至王莽篡位，將軍有九虎之號。其後喪亂彌多，宮掖中生蒿棘，家無雞鳴犬吠。此雞未至月氏國，乃飛於天漢，聲似鶤雞，翱翔雲裏。一名喧雞，昆、喧之音相類。〔註35〕

卷七第四則，描述漢獻帝時胥徒國所獻沉明石雞的習性、作用：

> 建安三年，胥徒國獻沉明石雞，色如丹，大如燕，常在地中，應時而鳴，聲能遠徹。其國聞鳴，乃殺牲以祀之，當鳴處掘地，則得此雞。若天下太平，翔飛頡頏，以爲嘉瑞，亦謂「寶雞」。其國無雞，

〔註32〕同註1，頁142。
〔註33〕同註1，頁22。
〔註34〕參見（晉）郭璞撰，（唐）陸德明音義，（宋）邢昺疏《爾雅注疏》（十三經注疏本第八冊，藍燈文化事業公司）卷第十〈釋鳥第十七〉，頁186。
〔註35〕同註1，頁122。

聽地中候晷刻。道家云：「昔仙人桐君採石，入穴數里，得丹石雞，
舂碎爲藥，服之者令人有聲氣，後天而死。」昔漢武帝寶鼎元年，
西方貢珍怪，有虎魄燕，置之靜室，自於室中鳴翔，蓋此類也。《洛
書》云：「皇圖之寶，土德之徵，大魏之嘉瑞。」〔註36〕

此則中又另舉出與沉明石雞同類的奇禽「虎魄燕」，相互印證。同時，文末再
加上五行相生之說，來說明古代帝王的嬗替。

（5）鳳

卷二第十一則，寫周成王時旃塗國獻鳳雛一事：

四年。旃塗國獻鳳雛，載以瑤華之車，飾以五色之玉，駕以赤象，
至於京師，育於靈禽之苑，飲以瓊漿，貽以雲實，二物皆出上元仙。
方鳳初至之時，毛色文彩未彪發；及成王封泰山、禪社首之後，文
彩炳耀。中國飛走之類，不復喧鳴，咸服神禽之遠至也。及成王崩。
沖飛而去。孔子相魯之時，有神鳳遊集。至哀公之末，不復翔來，
不云：「鳳鳥不至。」可爲悲矣！〔註37〕

由上述可知，鳳鳥的去留與天下盛衰有關。孔子相魯時，神鳳遊集。但是，
當成王崩逝及哀公末年時，鳳鳥飛離。其中，旃塗國在漢代稱爲身毒，是 Hind
and Sind 的譯音，今代北印度。〔註38〕

3. 畜 獸

（1）馬

卷三第一則，描寫周穆王八駿的特色：

……王馭八龍之駿：一名絕地，足不踐地；二名翻羽，行越飛禽；
三名奔霄，夜行萬里；四名越影，逐日而行；五名逾輝，毛色炳耀；
六名超光，一形十影；七名騰霧，乘雲而奔；八名挾翼，身有肉翅。
遞而駕焉，按轡徐行，以匝天地之域。〔註39〕

按：八駿之名，《穆天子傳》則作：赤驥、盜驪、白義、踰輪、山子、渠黃、
華騮、綠耳，〔註40〕與《拾遺記》有所出入。

〔註36〕同註1，頁 166～167。
〔註37〕同註1，頁 49。
〔註38〕同註1，頁 4。
〔註39〕同註1，頁 60。
〔註40〕參見（晉）郭璞注《穆天子傳》卷四，頁 934。（收錄於《增訂漢魏叢書》（二），
　　　　臺北，大化書局，1983 年 12 月。）

卷七第十則，寫魏武帝討伐董卓時，丟失了坐騎，而曹洪以自己所乘戰馬「白鵠」送給武帝一事。並著墨於神駿「白鵠」，乘風疾行、足不踐地、渡河足毛不濕等神奇特色上：

> ……武帝討董卓，夜行失馬，洪以其所乘馬上帝。其馬號曰「白鵠」。此馬走時，惟覺耳中風聲，足似不踐地。至汴水，洪不能渡，帝引洪上馬共濟，行數百里，瞬息而至。馬足毛不濕。時人謂爲乘風而行，亦一代神駿也。諺曰：「憑空虛躍，曹家白鵠。」〔註41〕

（2）牛

卷七第一則，記載魏文帝以文車十乘迎薛靈芸入宮，駕車的是尸屠國所獻的青牛。

> ……駕青色駢蹄之牛，日行三百里。此牛尸屠國所獻，足如馬蹄也。
> 〔註42〕

尸屠國所獻的青牛，有別於一般駕車的牛。牠有駢蹄，足如馬蹄，且具有日行三百里的特性。

（3）虎

卷四第七則，敘述始皇二年西方獻兩頭白虎，各無一目。經秦始皇檢視，發現此爲始皇元年騫霄國刻玉善畫工裔所雕刻的玉虎，因其以淳漆點睛而復活之事：

> ……使以淳漆各點兩虎一眼睛，旬日則失之，不知所在。山澤之人云：「見二白虎，各無一目，相隨而行，毛色相似，異於常見者。」至明年，西方獻兩白虎，各無一目。始皇發檻視之，疑是先所失者，乃刺殺之，檢其胸前，果是元年所刻玉虎。〔註43〕

卷七第六則，記魏元帝時宮中出現異獸白虎之事：

> 咸熙二年，宮中夜有異獸，白色光潔，繞宮而行。閽官見之，以聞於帝。帝曰：「宮闈幽密，若有異獸，皆非祥也。」使宦者伺之，果見一白虎子，遍房而走。候者以戈投之，即中左目。比往取視，惟見血在地上，不復見虎。搜檢宮內及諸池井，不見有物。次檢寶庫中，得一玉虎頭枕，眼有傷，血痕尚濕。帝該古博聞，云：「漢誅梁

〔註41〕同註1，頁173。
〔註42〕同註1，頁159。
〔註43〕同註1，頁99～100。

冀，得一玉虎頭枕，云單池國所獻，檢其領下，有篆書字，云是帝
辛之枕，嘗與妲己同枕之，是殷時遺寶也。」又按《五帝本紀》云，
帝辛殷代之末。至咸熙多歷年所，代代相傳。凡珍寶久則生精靈，
必神物憑之也。〔註44〕

由上述得知，白虎是單池國所獻玉虎頭枕化成的。玉虎頭枕是殷商遺寶，傳
至咸熙時已年代久遠。因此，能幻化成白虎，正是器物歷久成精的例證。

（4）獸

卷九第五則，描述晉武帝時，因墀國所獻五足獸的形貌及由來：

因墀國獻五足獸，狀如師子；……問其使者五足獸是何變化，對曰：
「東方有解形之民，使頭飛於南海，左手飛於東山，右手飛於西澤，
自臍以下，兩足孤立。至暮，頭還肩上，兩手遇疾風飄於海外，落
玄洲之上，化為五足獸，則一指為一足也。其人既失兩手，使傍人
割裹肉以為兩臂，宛然如舊也。」〔註45〕

本則說明五足獸實由東方解形之民的雙手所變化而成。

（二）植物類

依據《周禮‧大司徒》所列舉的植物，〔註46〕包含：皁物、膏物、覈物、
莢物、叢物五類。而鄭司農注云：「植物，根生之屬。」因此，以下分五穀、
花卉、樹木三方面，舉例說明。

1. 五 穀

（1）禾

卷一第二則，寫炎帝時九穗禾的由來及食之不死的奇效：

……時有丹雀銜九穗禾，其墜地者，帝乃拾之，以植於田，食者老
而不死。〔註47〕

卷二第十二則，記載周成王五年時，因祇國所貢的嘉禾：

五年。有因祇之國，……又貢嘉禾。一莖盈車。〔註48〕

〔註44〕同註1，頁169。
〔註45〕同註1，頁208。
〔註46〕同註20。其中，植物有五類，包括：皁物（如：柞、栗）、膏物（如：楊、
柳）、覈物（如：李、梅）、莢物（如：薺莢、王棘）、叢物（如：萑、葦）。
〔註47〕同註1，頁5。
〔註48〕同註1，頁50。

由上述可知，因祇國生產的嘉禾是珍貴的糧作，因為只要一株莖禾就足以裝滿一車。

卷四第一則，描述燕昭王時由白鸞所銜來的千莖穟：

> 王即位二年，……時有白鸞孤翔，銜千莖穟。穟於空中自生，花實
> 落地，則生根葉。一歲百穫，一莖滿車，故曰「盈車嘉穟」。〔註49〕

本則所寫的千莖穟，除了和上述因祇國的嘉禾一樣具有「一莖滿車」的特色外，還能有「一歲百穫」的豐收。

卷六第三則，敘述漢宣帝地節元年，背明國來貢其方物。並描述其國「融澤」一地所栽種的五穀，具有食之後天而死的神效。例如：

（2）稻

> 浹日之稻，種之十旬而熟。
>
> 翻形稻，言死者死而更生，天而有壽。
>
> 明清稻，食者延年也。
>
> 清腸稻，食一粒歷年不飢。

（3）粟

> 搖枝粟，其枝長而弱，無風常搖，食之益髓。
>
> 鳳冠粟，似鳳鳥之冠，食者多力。
>
> 遊龍粟，葉屈曲似遊龍也。
>
> 瓊膏粟，白如銀，食此二粟，令人骨輕。

（4）豆

> 繞明豆，其莖弱，自相縈繞。
>
> 挾劍豆，其莢形似人挾劍，橫斜而生。
>
> 傾離豆，言其豆見日，葉垂覆地，食者不老不疾。

（5）麥

> 延精麥，延壽益氣。
>
> 昆和麥，調暢六府。
>
> 輕心麥，食者體輕。
>
> 醇和麥，為麴以釀酒，一醉累月，食之凌冬可袒。
>
> 含露麥，穟中有露，味甘如貽。

（6）麻

〔註49〕同註1，頁91。

紫沉麻，其實不浮。

雲冰麻，實冷而有光，宜爲油澤。

通明麻，食者夜行不持燭，是苣藤也，食之延壽，後天而老。

由以上（2）至（6）項的描寫可知，背明國所產的五穀，食之能止飢，兼可延年益壽，且有長生不死的效果，皆非人間凡品。〔註50〕

（7）蔬

卷九第二則，寫晉武帝時芳蔬園所栽種的異菜「芸薇」：

咸寧四年，立芳蔬園於金墉城東，多種異菜。有菜名曰「芸薇」，類有三種，紫色者最繁，味辛，其根爛熳，春夏葉密，秋榮冬馥，其實若珠，五色，隨時而盛，一名「芸芝」。其色紫者爲上蔬，其味辛；色黃者爲中蔬，其味甘；色青者爲下蔬，其味鹹。常以三蔬充御膳。其葉可以藉飲食，以供宗廟祭祀，亦止人渴飢。宮人採帶其莖葉，香氣歷日不歇。〔註51〕

2. 花　卉

（1）花

①荷

卷一第三則，記軒轅黃帝時石蕖一事：

……有石蕖青色，堅而甚輕，從風靡靡，覆其波上，一莖百葉，千年一花。〔註52〕

卷三第二則，描述周穆王三十六年宴請西王母時，所準備的冰荷：

……有冰荷者，出冰壑之中，取此花以覆燈七八尺，不欲使光明遠也。〔註53〕

卷三第二則，描述西王母列席周穆王宴請時所獻爲禮的素蓮：

……崑流素蓮，……素蓮者，一房百子，凌冬而茂。〔註54〕

卷三第三則，記載磅磄山東有鬱水，其間有碧藕：

……鬱水在磅磄山東，……生碧藕，長千常，七尺爲常也。〔註55〕

〔註50〕同註1，頁131～132。
〔註51〕同註1，頁203。
〔註52〕同註1，頁9。
〔註53〕同註1，頁65。
〔註54〕同註1，頁65。
〔註55〕同註1，頁66。

卷六第一則，寫和昭帝淋池中所植低光荷的形貌，及種種特殊功用：

　　昭帝始元元年，穿淋池，廣千步。中植分枝荷，一莖四葉，狀如騈蓋，日照則葉低陰根莖，若葵之衛足，名「低光荷」。實如玄珠，可以飾佩。花葉雖萎，芬馥之氣，徹十餘里。食之令人口氣常香，益脈理病。宮人貴之，每遊宴出入，必皆含嚼。或剪以為衣，或折以蔽日，以為戲弄。《楚辭》所謂「折芰荷以為衣」，意在斯也。〔註56〕

②菊

卷六第三則，描寫背明國所產具有神效的紫菊：

　　……有紫菊，謂之日精，一莖一蔓，延及數畝，味甘，食者至死不飢渴。〔註57〕

（2）卉

①草

卷六第三則，記載背明國所產的各種異草。例如：

　　虹草，枝長一丈，葉如車輪，根大如轂，花似朝虹之色。昔齊桓公伐山戎，國人獻其種，乃植於庭，云霸者之瑞也。

　　宵明草，夜視如列燭，畫則無光，自消滅也。

　　黃渠草，映日如火，其堅韌若金，食者焚身不熱。

　　夢草，葉如蒲，莖如著，採之以占吉凶，萬不遺一。

　　聞遲草，服者耳聰，香如桂，莖如蘭。〔註58〕

上述各種異草，都有不同的作用。虹草，是霸者之瑞；宵明草，可以照夜；黃渠草，使食者焚身不熱；夢草，可占吉凶；聞遲草，使服者耳聰。

卷七第二則，記魏明帝時有合歡草之事：

　　……有合歡草，狀如著，一株百莖，畫則眾條扶疏，夜則合為一莖，萬不遺一，謂之「神草」。〔註59〕

卷九第九則，描寫晉武帝時浮支國所獻的望舒草：

　　太始十年，有浮支國獻望舒草，其色紅，葉如荷，近望則如卷荷，遠望則如舒荷，團團似蓋。亦云，月出則荷舒，月沒則葉卷。植於

〔註56〕　同註1，頁128。
〔註57〕　同註1，頁132。
〔註58〕　同註1，頁132。
〔註59〕　同註1，頁163。

宮中，因穿池廣百步，名曰望舒荷池。愍帝之末，移入胡，胡人將
種還胡中，至今絕矣；池亦填塞。〔註60〕

②蓬

卷三第三則，記條陽山所產的神蓬：

> ……條陽山出神蓬，如蒿，長十丈。周初，國人獻之，周以爲宮柱
> 所謂「蓬宮」也。〔註61〕

③菱

卷六第一則，寫漢昭帝淋池中所植倒生菱的形貌，及食之不老的神奇功效：

> 昭帝始元元年，穿淋池，廣千步。……亦有倒生菱，莖如亂絲，一
> 花千葉，根浮水上，實沉泥中，名「紫菱」，食之不老。〔註62〕

④茅

卷六第三則，記載背明國所產的焦茅：

> ……有焦茅，高五丈，燃之成灰，以水灌之，復成茅也，謂之靈茅。
> 〔註63〕

⑤苔

卷九第十則，描寫祖梁國所獻蔓金苔的外觀、特色：

> 祖梁國獻蔓金苔，色如黃金，若螢火之聚，大如雞卵，投於水中，
> 蔓延於波瀾之上，光出照日，皆如火生水上也。乃於宮中穿池，廣
> 百步，時觀此苔，以樂宮人。宮人有幸者，以金苔賜之，置漆盤中，
> 照耀滿室，名曰「夜明苔」；著衣襟則如火光。帝慮外人得之，有惑
> 百姓，詔使除苔塞池。及皇家喪亂，猶有此物，皆入胡中。〔註64〕

3. 樹 木

（1）桑 樹

卷一第四則，記載位於西海濱的窮桑有一株神奇的桑樹：

> ……窮桑者，西海之濱，有孤桑之樹，直上千尋，葉紅椹紫，萬歲
> 一實，食之後天而老。〔註65〕

〔註60〕同註1，頁213。
〔註61〕同註1，頁66。
〔註62〕同註1，頁128。
〔註63〕同註1，頁132。
〔註64〕同註1，頁213～214。
〔註65〕同註1，頁13。

（2）桂　樹

卷一第七則，寫闇河之北有紫桂，食之能長生不老：

> 闇河之北，有紫桂成林，其實如棗，群仙餌焉。韓終採藥四言詩曰：
> 「闇河之桂，實大如棗。得而食之，後天而老。」〔註66〕

（3）棗　樹

卷三第二則，描述周穆王三十六年時西王母所獻的陰岐黑棗：

> ……黑棗者，其樹百尋，實長二尺，核細而柔，百年一熟。〔註67〕

（4）桃　樹

卷三第三則，寫磅磄山上的奇特桃樹：

> 扶桑東五萬里，有磅磄山。上有桃樹百圍，其花青黑，萬歲一實。
>
> 〔註68〕

（5）橘　樹

卷三第三則，寫條陽山中有特殊的白橘：

> ……中有白橘，花色翠而實白，大如瓜，香聞數里。〔註69〕

歸納五穀、花卉、樹木三方面的分析得知，能「食之不死」是上述大多數植物的共同特色，例如：九穗禾、背明國的五穀、倒生菱、紫桂，以及孤桑所結的桑椹等。由此可見，追求不死一直是人類的願望。

（三）礦物類

《說文解字》第九篇下石部：「礦，銅鐵樸石也。」礦字，通行作礦。意指蘊藏銅鐵而未經冶煉者。今則稱金、玉、石、鹵等一切無機物質為礦物。〔註70〕而《拾遺記》中所述，大多為外國所貢的寶物。例如卷五第六則，描述漢武帝賜予董偃異域所獻的各式珍寶：

> 董偃常臥延清之室，以畫石為床，文如錦也。石體甚輕，出郅支國。
> 上設紫瑠璃帳，火齊屏風，列靈麻之燭，以紫玉為盤，如屈龍，皆用雜寶飾之。侍者於戶外扇偃。偃曰：「玉石豈須扇而後涼耶？」侍者乃卻扇，以手摸，方知有屏風。又以玉精為盤，貯冰於膝前。玉

〔註66〕同註1，頁17。
〔註67〕同註1，頁65。
〔註68〕同註1，頁66。
〔註69〕同註1，頁66。
〔註70〕同註27，頁249。

精與冰同其潔澈。侍者謂冰之無盤，必融濕席，乃合玉盤拂之，落階下，冰玉俱碎，偓以爲樂。此玉精千塗國所貢也。武帝以賜偓。哀、平之之世，民家猶有此器，而多殘破。及王莽之世，不復知其所在。〔註71〕

因此，以下就金、玉、石及瑪瑙四方面，舉例說明。

1. 金

卷五第四則，描述漢武帝時浮忻國所貢的蘭金之泥：

元封元年，浮忻國貢蘭金之泥。此金出湯泉，盛夏之時，水常沸湧，有若湯火，飛鳥不能過。國人常見水邊有人冶此金爲器。金狀混混若泥，如紫磨之色；百鑄，其色便白，有光如銀，即「銀燭」是也。常以此泥封諸函匣即諸宮門，鬼魅不敢干。〔註72〕

金泥爲古代封祕函及詰命所需，通常以膠和金粉製成。而此則所描寫的金泥，爲天然之物，極貴重罕見。除具封函匣及璽封的作用外，還能驅鬼魅。

2. 玉

卷一第二則，記載炎帝時有浮水不沉的玉石：

……有石璘之玉，號曰「夜明」，以闇投水，浮而不滅。〔註73〕

3. 石

卷一第十四則，描述在蒼梧野外，能拾得「服之不死，帶者身輕」的奇異青石珠：

……今蒼梧之外，山人採藥，時有得青石，圓潔如珠，服之不死，帶者身輕。〔註74〕

卷七第二則，敘述魏明帝時太山下有連理文石：

……太山下有連理文石，高十二丈，狀如柏樹，其文彪發，似人雕鏤，自下及上皆合，而中開廣六尺，望若眞樹也。父老云：「當秦末，二石相去百餘步，蕪沒無有蹊徑。及魏帝之始，稍覺相近，如雙闕。」

〔註75〕

〔註71〕 同註1，頁121。
〔註72〕 同註1，頁118。
〔註73〕 同註1，頁5。
〔註74〕 同註1，頁28。
〔註75〕 同註1，頁163。

4. 瑪　瑙

卷一第九則，描寫帝嚳時丹丘國所獻的瑪瑙甕，及瑪瑙的種類、由來：

> 有丹丘之國，獻碼磁甕，以盛甘露。帝德所洽，被於殊方，以露
> 充於廚也。碼磁，磁石類也，南方者爲之勝。今善別馬者，死則
> 破其腦視之，其色如血者，則日行萬里，能騰空飛；腦色黃者，
> 日行千里；腦色青者，嘶聞數百里；腦色黑者，入水毛鬣不濡，
> 日行五百里；腦色白者，多力而怒。今爲器多用赤色，若是人工
> 所制者，多不成器，亦殊朴拙。其國人聽馬鳴則別其腦色。丹丘
> 之地，有夜叉駒跋之鬼，能以赤馬腦爲瓶、盂及樂器，皆精妙輕
> 麗。中國人有用者，則魑魅不能逢之。一説云，馬腦者，言是惡
> 鬼之血，凝成此物。昔黃帝除蚩尤及四方群凶，并諸妖魅，塡川
> 滿谷，積血成淵，聚骨如岳。數年中，血凝如石，骨如白灰，膏
> 流成泉。故南方有肥泉之水，有白堊之山，望之峨峨，如霜雪矣。
> 又有丹丘，千年一燒，黃河，千年一清，至聖之君，以爲大瑞。
> 丹丘之野多鬼血，化爲丹石，則碼磁也。不可斫削彫琢，乃可鑄
> 以爲器也。〔註76〕

瑪瑙，一名文石，此物由蛋白石、玉髓及石英在岩石之空隙中漸次沉澱而成，
常呈各種色彩之美麗文理，加以鏤琢，可制成器皿。本則以爲碼磁是馬腦或鬼
血化成，皆臆測的傳說。所以，李時珍在《本草綱目》中曾對此提出辨正〔註77〕

（四）雜物類

　　《拾遺記》中記載的各式奇珍異物，種類繁多，除動物、植物、礦物等
產品外，還有許多難以分門別類的，例如：布帛、香料、食物、交通工具等。
因此，全歸於「雜物」一類。又可細分成：衣帛、器物、舟楫、飲食四項，
舉例說明。

1. 衣　帛

（1）錦

卷二第十二則，敘述周成王五年時，因祇國獻上各種精緻的文錦：

> 五年。有因祇之國，……其國人來獻，有雲崑錦，文似雲從山岳中出

〔註76〕同註1，頁19。
〔註77〕參見李時珍：《本草綱目》（臺北：鼎文書局，1973年9月），卷八「馬腦」條，
　　　　頁294～295。

也；有列堞錦，文似雲霞覆城雉樓堞也；有雜珠錦，文似貫珠珮也；有篆文錦，文似大篆之文也；有列明錦，文似列燈燭也。幅皆廣三尺。
〔註78〕

（2）裘

卷二第十六則，寫周昭王時，以塗脩國所獻的青鳳毛羽製成兩件皮裘，並敘述其功能：

> 二十四年。塗脩國獻青鳳、丹鵲各一雌一雄。……綴青鳳之毛爲二裘，一名煥質，二名暄肌，服之可以卻寒。至屬王流於彘，彘人得而奇之，分裂此裘，遍於彘土。罪入大辟者，抽裘一毫以贖其死，則價直萬金。〔註79〕

青鳳毛不但可以製裘禦寒，還能免去死罪，可見其珍貴。

（3）布

卷九第四則，敘述晉武帝時羽山之民獻火浣布的始末：

> 晉太康元年，白雲起於灞水，三日而滅。有司奏云：「天下應太平。」帝問其故，曰：「昔舜時黃雲興於郊野，夏代白雲蔽於都邑，殷代玄雲覆於林藪，斯皆應世之休徵，殊鄉絕域應有貢其方物。」果有羽山諸民獻火浣布萬疋。其國人稱：「羽山之上，有文石，生火，煙色以隨四時而見，名爲『淨火』。有不潔之衣，投於火石之上，雖滯汙漬涅，皆如新浣。」當虞舜時，其國獻黃布；漢末獻赤布，梁冀製爲衣，謂之「丹衣」。史家云：「單衣」。今縫掖也。字異聲同，未知孰是？〔註80〕

火浣布，顧名思義是以火浣洗的布。《列子·湯問》：「火浣之布，浣之必投於火。」〔註81〕其他如《抱朴子》、《搜神記》、《異物志》、《神異經》等，都有類似的記載。〔註82〕關於火浣布產地的傳說，例如：斯調國的火州，崑崙之墟的火之山

〔註78〕同註1，頁50。

〔註79〕同註1，頁55～56。

〔註80〕同註1，頁206。

〔註81〕參見莊萬壽註譯《新譯列子讀本》（臺北：三民書局股份有限公司，1979年1月）〈湯問第五〉，頁189。

〔註82〕例如（漢）東方朔《神異經》〈南荒經〉：「不盡木火，中有鼠，重千斤。毛長二尺餘，細如絲。但居火中，洞赤時時出外，而毛白。以水逐而沃之，即死。取其毛績紡織以爲布，用之，若有垢涴，以火燒之則淨。」（收錄於《增訂漢魏叢書》（二），臺北：大化書局，1983年12月，頁3303。）

或南荒之外的火山等地。但都荒誕無稽，不足置信。唯根據《三國志‧魏書‧三少帝紀》注引《傅子》：「漢桓帝時，大將軍梁冀以火浣布爲單衣，常大會賓客，冀陽爭酒，失杯而汙之，僞怒，解衣曰：『燒之。』布得火，煒曄赫然，如燒凡布，垢盡火滅，粲然潔白，若用灰水焉。」〔註83〕似實有其事。

2. 器　物

（1）相　風

卷一第四則，記少昊時「相風」的雛形：

> ……帝子與娥皇泛於海上，以桂枝爲表，結薰毛爲旌，刻玉爲鳩，置於表端，言鳩知四時之候，故《春秋傳》曰「司至」，是也。今之相風，此之遺象也。〔註84〕

「相風」，即象風烏，是古代候風之器，以木或銅製成，形狀如烏，置於屋頂或舟檣上，用以觀測風向。

（2）羽　扇

卷二第十六則，寫周昭王時，以塗脩國所獻丹鵲的羽翅製成扇子之事：

> 二十四年。塗脩國獻青鳳、丹鵲各一雌一雄。孟夏之時，鳳、鵲皆脫易毛羽。聚鵲翅以爲扇，……扇一名「遊飄」，二名「條翩」，三名「虧光」，四名「仄影」。〔註85〕

（3）香　料

卷四第一則，描述燕昭王時，波弋國所出的荃蕪之香有種種神奇效用：

> 王即位二年，……王登崇霞之臺，……散荃蕪之香。香出波弋國，浸地則土石皆香，著朽木腐草，莫不鬱茂，以燻枯骨，則肌肉皆生。〔註86〕

波弋國的荃蕪之香，在《漢武洞冥記》中則名爲荃蘭、春蕪。

卷七第一則，寫魏文帝迎薛靈芸入宮時所用腹題國的石葉之香：

> ……道側燒石葉之香，此石重疊，狀如雲母，其光氣辟惡厲之疾。此香腹題國所進也。〔註87〕

〔註83〕參見（晉）陳壽《三國志》（臺北：鼎文書局，1978 年 6 月）卷四《魏書》四〈三少帝紀〉第四〈齊王芳〉，頁 117～118。
〔註84〕同註1，頁 13。
〔註85〕同註1，頁 55。
〔註86〕同註1，頁 91。
〔註87〕同註1，頁 159。

（4）膠　劑

卷八第二則，敘述吳主趙夫人以鬱夷國的神膠接續頭髮，裁製成帷幔之事：

> ……夫人乃捌髮，以神膠續之。神膠出鬱夷國，接弓弩之斷弦，百斷百續也。乃織爲羅縠，累月而成，裁爲幔，內外視之，飄飄如烟氣輕動，而房內自涼。〔註88〕

鬱夷國所出的神膠，在《博物志》及《十洲記》中也都有類似作用的膠劑名爲「續弦膠」的記載。而在《十洲記》中，更詳細敘述此膠的製作過程。〔註89〕

（5）樂　器

卷一第五則，描述顓頊時有特殊的鐘、磬，鐘、磬的樂音能感動飛禽、鯨鯢，並能使海水平靜無波：

> 帝顓頊高陽氏，……有浮金之鐘，沉明之磬，以羽毛拂之，則聲振百里。石浮於水上，如萍藻之輕，取以爲磬，不加磨琢。及朝萬國之時，乃奏含英之樂，其音清密，落雲間之羽，鯨鯢游湧，海水恬波。〔註90〕

卷三第三則，記載周穆王與西王母歡宴時所陳設的各種樂器及產地：

> ……奏環天之和樂，列以重霄之寶器。器則有岑華鏤管，睗澤雕鍾，員山靜瑟，浮瀛羽磬，撫節按歌，萬靈皆聚。……岑華，山名也，在西海上，有象竹，截爲管吹之，爲群鳳之鳴。睗澤出精銅，可爲鍾鐸。員山，其形員也，有大林，雖疾風震地，而林木不動，以其木爲瑟，故曰「靜瑟」。浮瀛，即瀛洲也，上有青石，可爲磬，磬者長一丈，輕若鴻毛，因輕而鳴。〔註91〕

3. 舟　楫

（1）貫月查

卷一第十一則，寫堯在位三十年時，西海有巨查出現之事：

> 堯登位三十年，有巨查浮於西海，查上有光，夜明晝滅。海人望其

〔註88〕同註1，頁179～180。
〔註89〕參見（晉）張華《博物志》卷二〈異產〉、（漢）東方朔《海南十洲記》（收錄於《增訂漢魏叢書》（二），臺北：大化書局，1983年12月，頁3057及3310～3311。）
〔註90〕同註1，頁16。
〔註91〕同註1，頁66。

光，乍大乍小，若星月之出入矣。查常浮繞四海，十二年一周天，
周而復始，名曰貫月查，亦謂挂星查。羽人棲息其上。群仙含霧以
漱，日月之光則如暝矣。虞、夏之季，不復記其出沒。遊海之人，
猶傳其神偉也。〔註92〕

「有巨查浮於西海」，《博物志》中也有浮楂泛海到天河之說，〔註93〕可見
同為當時民間傳說，而貫月查的構想尤奇，彷彿今之所謂「飛碟」，接近現
代的科幻小說，即科學神話，可以以神話視之。〔註94〕同時，有人曾指出
貫月查或挂星查，就是最古的關於宇宙航行的傳說。王嘉的記述使我們看
到，「似乎在遠古時代，真的有這麼一條船，經常在四海上出現。但是，它
並非只在海面漂浮的船隻，而是每十二年繞天一周，不斷地環繞航行的。更
重要的是，古人已經設想到這條船能夠到月球上去，到其它星星上去，所以
把它叫做貫月槎和挂星槎。」這個傳說的產生以我國為最早，不僅是因為記
載它的《拾遺記》是出現於西元四世紀的一部古書，而且因為它竟然是關於
堯的傳說。〔註95〕

（2）螺　舟

卷四第八則，描寫宛渠國的螺舟：

> 始皇好神仙之事，有宛渠之民，乘螺舟而至。舟形似螺，沉行海底，
> 而水不浸入，一名「淪波舟」。〔註96〕

宛渠國人乘坐的螺舟，能「沉行海底，而水不浸入」，和現在潛水艇的功能十
分相似。可見這種富有浪漫氣息的大膽設想，包含許多科學幻想的成分，是
人類藉想像力以征服、支配大自然的表現。

（3）沙棠舟

〔註92〕同註1，頁23。
〔註93〕見《博物志》卷十：「舊說云天河與海通。近世有人居海渚者，年年8月有浮
　　　槎去來，不失期，人有奇志，立飛閣於查上，多齎糧，乘槎而去。十餘日中
　　　猶觀星月日辰，自後茫茫忽忽亦不覺晝夜。去十餘日，奄至一處，有城郭狀，
　　　屋舍甚嚴。遙望宮中多織婦，見一丈夫牽牛渚次飲之。牽牛人乃驚問曰：『何
　　　由至此？』此人具說來意，并問此是何處，答曰：『君還至蜀郡訪嚴君平則知
　　　之。』竟不上岸，因還如期。後至蜀，問君平，曰：『某年月日有客星犯牽牛
　　　宿。』計年月，正是此人到天河時也。」
〔註94〕參考袁珂：《中國神話史》（臺北：時報文化出版企業有限公司，1991年5月
　　　20日），頁220～221。
〔註95〕同註1，前言部分，引《燕山夜話·宇宙航行的最古傳說》。
〔註96〕同註1，頁101。

卷六第七則，敘述漢武帝時所造沙棠舟的外觀：

> 帝常以三秋閑日，與飛燕戲於太液池，以沙棠木爲舟，貴其不沉沒
> 也。以雲母飾於鷁首，一名「雲舟」。又刻大桐木爲虯龍，雕飾如眞，
> 以夾雲舟而行。以紫桂爲柁枻。〔註97〕

4. 飲　食

（1）霞　漿

卷一第二則，記炎帝時有能讓人服食後得道成仙、長生不老的「霞漿」：

> ……時有流雲灑液，是謂「霞漿」，服之得道，後天而老。〔註98〕

（2）玉液瓊漿

卷三第二則，寫西王母在周穆王宴席上所獻的瓊漿玉液：

> 三十六年，……西王母……薦清澄琬琰之膏以爲酒。〔註99〕

琬琰，是美玉名。以其膏爲酒，即所謂的玉液瓊漿。

（3）九醞酒

卷九第三則，敘述張華所釀造的九醞酒：

> 張華爲九醞酒，以三薇漬麴糵，糵出西羌，麴出北胡。胡中有指星
> 麥，四月火星出，麥熟而穫之。糵用水漬麥三夕而萌芽，平旦雞鳴
> 而用之，俗人呼爲「雞鳴麥」。以之釀酒，醇美，久含令人齒動；
> 若大醉，不叫笑搖蕩，令人肝腸消爛，俗人謂爲「消腸酒」。或云
> 醇酒可爲長宵之樂，兩說聲同而事異也。閭里歌曰：「寧得醇酒消
> 腸，不與日月齊光。」言耽此美酒，以悅一時，何用保守靈而取長
> 久。〔註100〕

第二節　名山仙境

《拾遺記》卷十記載：崑崙山、蓬萊山、方丈山、瀛洲、員嶠山、岱輿
山、昆吾山、洞庭山等八座仙山。宋代以後，此卷曾別刻行世，題曰《名山
記》。〔註101〕

〔註97〕同註1，頁138～139。
〔註98〕同註1，頁5。
〔註99〕同註1，頁65。
〔註100〕同註1，頁204。
〔註101〕陳振孫《直齋書錄解題》、馬端臨《文獻通考·經籍考》，並著錄《名山記》

一、名山仙境觀念

　　仙境觀念，應淵源於古代中國的樂園神話。上古樂園意象為道家隱逸一派之政治理想，乃屬於一種原始共同體之理想社會，或稱之曰樂土、樂郊，或標舉為至德之世，建德之國。〔註102〕此種樂園表達人類對長生永壽、和諧安定的願望與理想。樂園神話至戰國末期，漸形成以西方崑崙山為中心，或以東方海上仙山為依據的東西兩大系統。而漢朝，則漸由東西兩大系統移轉於中國宇內名山。到了魏晉南北朝時，因政治、社會紛亂動盪，使得神仙道教所揭示的理想樂園，結合原本源遠流長樂園傳說，形成新型的仙境說，即樂園神話的道教化。

（一）聯合仙山說

　　「聯合仙山」一詞，有兩種不同角度的解釋。一是杜而未在《崑崙文化與不死觀念》中的主張，〔註103〕一是李豐楙在〈魏晉南北朝文士與道教之關係〉中的說法。〔註104〕

　　1. 杜而未據王嘉《拾遺記》有關聯合仙山與仙者的記載，以便為崑崙文化與道教不死觀念的連鎖作證。因為他認為王嘉對這八座仙山的排列是平行的，可以統稱為崑崙山集團文化，簡稱為崑崙文化。八座山又都與月亮神話有關，直接描述仙道，明言不死。杜而未將八山仙境分為四部分討論：

（1）崑崙山及蓬萊山

　　《拾遺記》對崑崙仙境的描述，雖與《博物志》、《抱朴子》有不少相異之處，但都未與月山神話脫離。例如：「……四面有風，群仙常駕龍乘鶴，遊戲其間。……」〔註105〕是描寫群仙在崑崙月山的情形。

　　而對蓬萊山的描述，例如：「……有鳥名鴻鵝，……雄雌相眄則生產。……」〔註106〕（因為，雙性神話為月神話。）也與月神話有關。同時，認為仙者和

　　　　　一卷，王子年撰。

〔註102〕參見王師國良：《魏晉南北朝志怪小說研究》（臺北：文史哲出版社，1984年7月），頁265。

〔註103〕參見杜而未：《崑崙文化與不死觀念》（臺北：臺灣學生書局，1978年4月）第二編第二章「聯合仙山與仙者記載」，頁77～88。

〔註104〕參見李豐楙：《魏晉南北朝文士與道教之關係》（政治大學中國文學研究所博士論文，1978年6月），頁453～457。

〔註105〕同註1，頁221。

〔註106〕同註1，頁223。

月山意境不可分離。例如：「……仙者來觀而戲焉，……」。〔註107〕

（2）方丈山及瀛洲

方丈山爲月山，是群仙勝境。文中所言，皆未出月亮神話。

「瀛洲一名䒱洲，亦曰環洲。」〔註108〕前者魂魄與月亮神話糾纏，〔註109〕後者表示圓意。而「千丈之魚」，與莊子的鯤皆爲月魚，又「……有金鑾之觀，……以水精爲月，……」〔註110〕都與月亮有關。

（3）員嶠山及岱輿山

員嶠山中多出現白、黑兩種顏色。前者，如：不周之粟，粒皎如玉；霜雪；芸蓬，如雪，夜視有白光。後者，如：冰蠶色黑。上述兩者，當以月色有白黑爲根據。而扶桑有月樹，也與月亮有關。此外，移池國之人，湌九天之正氣，死而復生。乃因處於仙境，所以人皆死而復生。

在岱輿山一文中，也有不少月神話與仙人勝境的記載。例如：「有獸名嗽月，……此獸夜噴白氣，其光如月，……」〔註111〕爲月獸的描繪。又如：莽煌草席，使人多溫；千丈玉梁，上有紫苔，食之千歲不飢；遙香草實，食之累月不飢渴，延齡萬歲。則爲仙人勝境的敘述。

（4）昆吾山及洞庭山

昆吾山有劍的神話，這必是以月形如劍的原故。此條雖未言仙，但也可以說昆吾爲月山，山有獸如兔。兔不但食丹石，也吃兵刃鐵器。銅鐵指月亮的陽陰面。兔有黑白色，分別雄雌。月兔分雌雄，月劍也分雌雄，又可化爲雙龍，皆爲月有二儀神話的演變。

洞庭山在《楚辭》及《山海經》中，皆與月亮神話有關。而《拾遺記》則以洞庭山有靈洞仙境，並爲八座神話月山之一。

2. 李豐楙則借之以指混合崑崙、海島兩系統之新仙境說。崑崙、昆吾屬於西方仙山系統；蓬萊、方丈、瀛洲、員嶠、岱輿五神山，則屬於東方系統；而洞庭山爲後起之神山仙境。可知王嘉有意匯集各種傳說，而形成「聯合仙山說」。以下分爲兩部分說明：

〔註107〕同註1，頁224。
〔註108〕同註1，頁227。
〔註109〕參見杜而未：《中國古代宗教系統》（臺北：臺灣學生書局，1978年4月），頁46～47。
〔註110〕同註1，頁227。
〔註111〕同註1，頁231。

（1）崑崙仙境與佛教須彌說

王嘉為北朝苻秦時方士，北地佛教之說較盛，有釋典傳譯，因而受其影響。《拾遺記》卷十「崑崙山」一則中，可見釋典痕跡。文中首述崑崙仙境之所在，極力描摹神奇景象。次述須彌山，夸飾奇珍異物。其中，須彌山、千劫皆為佛家語。而崑崙景象實雜《山海經》的崑崙意象，又受佛教須彌山景象的啓發。因為，佛經謂南贍部洲等四大洲之中心有須彌山，處大海之中，上高三百三十六萬里，頂上為帝釋天所居，半腹為四天王所居。且「須彌」在漢語中有「妙高」之義。此外，文中特意描寫甘露、玉樹、禾穟等，屬服食仙物。而芝田、瑤臺、流精霄闕、珍林、九河，則為烘托仙境意象。因此，以上華彩縟麗的描繪，與秦、漢時代樸素的仙境說，大異其趣。

（2）海島仙境與宇內名山說

東方仙山，在《山海經・海內北經》云：「蓬萊山在海中」，郭璞注：「上有仙人宮室，皆以金玉為之。為獸盡白，望之如雲，在渤海之中也。」為初期僊說。〔註112〕而《拾遺記》中，蓬萊、方丈、瀛洲等仙境，則疊加增飾。以「蓬萊」一則為例。首述蓬萊的各種異名，及地理形勢。其次，分述鬱夷國及含明國，描摹仙境，鮮明華麗。而「明王出世」則躁步浮於海際，「聖君之世」則鴛鴦來儀，皆為處於亂世，冀求理想世界之明徵。

八僊山的撰述，可見古傳說之跡，乃秦漢初期仙境說，由樸素而華飾，由單純而複雜，是神話原型演變為道教傳說的過渡階段。其基本母題不變，不外以神仙地域、花草、禽獸等非現實界事物，乃至金銀之光、五色之霞，

〔註112〕「僊」字為「仙」的古代寫法，漢朝以前只使用「僊」而不用「仙」。「僊」出現在《莊子》一書有兩次：其中一次具體描寫登天過程，〈天地篇〉：「千歲厭世，去而上僊，乘彼白雲，至於帝鄉。」；另一次也有類似意味，〈在宥篇〉：「僊僊乎歸矣」。《說文解字》說「僊」是「長生僊去」，代表漢朝仙道文化的一種反映：僊作為動詞，為舞袖飛揚，或即源於巫的舞蹈，與宗教儀式有關；作名詞用，自是指扮演上僊的僊人。因為「僊」字的「䙴」，許慎解釋為「升高也，長生者䙴去。」這種長生䙴去的觀念，作為行動象徵，就是封禪、祭天的儀式，發展為道教步虛的模擬登天的齋醮儀式；而其語言象徵，就是崑崙、遊仙的神話，衍變成道教傳說中遊歷仙境的複雜情節。至於「仙」字，普遍見於後世典籍，其實最早出現於漢朝，代表仙山的構想，逐漸從西方飄渺的崑崙、東方蓬瀛，落實到中國輿圖上的名山洞府。仙人快樂地活動於仙山，而不一定完全僊僊飛登於白雲帝鄉，這是一種比較親切而實際的想法。（以上「僊」與「仙」字區別的說法，參見李豐楙：《探求不死》，頁69～70。）

襯托神仙世界的飄渺。然而，王嘉也依時代環境，運用神話材料，抒發心中塊壘。因此，記敘雖奇詫夸誕，而其本意則非僅止於神怪虛譚。

由上述兩種觀點而言：杜而未強調崑崙文化與仙道不死觀念的連鎖關係，並將八座仙山視爲八座月山，與月神話刻意牽合貫連。李豐楙則用以指有別於傳統崑崙或海島仙境系統，即爲綜合二者的新仙境說。此論點能更明確分析仙境的類型。因此，「聯合仙山」一詞，在此襲用後者的說法。

（二）人神戀愛型

仙境說的主旨，在於表現「他界」觀念。〔註113〕根據小川環樹的歸納、分析，可得到八項共同點：一、山中或者海上，二、洞穴，三、仙藥與食物，四、美女與婚姻，五、道術與贈物，六、懷鄉、勸鄉，七、時間，八、再歸與不能回歸。〔註114〕其中，以「美女與婚姻」一項，即人神戀一類，最爲世人所豔稱。

人神戀愛的結構，當以古代聖婚儀式爲原型，爲巫者與神祇間的象徵性儀式。其後民間傳說中漸有人間性的人神戀愛情節，原始的巫女形象，已爲神化的玉女取代。這種戀愛事件，除保存原始的宗教儀式遺跡外，更有明顯的潛意識心理。因爲，在現實社會中禮教的禁制、理智的壓抑，均可在遊歷仙境中獲得滿足，即佛洛依德的「遂願說」（wish-fulfillment）。可知世俗化的神婚是遊歷仙境說的一種轉變，人神戀愛、人神婚姻就是這一轉變過程中的產物。

現存最早的遊歷仙境小說中的人神戀愛型，見於《拾遺記》卷十「洞庭山」一則。文中首載玉女傳說，再敘屈原成爲水仙之說，最後附述一段遊歷洞天傳說：

> 其山又有靈洞，入中常有燭於前。中有異香芬馥，泉石明朗。採藥石之人入中，如行十里，迥然天清霞耀，花芳柳暗，丹樓瓊宇，宮觀異常。乃見眾女，霓裳冰顏，豔質與世人殊別。來邀採藥之人，飲以瓊漿金液，延入璇室，奏以簫管絲桐。餞令還家，贈以丹醴之訣。雖懷慕戀，且思其子息，卻還洞穴，還若燈燭導前，便絕饑渴，而達舊鄉。已見邑里人戶，各非故鄉鄰，唯尋得九代孫。問之，云；「遠祖入洞

〔註113〕「他界」（Other World），或譯爲「冥界」、「陰間」，指與人間、陽界相對的另一世界。

〔註114〕參見小川環樹撰、張桐生譯〈中國魏晉以後（三世紀以降）的仙鄉故事〉，收錄於《幼獅月刊》第四十卷第五期，1974 年 11 月。

庭山採藥不還，今經三百年也。」其人說於鄰里，亦失所之。〔註115〕
這段文字雖經王嘉修飾美化，但其中出現的採藥人、仙洞、玉女、丹訣、回歸等母題，仍舊保存東晉時期較爲樸素的色彩。尤其燈燭前導的情節與《靈寶五符》序的「帶燭戴火」，都自有平實的風格。而洞庭地區爲與內名山之一，其洞穴相連的宗教與圖說，爲緯書地理及其後的道教洞天說的中心，靈洞與燈燭，當即據實際地理演變而成。〔註116〕

王嘉的「浮豔」格調，使洞庭遇仙說話也具有遇豔的情調。其實在他的筆下，採藥者只是欣喜地享受眾女所給予的仙境風光：金丹、仙樂等，都是求道者所慕戀的成仙之物，而尚未出現與仙女完成婚配的世俗願望。其中最能表達他身處於符秦統治下的虛幻願望的，就是透過時間意識概歎人間日月之長：洞穴日月雖甚短暫，而人間已經三百年、九代孫，類此現實社會的不滿，正是政治情緒的發洩，因而這篇遊仙傳說具有強烈的補償作用。〔註117〕

二、名山仙境內容分析

仙境小說的構成單位：洞中日月是光亮的由來；石井水的甘美，是服食之物；至於芳香之氣和佳樹成林及其他靈禽珍獸，則是製造仙境的情境。〔註118〕因此，《拾遺記》卷十所載的八座仙山，除鋪敘仙境氣象外，更添加殊方異邦、奇珍異物等，以華彩縟麗的內容，烘托名山仙境的神祕飄渺。

（一）仙境氣象

除描摹八座仙山的奇麗景觀外，多有仙人出現其間，藉以襯托仙境氣氛。例如：

1. 崑崙山

崑崙山有昆陵之地，其高出日月之上。山有九層，每層相去萬里。有雲色，從下望之，如城闕之象。四面有風，群仙常駕龍乘鶴，遊戲其間。……〔註119〕

〔註115〕同註1，頁235～236。
〔註116〕參見李豐楙：〈六朝仙境傳說與道教的關係〉，收錄於《中外文學》第八卷第八期，1980年1月。
〔註117〕參見李豐楙：〈六朝道教洞天說與遊歷仙境小說〉，收錄於《小說戲曲研究》（臺北：聯經出版事業公司，1988年5月）第一集。
〔註118〕同註117。
〔註119〕同註1，頁221。

2. 蓬萊山

蓬萊山亦名防丘，亦名雲來，高二萬里，廣七萬里。水淺，有細石如金玉，得之不加陶冶，自然光淨，仙者服之。……〔註120〕

3. 洞庭山

洞庭山浮於水上，其下有金堂數百間，玉女居之。四時聞金石絲竹之聲，徹於山頂。……其山又有靈洞，入中常有燭於前。中有異香芬馥，泉石明朗。……〔註121〕

（二）異國外邦

記載異國人民的奇形異稟、風土人情。例如：

1. 鬱夷國

（蓬萊山東有）鬱夷國，時有金霧。諸仙說此上常浮轉低昂，有如山上架樓，室常向明以開戶牖，及霧滅歇，戶皆向北。〔註122〕

2. 含明國

（蓬萊山西有）含明之國，綴鳥毛以為衣，承露而飲。終天登高取水，亦以金、銀、倉環、水精、火藻為階。有冰水、沸水，飲者千歲。〔註123〕

3. 移池國

（員嶠山南有）移池國，人長三尺，壽萬歲，以茅為衣服，皆長裾大袖，因風以昇煙霞，若鳥用羽毛也。人皆雙瞳，脩眉長耳，飡九天之正氣，死而復生，於億劫之內，見五岳再成塵。扶桑萬歲一枯，其人視之如旦暮也。〔註124〕

4. 浣腸國

（員嶠山北有）浣腸之國，甜水繞之，味甜如蜜，而水強流迅急，千鈞投之，久久乃沒。其國人常行於水上，逍遙於絕岳之嶺，度天下廣狹，繞八柱為一息，經四軸而暫寢，拾塵吐霧，以算歷劫之數，

〔註120〕同註1，頁223。
〔註121〕同註1，頁235。
〔註122〕同註1，頁223。
〔註123〕同註1，頁223。
〔註124〕同註1，頁228～229。

而成阜立，亦不盡也。〔註125〕

（三）殊方異物

1. 動物類

（1）冰 蠶

長七寸，黑色，有角有鱗，以霜雪覆之，然後作蠒，長一尺，其色五彩，織爲文錦，入水不濡，以之投火，經宿不燎。〔註126〕

（2）熒 火

大如蜂，聲如雀，八翅六足。〔註127〕

（3）躶 步

大螺名，負其殼露行，冷則復入其殼；生卵著石則軟，取之則堅，明王出世，則浮於海際焉。〔註128〕

（4）魚

長千丈，色斑，鼻端有角，時鼓舞群戲。遠望水間有五色雲；就視，乃此魚噴水爲雲，如慶雲之麗，無以加之。〔註129〕

（5）神 龜

一出自崑崙山，長一尺九寸，有四翼，萬歲則升木而居，亦能言。〔註130〕

一出自星池，八足六眼，背負七星、日、月、八方之圖，腹有五岳、四瀆之象，時出石上，望之煌煌如列星矣。〔註131〕

（6）鴻 鵝

鳥名，色似鴻，形如禿鶖，腹內無腸，羽翮負骨生，無皮肉也。雌雄相眄則生產。〔註132〕

（7）鴛 鶵

鳥名，形似雁，徘徊雲間，棲息高岫，足不踐地，生於穴中，萬歲

〔註125〕同註1，頁229。
〔註126〕同註1，頁228。
〔註127〕同註1，頁231。
〔註128〕同註1，頁223。
〔註129〕同註1，頁227。
〔註130〕同註1，頁221。
〔註131〕同註1，頁228。
〔註132〕同註1，頁223。

一交則生雛，千歲銜毛學飛，以千萬爲群，推其毛長者高翥萬里。
聖君之世，來入國郊。〔註133〕

（8）藏　珠

鳥名，如鳳，身紺翼丹，每鳴翔而吐珠累斛。仙人常以其珠飾仙裳，
蓋輕而燿於日月也。〔註134〕

（9）五色蝙蝠

黃者無腸，倒飛，腹向天；白者腦重，頭垂自掛；黑者如烏，至千
歲形變如小燕；青者毫毛長二寸，色如翠；赤者止於石穴，穴上入
天，視日出入恆在其上。〔註135〕

（10）嗅　石

獸名，其狀如麒麟，不食生卉，不飲濁水，嗅石則知有金玉，吹石
則開，金沙寶璞，粲然而可用。〔註136〕

（11）漱　月

獸名，形似豹，飲金泉之液，食銀石之髓。夜噴白氣，其光如月，
可照數十畝。軒轅之世獲焉。〔註137〕

2. 植物類

（1）濡　奸

草名，葉色如紺，莖色如漆，細軟可縈，海人織以爲席薦，卷之不
盈一手，舒之則列坐方國之賓。〔註138〕

（2）莎　蘿

草細大如髮，一莖百尋，柔軟香滑，群仙以爲龍、鵠之轡。〔註139〕

（3）芸　苗

草名，狀如菖蒲，食葉則醉，餌根則醒。〔註140〕

（4）芸　蓬

〔註133〕同註1，頁223～224。
〔註134〕同註1，頁227。
〔註135〕同註1，頁231。
〔註136〕同註1，頁227。
〔註137〕同註1，頁231。
〔註138〕同註1，頁225。
〔註139〕同註1，頁225～226。
〔註140〕同註1，頁227。

草名，色白如雪，一枝二丈，夜視有白光，可以為丈。〔註141〕

（5）莽 煌

草名，葉圓如荷，去之十步，炙人衣則燋，刈之為席，方冬彌溫，以枝相摩，則火出矣。〔註142〕

（6）遙香草

其花如丹，光耀入月，葉細長而白，如忘憂之草，其花葉俱香，扇馥數里。其子如薏中實，甘香，食之累月不飢渴，體如草之香，久食延齡萬歲。仙人常採食之。〔註143〕

（7）紫 苔

味甘而柔滑，食者千歲不飢。〔註144〕

（8）不周之粟

粟穗高三丈，粒皎如玉，食之歷月不飢。〔註145〕

（9）恆 春

樹名，葉如蓮花，芬芳如桂，花隨四時之色。一名「沉生」，如今之沉香也。〔註146〕

（10）影 木

樹名，日中視之如列星，萬歲一實，實如瓜，青皮黑瓤，食之骨輕。上如華蓋，群仙以避風雨。〔註147〕

（11）猗 桑

樹名，煎椹以為蜜。〔註148〕

此外，尚有：食之骨輕柔能騰虛的奈、其光如燭的五色玉樹……等。

3. 礦物類

（1）琅玕璆琳

玉石，煎可以為脂。〔註149〕

〔註141〕同註1，頁228。
〔註142〕同註1，頁230。
〔註143〕同註1，頁231。
〔註144〕同註1，頁231。
〔註145〕同註1，頁228。
〔註146〕同註1，頁225。
〔註147〕同註1，頁227。
〔註148〕同註1，頁228。
〔註149〕同註1，頁222。

（2）照　石

　　去石十里，視人物之影如鏡焉。碎石片片，皆能照人，而質方一丈，
　　則重一兩。〔註150〕

（3）雲　石

　　廣五百里，駮駱如錦，扣之片片，則翕然雲出。〔註151〕

（4）舄玉山之石

　　五色而輕，或似履舄之狀，光澤可愛，有類人工。其黑色者爲勝，
　　衆仙所用焉。〔註152〕

〔註150〕同註1，頁225。
〔註151〕同註1，頁228。
〔註152〕同註1，頁231。

第五章 《拾遺記》的藝術特色

第一節 形式結構

一、篇幅簡短

　　《拾遺記》，沿襲古小說記街談巷語的短篇雜記形式。因此，用字少而篇幅短小。

　　大體而言，少則幾十字，多至六百餘字。以一、二百字之間者最多，約佔全書一半以上。而五、六百字以上者，只有三篇。即卷一第九則，描寫丹丘國所獻的碼磠甕及其種類；卷五第三則，寫李夫人死後，漢武帝憂思難忘，經常魂夢牽縈。終於借助方士李少君十年之力，得以與李夫人幽魂相見之事；和卷七第一則，敘述薛靈芸入宮及受魏文帝寵愛的情形。其中，最短的一篇，是卷二第六則，敘述傳說之事，全文僅有三十九字。

　　　傳說貨爲赭衣者，春於深巖以自給。夢乘雲繞日而行，筮得「利建
　　　侯」之卦。歲餘，湯以玉帛聘爲阿衡也。〔註1〕

篇幅最長者，爲卷一第九則，全文長達六百零九字。〔註2〕全文描寫帝嚳時丹丘國所獻的瑪瑙甕，及瑪瑙的種類、由來，並保存了不少傳說。其中，丹丘在浙江寧海縣南。孫綽〈遊天臺山賦〉：「訪羽人於丹丘，尋不死之福庭」相

〔註1〕　參見（晉）王嘉撰，（梁）蕭綺錄，齊治平校注《拾遺記》（臺北：木鐸出版
　　　　社，1982年2月），頁41。
〔註2〕　同註1，頁19～20。

傳丹丘爲神仙聚居之地，此丹丘之國，大概由此附會。又有幾個關於丹丘國的傳說，例如：其國人聽馬鳴聲就能辨別馬的腦色，進而推知各種馬的特質。又如：其國有夜叉駒跋之鬼，能用赤馬腦做成精妙輕麗的瓶、盂及樂器。而本則以爲碼碯是馬腦或鬼血化成，皆屬於臆測的傳說。此外，又將碼碯甕傳入中國後，從黃帝、堯、舜至東方朔的流傳過程，加以敘述。文末並藉東方朔所作的〈寶甕銘〉，說明瑪瑙甕的不凡，也凸顯東方朔的博學多聞。在當時志怪小說簡短的篇幅中，可算是較罕見的例子。

二、結構安排

（一）詩賦謠諺的穿插

　　《拾遺記》一書，大抵以散文爲主幹。但是，在少數的篇章中，已能在敘事時，因應情節需要，如：歌曲演唱、彼此酬答等情況，穿插詩歌、詞賦、謠諺之類，增添文學色彩。而且，以詩賦謠諺穿插其間，不僅豐富和修飾了文章的辭藻，且更能突出主題及人物的思想情感。例如：

1. 卷一第三則中，有一段文字提及：據說仙人甯封曾因誤食沙霧中的飛魚而死，兩百年後又轉世再生。所以，當甯封重遊沙海時，便作了一首七言詩讚頌：

　　　　青莫灼爍千載舒，百齡暫死餌飛魚。〔註3〕

而這兩句詩句，正點出沙瀾一地特有的石莫、飛魚，及仙人的死因。

2. 卷一第四則，敘述皇娥與白帝之子，窮桑讌戲、泛遊海上的情景。當兩人並肩而坐時，帝子撫瑟，皇娥倚樂而清歌：

　　　　天清地曠浩茫茫，萬象迴薄化無方。洽天蕩蕩望滄滄，乘桴輕漾著
　　　　日傍。當其何所至窮桑，心知和樂悅未央。〔註4〕

白帝子答歌：

　　　　四維八埏眇難極，驅光逐影窮水域。璇宮夜靜當軒織。桐峰文梓當
　　　　尋直，伐梓作器成琴瑟。清歌流暢樂難極，滄湄海浦來棲息。〔註5〕

皇娥與白帝之子兩人唱和的情歌，辭彩瑰麗豔發，情致纏綿悱惻，透過滄茫之

〔註3〕同註1，頁9。
〔註4〕同註1，頁13。
〔註5〕同前註。

浦清幽浩幽渺、迷離似幻的仙境景色，使讀者眞切地感受到一對上古時期的青年男女，大膽、熱烈追求愛情幸福的情懷。這兩首歌，純用七言詩體，因此絕不會產生於上古時代。可能是王嘉所作，或採自漢魏以來的民歌，〔註6〕但都不失爲藝術精品。比起《穆天子傳》中，西王母與周穆王的唱和之作，〔註7〕有長足的進步。所以，辭雖不眞，其事或出於相傳的神話，而又爲男女私情之作，可當「對山歌」起源的影子看。〔註8〕

3. 卷一第七則，寫闇河之北的紫桂果實，是群仙所愛吃的。因此，文中引用韓終採藥四言詩：

> 闇河之桂，實大如棗。得而食之，後天而老。〔註9〕

韓終，爲古代仙人，一說爲秦始皇時之方士。藉著他的說詞，證實紫桂的果實確實具有食之長生不老的神效，使此一說法更具信服力。

4. 卷一第九則，敘述丹丘國所獻的瑪瑙甕，從遠古傳到東方朔時才辨知此物，因而寫下〈寶甕銘〉：

> 寶雲生於露壇，祥風起於月館，望三壺如盈尺，視八鴻如縈帶。〔註10〕

除了藉以說明瑪瑙甕的不凡外，也凸顯出東方朔的博學多識。

5. 卷一第十四則，描寫蒼梧野外的青石，具有「服之不老，帶者身輕」的奇異功效。文中並藉仙人方迴〈遊南岳七言讚〉：

> 珠塵圓潔輕且明，有道服者得長生。〔註11〕

印證求道之人只要服食青石，就能得到長生。因此，本則藉仙人之言，更加證明、彰顯青石的功能。

6. 卷二第十二則，記載因祇國的男子勤於耕稼，一天能鋤十頃地，並培植出

〔註6〕 根據逯欽立輯校的《先秦漢魏晉南北朝詩》（臺北：學海出版社，1984 年 5 月）一書，其中並沒有收錄皇娥與白帝子兩人唱和的七言作品。因此，無法斷定是否爲王嘉所作，或採自漢魏以來的民歌。

〔註7〕 參見（晉）郭璞注《穆天子傳》卷三：「西王母爲天子謠曰：『白雲在天，山陵自出，道里悠遠，山川間之，將子無死，尚能復來。』天子答之曰：『予歸東土，和治諸夏，萬民平均，吾顧見汝，比及三年，將復而野。』」（收錄於《增訂漢魏叢書》（二），臺北：大化書局，1983 年 12 月，頁 932。）

〔註8〕 參見朱自清：《中國歌謠》（臺北：世界書局，1978 年 2 月），頁 22。

〔註9〕 同註1，頁 17。

〔註10〕 同註1，頁 20。

〔註11〕 同註1，頁 28。

「一莖盈車」的嘉禾。因此，當時民間就有四言詩，對此加以讚賞：

> 力勤十頃，能致嘉穎。〔註12〕

同時，藉由這首民間流傳的四言詩，更加彰顯因祗國丈夫的善於耕耨。

7. 卷五第三則，描述漢武帝思念已逝的李夫人，因而作了一首〈落葉哀蟬〉之曲：

> 羅袂兮無聲，玉墀兮塵生，虛房冷而寂寞，落葉依於重扃。望彼美
> 之女兮安得，感余心之未寧！〔註13〕

由女伶演唱此曲，情致悽惋動人。使武帝聽了不禁悲從中來，無法克制思念、傷懷之情。這首〈落葉哀蟬〉之曲，細膩表達出漢武帝的悼亡之情。它以楚歌句法，抒發武帝落寞、淒清的心境，和由此產生的渺渺期盼、想望。而漢武帝的形象，也因經此歌曲的渲染，更具人性化，深情款款，栩栩如生。

8. 卷五第七則，寫漢武帝太初二年，大月氏獻雙頭雞。但是，武帝接受諫言認為此為不祥之物，而令將其送回西域。送至西關時，雞卻回頭遙望漢宮哀鳴不已。因此，當時便有謠言：

> 三七末世，雞不鳴，犬不吠，宮中荊棘亂相係，當有九虎爭為帝。
>
> 〔註14〕

這則傳言有如讖語般，預示二百一十年〔註15〕後，有九虎爭帝位，漢朝將要滅亡。直至王莽篡位，「虎」字為封號，任命九位將軍，〔註16〕結束西漢二百一十年的國祚，終於應驗了這則傳言。同時，也反映了當時人民憂生念亂的痛苦。

9. 卷六第一則，敘述漢昭帝乘船在淋池中宴樂，並命宮人歌唱助興：

> 秋素景兮泛洪波，揮纖手兮折芰荷，涼風淒淒揚棹歌，雲光開曙月
> 低河，萬歲為樂豈云多！〔註17〕

由歌曲的內容，可知：漢昭帝在秋夜泛舟淋池，有宮女相伴樂舞笙歌，陶醉

〔註12〕 同註1，頁50。

〔註13〕 同註1，頁115～116。

〔註14〕 同註1，頁122。

〔註15〕 參見（漢）班固撰，（唐）顏師古注《新校漢書集注》（臺北：世界書局，1978年11月）卷五十一〈賈鄒枚路傳〉第二十一：「（路）溫舒從祖父受曆數天文，以為漢厄三七之間。」注引張晏曰：「三七二百一十歲也。自漢初至哀帝元年二百一年也，至平帝崩二百十一年。」，頁2372。

〔註16〕 同前註，卷九十九下〈王莽傳〉第六十九下所載：「莽拜將軍九人，皆以虎為號，號曰『九虎』。」，頁4188。

〔註17〕 同註1，頁128。

於良辰美景中。同時，也顯露出帝王奢華淫靡的生活方式。宋長白《柳亭詩話》雖曾表示懷疑，但仍認爲「其詞特佳」，沈德潛更指出「月低荷句，已開六朝風氣」。

10. 卷六第十二則，描述漢靈帝建裸遊館千間，並於館周圍引水鑿渠。盛夏時，與宮人泛舟渠上，經常演奏〈招商〉之歌：

> 涼風起兮日照渠，青荷晝偃葉夜舒，惟日不足樂有餘，清絲流管歌
> 玉鳧，千年萬歲喜難踰。〔註18〕

歌詞描寫渠中的景緻，及舟中絲竹管絃的宴樂情形。而由這首〈招商〉之歌的內容，又可窺見君王追求個人享樂的奢靡生活。

11. 卷六第十四則，寫郭況家財萬貫的情形。藉由當時流傳的兩句里語，點出其珍寶盈室的富裕：

> 郭氏之室，不雨而雷。〔註19〕
>
> 洛陽多錢郭氏室，夜日晝星富無匹。〔註20〕

前者是指郭家鍛鑄金錠之聲，如打雷般響亮；後者則是形容郭況的亭閣臺榭以雜寶、明珠裝飾，所以產生日視之如星，夜望之如月的盛況。

12. 卷七第一則，描寫魏文帝迎接薛靈芸入宮的鋪排奢侈場面。其中，引用一段路人的話語：

> 青槐夾道多塵埃，龍樓鳳闕望崔嵬。清風細雨雜香來，土上出金火
> 照臺。〔註21〕

而「土上出金火照臺」一句，是術士的隱語。因爲，於道傍一里一銅表的誌里數，是土上出金之意。列燭於土臺下，是火在土下之意。漢代以火德稱王，魏以土德稱王，火弱了土就興起。而土上出金，則是魏滅亡而晉朝興起的預兆。這段行者的詠歎，雖然附會五行之說，但由魏文帝爲迎美人進宮，不惜勞師動眾、大興土木的驕奢淫逸生活，即可窺知魏國勢將步入衰亡之途的徵兆。

13. 卷七第十則，敘述曹洪的座騎「白鵠」的迅捷神奇。並以當時的諺語：

> 憑空虛躍，曹家白鵠。〔註22〕

〔註18〕同註1，頁144。
〔註19〕同註1，頁150。
〔註20〕同前註。
〔註21〕同註1，頁160。
〔註22〕同註1，頁173。

讚賞「白鵠」行動快速,宛如乘風而行,並藉此凸顯「白鵠」為一代神駿的
特色。

14. 卷九第三則中,記載張華所釀造的「消腸酒」,酒味醇美。因此,以當時
閭里民歌:

> 寧得醇酒消腸,不與日月齊光。〔註23〕

說明只要能沉醉於消腸酒中,求取一時的快意舒暢,又何須保有性靈和綿長
的壽命。

以此證明消腸酒為酒中極品、人間的瓊漿玉液。

15. 卷九第十一則,描述石崇和愛婢翔風的愛情故事。翔風本來在金谷園中寵
壓群芳,但是一過三十歲,半由色衰,半因其他妙齡姬妾的讒言,而遭冷
落。於是,翔風含怨賦詩自傷:

> 春華誰不美,卒傷秋落時,突烟還自低,鄙退豈所期!桂芳徒自蠹,
> 失愛在娥眉。坐見芳時歇,憔悴空自嗤!〔註24〕

這首美人自憐自怨的五言詩,悽楚哀慟,令人惋嘆同情。足可和相傳為班婕
妤所作的〈怨歌行〉〔註25〕媲美,同為抒寫秋扇見捐的幽恨。

《拾遺記》的敘述藝術尚未發展成熟,因此在感歎吟詠、說明題旨等緊
要關鍵,都得藉助於詩賦謠諺的描寫,才能圓滿地表達作者的意思。由上述
十五則詩賦謠諺的運用,可知:它們在小說中,除了敘事外,幾乎執行了所
有藝術功能:抒情言志、狀物寫景、起興總結、延長篇幅、省略美飾、議論
教誨。〔註26〕

(二)四六字句的運用

《拾遺記》的行文,雖以散文為主,但其間亦夾雜四字句和六字句。李
劍國稱其「文字縟麗,鋪彩錯金」,〔註27〕駢儷氣息極濃。因為,王嘉為苻

〔註23〕 同註1,頁204。

〔註24〕 同註1,頁215。

〔註25〕 班婕妤〈怨歌行〉:「新裂齊紈素,皎潔如霜雪。裁為合歡扇,團圓似明月。
出入君懷袖,動搖微風發。常恐秋節至,涼風奪炎熱。棄捐篋笥中,恩情中
道絕。」(參見逯欽立輯校《先秦漢魏晉南北朝詩》(臺北:學海出版社,1984
年5月)「漢詩卷二」,頁116~117。)

〔註26〕 參見謝偉民:〈中國小說詩韻成分的形成及其衰敗原因〉,《江漢論壇》1987
年第十二期,頁60。

〔註27〕 參見李劍國:《唐前志怪小說史》(天津:南開大學出版社,1984年5月),

秦時人，其時駢四儷六之文已興；加上梁代蕭綺對原書的重新編訂潤飾，更明顯地表現出對偶的氣息。根據粗略的統計，《拾遺記》在敘述故事時，大部分的篇幅都運用四字句和六字句的形式，其中又以四字句爲多。舉例說明如下：

1. 卷一第一則中，描寫春皇庖犧的形貌時，即全以四字句表現。
   > 長頭修目，龜齒龍唇，眉有白毫，鬚垂委地。〔註28〕

2. 卷三第一則中，描寫周穆王的八駿，則全以四字句表出。
   > 一名絕地，足不踐地；二名翻羽，行越飛禽；三名奔霄，夜行萬里；
   > 四名越影，逐日而行；五名逾輝，毛色炳耀；六名超光，一形十影；
   > 七名騰霧，乘雲而奔；八名挾翼，身有肉翅。遞而駕焉，按轡徐行，
   > 以匝天地之域。〔註29〕

3. 卷一第二則，敘述炎帝神農一事，幾乎全篇都由四、六字句組成。
   > 炎帝始教民未耜，躬勤畎畝之事，百穀滋阜。聖德所感，無不著焉。
   > 神芝發其異色，靈苗擢其嘉穎，陸地丹蕖，駢生如蓋，香露滴瀝，
   > 下流成池，因爲螯龍之圃。……奏九天之和樂，百獸率舞，八音克
   > 諧，木石潤澤，時有流雲灑液，是謂「霞漿」，服之得道，後天而老。
   > 有石璘之玉，號曰「夜明」，以闇投水，浮而不滅。當斯之時，漸革
   > 庖犧之朴，辨文物之用。〔註30〕

4. 卷一第十一則，記載唐堯時出現貫月查、陰火之事，全文幾乎都以四、六字句寫成。
   > 堯登位三十年，有巨查浮於西海，查上有光，夜明晝滅。海人望其
   > 光，乍大乍小，若星月之出入矣。查常浮繞四海，十二年一周天，
   > 周而復始，名曰貫月查，亦謂挂星查。羽人棲息其上。群仙含露以
   > 漱，日月之光則如暝矣。虞、夏之季，不復記其出沒。遊海之人，
   > 猶傳其神偉也。西海之西，有浮玉山。山下有巨穴，穴中有水，其
   > 色若火，晝則通曨不明，夜則照耀穴外，雖波濤灌蕩，其光不滅，
   > 是謂「陰火」。當堯世，其光爛起，化爲赤雲，丹輝炳映，百川恬澈。

頁 331。
〔註28〕同註1，頁1。
〔註29〕同註1，頁60。
〔註30〕同註1，頁5。

游海者銘曰「沉燃」，以應火德之運也。〔註31〕

5. 卷四第九則，全文除兩句七字句外，都以四、六字句敘述秦始皇築雲明臺
的過程。

> 始皇起雲明臺，窮四方之珍木，搜天下之巧工。南得烟丘碧桂，酈
> 水燃沙，賁都朱泥，雲岡素竹；東得蔥蠻錦柏，漂檖龍松，寒河星
> 柘，岵山雲梓；西得漏海浮金，狼淵羽璧，滌嶂霞桑，沉塘員籌；
> 北得冥阜乾漆，陰坂文杞，褰流黑魄，闍海香瓊，珍異是集。二人
> 騰盧緣木，揮斤斧於空中，子時起工，午時已畢。秦人謂之「子午
> 臺」，亦言於子午之地，各起一臺，二說疑也。〔註32〕

6. 卷一第六則中，以四、六字的對偶形式，描寫勃鞮國人。

> 食以黑河水藻，飲以陰山桂脂。憑風而翔，乘波而至。〔註33〕

7. 卷三第十三則，採四、六字句對偶的形式，敘述野人子韋。

> 夜則觀星望氣，畫則執算披圖，不服寶衣，不甘奇食。〔註34〕

（三）敘事方式

1. 順 敘

是最原始的形式，即將情節依照時間的先後順序寫出。《拾遺記》中絕大
多數的篇章屬於此類。

2. 補敘與論贊

在故事情節發展完了之後，往往加上作者對此一事件的補充說明，或對
篇中故事的評論贊述。〔註35〕

（1）補 敘

通常是置於篇末，對情節中某一部分加以補充說明，使讀者的印象更為
完整。有時更藉此取信讀者，證明故事的真實性。〔註36〕

〔註31〕同註1，頁23。
〔註32〕同註1，頁102～103。
〔註33〕同註1，頁17。
〔註34〕同註1，頁85。
〔註35〕參見梁明娜：《薛用弱《集異記》研究》（東吳大學中國文學研究所碩士論文，
1991年3月），頁180。
〔註36〕參見丁肇琴：《唐傳奇的寫作技巧》（臺灣大學中國文學研究所碩士論文，1987
年5月），頁58。及同註35。

①卷一第十二則，描述堯在位時有祇支國獻重明鳥一事。而重明鳥有退
伏魑魅醜類的作用，因此當時人刻鑄此鳥之狀置於門戶間，以保平安。
這種形式，並流傳下來。

> 今人每歲元日，或刻木鑄金，或圖畫爲雞於牖上，此之遺像也。

〔註37〕

②卷二第三則中，記載禹治水時，挖渠掘穴之處都以青泥封口，標出地
名。

> 今人聚土爲界，此之遺象也。〔註38〕

可見「聚土爲界」，正是禹這種做法的延續。

③卷六第七則中，漢成帝與趙飛燕遊太液池。飛燕體輕，每次輕風吹來，
幾乎要隨風落水。於是，成帝用綠纓牽繫飛燕的裙子。篇末又對此事
加以說明、印證。

> 今太液池尚有避風臺，即飛燕結裙之處。〔註39〕

以從漢成帝到作者王嘉所處的時代，仍存在的避風臺，證明確有其事。

④卷七第三則，敘述魏任城王曹彰的生平事蹟。並於文末加上：

> 國史撰《任城王舊事》三卷，晉初藏於秘閣。〔註40〕

藉此文字資料，表示確有其人其事。

（2）論　贊

作者在故事情節發展結束後，將自己對故事的觀感，或對人物的評論，
以簡短的文字敘述出來。〔註41〕

①卷八第十一則，記載周群精通算術讖說，並附會白猿精指點開示之事。

> 白猿之異，有似越人所記，而事皆迂誕，似是而非。〔註42〕

作者以爲白猿化身爲老翁一事，與《吳越春秋・句踐陰謀外傳》中，越
女和袁公比劍，而袁公旋飛上樹，變爲白猿之事相似。〔註43〕但是，兩件事
情都寫得十分迂腐荒誕，有些地方似是而非。

〔註37〕同註1，頁24。
〔註38〕同註1，頁37。
〔註39〕同註1，頁139。
〔註40〕同註1，頁165。
〔註41〕同註35，頁182。
〔註42〕同註1，頁196。
〔註43〕參見（漢）趙曄：《吳越春秋》卷五〈句踐陰謀外傳第九〉，頁1054。（收錄於
《增訂漢魏叢書》（二），臺北：大化書局，1983年12月。）

3. 正文、注文相混

《拾遺記》中，偶有類似插敘〔註44〕的情形，實爲作者自注，因後世傳寫，誤連正文所致。例如：

（1）卷一第二則

> 炎帝始教民未耜，躬勤畎畝之事，百穀滋阜。……採峻鍰之銅以爲器。峻鍰，山名也。下有金井，白氣冠其上。人升於其間，雷霆之聲，在於地下。井中之金柔弱，可以緘縢也。〔註45〕

其中，「峻鍰，山名也。下有金井，白氣冠其上。人升於其間，雷霆之聲，在於地下。井中之金柔弱，可以緘縢也。」一段，當爲注文。

（2）卷一第三則

> 軒轅出自有熊之國。……置四史以主圖籍，使九行之士以統萬國。九行者，孝、慈、文、信、言、忠、恭、勇、義。……薰風至，眞人集，乃厭世於昆臺之上，留其冠、劍、佩、舃焉。昆臺者，鼎湖之極峻處也，立館於其下。〔註46〕

而「九行者，孝、慈、文、信、言、忠、恭、勇、義。」及「昆臺者，鼎湖之極峻處也，立館於其下。」兩段文字，分別說明「九行」與「昆臺」，當係注文。

（3）卷一第四則

> 少昊以金德王。母曰皇娥，處璇宮而夜織，或乘桴木而晝遊，經歷窮桑滄茫之浦。時有神童，容貌絕俗，稱爲白帝之子，即太白之精，降乎水際，與皇娥讌戲，奏梗娟之樂，游漾忘歸。窮桑者，西海之濱，有孤桑之樹，直上千尋，葉紅椹紫，萬歲一實，食之後天而老。帝子與皇娥泛於海上，以桂枝爲表，結薰毛爲旌，刻玉爲鳩，置於表端，言鳩知四時之候，故《春秋傳》曰「司至」，是也。今之相風，此之遺象也。帝子與皇娥並坐，撫銅峰梓瑟。皇娥倚瑟而清歌曰：「天清地曠浩茫茫，萬象迴薄化無方。峇天蕩蕩望滄滄，乘桴輕漾著日傍。當其何所至窮桑，心知和樂悅未央。」俗謂遊樂之處爲桑中也。

〔註44〕 插敘是插入小說中的時間開始以後所不曾交代的背景資料。（參見丁肇琴：《唐傳奇的寫作技巧》，臺灣大學中國文學研究所碩士論文，1987年5月，頁52。

〔註45〕 同註1，頁5。

〔註46〕 同註1，頁8～9。

《詩》中《衛風》云：「期我乎桑中。」蓋類此也。〔註47〕
「窮桑者，西海之濱，有孤桑之樹，直上千尋，葉紅椹紫，萬歲一實，食之後天而老」一段，則屬於注文。而「言鳩知四時之候，……」一段，共二十五字；及「俗謂遊樂之處爲桑中也。……」一段，共二十四字，都是注語。

　　（4）卷一第八則

　　帝嚳之妃，鄒屠氏之女。軒轅去蚩尤之凶，遷其民善者於鄒屠之地，
　　遷惡者於有北之鄉。其先以地命族，後分爲鄒氏、屠氏。〔註48〕

由「軒轅去蚩尤之凶」到「後分爲鄒氏、屠氏」一段，說明鄒屠氏的由來，應爲注語。

　　（5）卷一第九則

　　有丹丘之國，獻瑪瑙甕，以盛甘露。……至後漢東方朔識之，朔乃
　　作《寶甕銘》曰：「寶雲生於露壇，祥風起於月館，望三壺如盈尺，
　　視八鴻如縈帶。」三壺，則海中三山也。一曰方壺，則方丈也；二
　　曰蓬壺，則蓬萊也；三曰瀛壺，則瀛洲也。形如壺器。此三山上廣、
　　中狹、下方，皆如工制，猶華山之似削成。八鴻者，八方之名；鴻，
　　大也。登月館以望四海三山，皆如聚米縈帶者矣。〔註49〕

其下「三壺，則海中三山也。一曰方壺，則方丈也；二曰蓬壺，則蓬萊也；三曰瀛壺，則瀛洲也。形如壺器。此三山上廣、中狹、下方，皆如工制，猶華山之似削成。八鴻者，八方之名；鴻，大也。登月館以望四海三山，皆如聚米縈帶者矣。」一段文字，爲《寶甕銘》的注語，在解釋其內容。

　　（6）卷一第十則

　　……幽州之墟，羽山之北，有善鳴之禽，人面鳥喙，八翼一足，毛
　　色如雉，行不踐地，名曰青鸛，其聲似鐘磬笙竽也。〔註50〕

之後有一段解說青鸛習性的注文：「《世語》曰：『青鸛鳴，時太平。』故盛明之世，翔鳴藪澤，音中律呂，飛而不行。」

　　（7）卷一第十三則

　　……當堯時，懷山爲害，大蛟縈天，縈天則三河俱溢，海瀆同流。

〔註47〕　同註1，頁12～13。
〔註48〕　同註1，頁18。
〔註49〕　同註1，頁19～20。
〔註50〕　同註1，頁22。

〔註51〕
其後有「三河者，天河、地河、中河是也」等句，爲解釋「三河」一詞的註語。

（8）卷二第三則

　　禹盡力溝洫，導川夷岳。黃龍曳尾於前，玄龜負青泥於後。〔註52〕

下有「玄龜，河精之使者也」兩句，爲說明上句「玄龜」身分的注文。

（9）卷二第九則

　　……魯哀公二年，鄭人擊趙簡子，得其蜂旗，則其類也。事出《太
　　公六韜》。〔註53〕

此段文字，應爲作者自注而誤篡入正文者。而《左傳》哀公二年：「鄭人擊簡子，
中肩，斃於車中，獲其蠡旗。」〔註54〕此注云：「事出《太公六韜》。」可能僅
取其事，而在文字上有所出入，所以查今本《六韜》及嚴可均輯本，均無此文。

（10）卷三第二則

　　……又進洞淵紅蘺，嶸州甜雪，崑流素蓮，陰岐黑棗，萬歲冰桃，
　　千常碧藕，青花白橘。〔註55〕

其下「素蓮者，一房百子，凌冬而茂。黑棗者，其樹百尋，實長二尺，核細
而柔，百年一熟」一段，爲解釋「崑流素蓮」、「陰岐黑棗」的注語。

（11）卷三第三則

　　生碧藕，長千常，七尺爲常也。……奏環天之和樂，列以重霄之寶
　　器。器則有岑華鏤管，晞澤雕鍾，員山靜瑟，浮瀛羽磬，撫節按歌，
　　萬靈皆聚。〔註56〕

其中，「七尺爲常也」是解釋「常」這個度量單位的注語。

（12）卷三第十三則

　　華清夏潔，灑以纖縞。華清，井水之澄華也。饔人視時而叩鐘，伺
　　時以擊磬，言每食而輒擊鐘磬也。〔註57〕

其中，「華清，井水之澄華也」及「言每食而輒擊鐘磬也」，皆爲注語。

〔註51〕同註1，頁25。
〔註52〕同註1，頁37。
〔註53〕同註1，頁48。
〔註54〕參見（晉）杜預注《春秋左傳正義》（十三經注疏本第六冊，藍燈文化事業公
　　　　司）卷第五十七，頁996。
〔註55〕同註1，頁65。
〔註56〕同註1，頁66。
〔註57〕同註1，頁85。

（13）卷四第一則

　　乃設麟文之席，散荃蕪之香。〔註58〕

下接「香出波弋國，浸地則土石皆香，著朽木腐草，莫不鬱茂，以燻枯骨，則肌肉皆生」一段，爲說明「荃蕪之香」產地、功效的注文。而後又有「麟文者，錯雜寶以飾席也，皆爲雲霞麟鳳之狀」等句，則是「麟文之席」一詞的注語。

（14）卷四第六則

　　昭王坐握日之臺參雲，上可捫日。時有黑鳥白頭，集王之所，銜洞
　　光之珠，圓徑一尺。此珠色黑如漆，懸照於室內，百神不能隱其精
　　靈。此珠出陰泉之底。陰泉在寒山之北，員水之中，言水波常圓轉
　　而流也。有黑蚌飛翔，來去於五岳之上。昔黃帝時，務成子遊寒山
　　之嶺，得黑蚌在高崖之上，故知黑蚌能飛矣。〔註59〕

其「陰泉在寒山之北」、「言水波常圓轉而流也」兩句，以及「昔黃帝時，務成子遊寒山之嶺，得黑蚌在高崖之上，故知黑蚌能飛矣」一段，當係注文。

（15）卷四第十則

　　有一先生問：「二子何勤苦也？」儀、秦又問之：「子何國人？」答
　　曰：「吾生於歸谷。」亦云鬼谷，鬼者歸也；又云，歸者，谷名也。

　　〔註60〕

自「亦云鬼谷」至「谷名也」一段，疑是注語。

（16）卷五第三則

　　帝聞唱動心，悶悶不自支持，命龍膏之燈以照舟內，悲不自止。親
　　　侍者覺帝容色愁怨，乃進洪梁之酒，酌以文螺之巵。〔註61〕

下有「巵出波祇之國。酒出洪梁之縣，此屬右扶風，至哀帝廢此邑。南人受此釀法。今言『雲陽出美酒』，兩聲相亂矣。」一段，爲解說「文螺之巵」、「洪梁之酒」的注文。

（17）卷七第一則

　　駕青色駢蹄之牛，日行三百里。此牛尸屠國所獻，足如馬蹄也。道

〔註58〕同註1，頁91。
〔註59〕同註1，頁98。
〔註60〕同註1，頁104。
〔註61〕同註1，頁116。

側燒石葉之香，此石重疊，狀如雲母，其光辟惡厲之疾。此香腹題
國所進也。〔註62〕

其中，「此牛尸屠國所獻，足如馬蹄也」及「此香腹題國所進也」兩段文字，
皆爲注語。

（18）卷七第五則

鳥常吐金屑如粟，鑄之可以爲器。〔註63〕

下接「昔漢武帝時，有人獻神雀，蓋此類也」三句，應爲注文。

（19）卷七第六則

……帝該古博聞，云：「漢誅梁冀，得一玉虎頭枕，云單池國所獻，
檢其領下，有篆書字，云是帝辛之枕，嘗與妲己同枕之，是殷時遺
寶也。」又按《五帝本紀》云，帝辛殷代之末。〔註64〕

其中，「《五帝本紀》云」等句，則是說明帝辛所處年代的注語。

（20）卷八第二則

夫人乃捐髮，以神膠續之。〔註65〕

之後，「神膠出鬱夷國，接弓弩之斷弦，百斷百續也」數句，爲解釋「神膠」
所加的注語。

（21）卷八第十則

所住鄰中常見竺家有青氣如龍蛇之形。或有人謂竺曰：「將非怪也？」
竺乃遺此異，問其家僮。云：「時見青蘆杖自出門間，遺其神，不敢
言也。」〔註66〕

竺爲性多而「竺爲性多忌，……」一段共二十四字，爲說明家僮何以「不敢
言也」的注文。

（22）卷九第七則

即於御前賜青鐵硯，此鐵是于闐國所出，獻而鑄爲硯也；賜麟角筆，
以麟角爲筆管，此遼西國所獻；側理紙萬番，此南越所獻。〔註67〕

其中，「此鐵是于闐國所出，獻而鑄爲硯也」、「以麟角爲筆管，此遼西國所獻」

〔註62〕同註1，頁159。
〔註63〕同註1，頁168。
〔註64〕同註1，頁169。
〔註65〕同註1，頁179～180。
〔註66〕同註1，頁193。
〔註67〕同註1，頁211。

及「此南越所獻」等，屬於說明性質的注文。

（23）卷十第七則

　　一名掩日，以之指日，則光晝暗。〔註68〕

其後接「金陰也，陰盛則陽滅」兩句，為注語。

第二節　人物刻畫

一、形　象

　　《拾遺記》中人物出場時，多半一開始即說明其姓名、籍貫和身分，有時也加上嗜好、才能、職稱、經歷等的介紹。例如：

　　　帝顓頊高陽氏，黃帝孫，昌意之子。（卷一第五則）

　　　薛夏，天水人也，博學絕倫。（卷七第八則）

　　　田疇，北平人也。（卷七第九則）

　　　曹洪，武帝從弟，家盈產業，駿馬成群。（卷七第十則）

　　　有一羌人，姓姚名馥，字世芬，充廄養馬，妙解陰陽之術。（卷九第
　　　一則）

這種方式，是沿襲史傳的寫法。以《晉書‧藝術傳‧僧涉》〔註69〕為例說明：

　　（1）僧涉者，西域人也，不知何姓。

　　（2）少為沙門，苻堅時入長安。

　　（3）虛靜服氣，不食五穀，日能行五百里，言未然之事，驗若指掌。能
　　　　以祕祝下神龍。

　　（4）每旱，堅常使之咒龍請雨。俄而龍下缽中，天輒大雨，堅及群臣親
　　　　就缽觀之。卒於長安。後大旱移時，苻堅歎曰：「涉公若在，豈憂
　　　　此乎？」

（1）是介紹姓名、籍貫。（2）是言明身分。（3）是敘述特異能力。（4）則為事蹟、經歷的描述。此種寫法雖一目瞭然，但以小說技巧的觀點而言，卻嫌單調。

〔註68〕同註1，頁233。

〔註69〕參見（唐）房玄齡等撰《晉書》（臺北：鼎文書局，1979年7月）卷九十五列
　　　　傳第六十五〈藝術〉，頁2497。

然而在《拾遺記》中，也有幾則描寫人物性格、形象鮮明的例子。如：
卷三第十一則，描寫老子撰述《道德經》的過程。

> 浮提之國，獻神通善書二人，乍老乍少，隱形則出影，聞聲則藏形。
> 出肘間金壺四寸，上有五龍之檢，封以青泥。壺中有黑汁如淳漆，灑
> 地及石，皆成篆隸科斗之字。記造化人倫之始，佐老子撰《道德經》
> 垂十萬言。寫以玉牒，編以金繩，貯以玉函。晝夜精勤，形勞神倦。
> 及金壺汁盡，二人剚心瀝血，以代墨焉。遞鑽腦骨取髓，代爲膏燭。
> 及髓血皆竭，探懷中玉管，中有丹藥之屑，以塗其身，骨乃如故。老
> 子曰：「更除其繁紊，存五千言。」及至經成工畢，二人亦不知所往。
> 〔註70〕

此則中，老子的形象已完全神化。而浮提國所獻神通善書者，令人印象尤爲
深刻。通過這兩人的行動，寫出了著書立說者的艱辛。如何夜以繼日、筋疲
力竭，如何絞盡腦汁、嘔心瀝血。而當大功告成後，卻隱姓埋名不知去向。

卷六第十九則中，敘述曹曾的孝行。

> 曹曾，魯人也。本名平，慕曾參之行，改名爲曾。家財巨億，事親
> 盡禮，日用三牲之養，一味不虧於是。不先親而食新味也。爲客於
> 人家，得新味則含懷而歸。不畜雞犬，言喧囂驚動於親老。時亢旱，
> 井池皆竭。母思甘清之水，曾跪而操瓶，則甘泉自涌，清美於常。
> 〔註71〕

文中先說明其改名之因，是「慕曾參之行」。因此，便記敘其具體行爲，以凸
顯曾參的事親至孝。

卷七第三則，記魏任城王曹彰的驍勇事蹟，及仁惠之德。

> 任城王彰，武帝之子也，少而剛毅，學陰陽讖候之術，誦《六經》、
> 《洪範》之書數千言。……王善左右射，學擊劍，百步中髭髮。時
> 樂浪獻虎，文如錦斑，以鐵爲檻，梟殷之徒，莫敢輕視。彰曳虎尾
> 以繞臂，虎弭耳無聲。莫不服其神勇。時越獻白象子在帝前，彰手
> 頓其鼻，象伏不動。文帝鑄萬斤鍾，置崇華殿，欲徙之，力士百人
> 不能動，彰乃負之而趨。四方聞其神勇，皆寢兵自固。帝曰：「以王
> 之雄武，吞併巴蜀，如鷗銜腐鼠耳！」彰薨，如漢東平王葬禮。及

〔註70〕 同註1，頁80。
〔註71〕 同註1，頁157。

　　喪出，空中聞數百人泣聲。送者皆言，昔亂軍相傷殺者，皆無棺槨，
　　王之仁惠，收其朽骨，死者歡於地下，精靈知感，故人美王之德。
〔註72〕

藉曹彰馴虎、伏象、負鍾之事，凸顯其神勇；從爲亂軍收屍骨，而使精靈知
感一事，可見其仁厚之心。因此，本則從具體事蹟來描繪曹彰，使其形象更
爲鮮明生動。

　　此外，有不少篇章著眼於女子的形象刻畫。除描摹美貌外，也針對其聰
慧賢德的品格，或繪畫、刺繡、編織……等特殊技藝，加以敘述。例如：

　　卷三第十四則中，所描述越國進貢於吳的兩位美女夷光、脩明的美貌。

　　……越又有美女二人，一名夷光，二名脩明，以貢於吳。吳處以椒
　　華之房，貫細珠爲簾幌，朝下以蔽景，夕捲以待月。二人當軒並坐，
　　理鏡靚妝於珠幌之內。窺窺者莫不動心驚魄，謂之神人。吳王妖惑
　　忘政。及越兵入國，乃抱二女以逃吳苑。越軍亂入，見二女在樹下，
　　皆言神女，望而不敢侵。〔註73〕

夷光、脩明的美貌，不但使吳王「妖惑忘政」，連越軍亂入時也視爲神女，望
而不敢侵。

　　卷八第三則，寫潘夫人以姿色見寵於孫權之事。

　　吳主潘夫人，……容態少儔，爲江東絕色。……有司聞於吳主，使
　　圖其容貌。夫人憂戚不食，減瘦改形。工人寫其眞狀以進，吳主見
　　而喜悅，以虎魄如意撫按即折，嗟曰：「此神女也，愁貌尚能惑人，
　　況在歡樂！」〔註74〕

由潘夫人「憂戚不食，減瘦改形」後的畫像，都能讓吳主讚嘆不已，可見其
容貌絕世。

　　卷六第十三則，描述李傕起兵圍攻長安，伏皇后負漢獻帝出宮時，所表
現的聰惠明智。

　　獻帝伏皇后，聰惠仁明，有聞於內則。及乘輿爲李傕所敗，晝夜逃
　　走，宮人奔竄，萬無一生。至河，無舟楫，后乃負帝以濟河，河流
　　迅急，惟覺腳下如有乘踐，則神物之助焉。兵戈逼岸，后乃以身擁

〔註72〕同註1，頁165。
〔註73〕同註1，頁87～88。
〔註74〕同註1，頁181。

過於帝。帝傷趾，后以綉拭血，刮玉釵以覆於瘡，應手則愈。以淚
濺帝衣及面，潔淨如浣。軍人嘆伏：雖亂猶有明智婦人。精誠之至，
幽祇之所感矣。〔註75〕

在兵慌馬亂之際，伏皇后仍能臨危不亂，不但背負獻帝逃出重圍，更能在兵
戈逼岸時，挺身護帝，連軍人也不禁嘆伏：「雖亂猶有明智婦人」。

卷二第十二則，敘述周成王時，因祇國所獻善織的女工。

其人善織，以五色絲內於口中，手引而結之，則成文錦。〔註76〕

卷八第二則，描述趙夫人善於繪畫、刺繡、編織，有「三絕」之稱。

吳主趙夫人，丞相達之妹。善畫，巧妙無雙，能於指間以綵絲織雲
霞龍蛇之錦，大則盈尺，小則方寸，宮中謂之「機絕」。孫權常嘆魏、
蜀未夷，軍旅之際，思得善畫者使圖山川地勢軍陣之像。達乃進其
妹。權使寫九州方嶽之勢。夫人曰：「丹青之色，甚易歇滅，不可久
寶；妾能刺繡，作列國方帛之上，寫以五嶽河海城邑行陣之形。」
既成，乃進於吳主，時人謂之「針絕」。……權居昭陽宮，倦暑，乃
褰紫綃之帷，夫人曰：「此不足貴也。」權使夫人指其意思焉。……
夫人乃褰髮，以神膠續之。……乃織爲羅縠，累月而成，裁爲幔，
內外視之，飄飄如烟氣輕動，而房內自涼。時權常在軍旅，每以此
幔自隨，以爲征幙，舒之則廣縱一丈，卷之則納於枕中，時人謂之
「絲絕」。故吳有「三絕」，四海無儔其妙。〔註77〕

二、對　白

對白，可用來表現人物思想、個性，或交代故事情節。在《拾遺記》行
文中，較明顯運用對白形式表達的，約有十餘則。其中，絕大多數是君臣間
的對話。或爲君王的詢問，或爲人臣的勸諫。在篇幅上，君臣的對話，短則
寥寥數語，言簡意賅、一針見血；長則占大半以上的篇幅，如：卷四第二則，
全文即由一問一答的形式所組成。以下試舉例說明：

1. 在卷三第六則中，敘述萇弘爲周靈王招來能呼風喚雨、變夏改寒的異人。
   藉著容成子及萇弘對此事不同的觀點，凸顯出兩人的個性、形象。

〔註75〕同註1，頁148。
〔註76〕同註1，頁50。
〔註77〕同註1，頁179～180。

> 時有容成子諫曰：「大王以天下爲家，而染異術，使變夏改寒，以誣
> 百姓，文、武、周公之不取也。」
> 萇弘言於王曰：「聖德所招也。」〔註78〕

容成子直言進諫，希望周靈王遠離邪端異術，以天下蒼生爲念，才不致荒廢
朝政。他的言行，正是勇於直言勸諫的賢士形象。相對地，萇弘逢迎諂媚的
言辭，則在角色上形成鮮明的對比。

2. 卷三第九則中，透過一段君臣的對話，說明晉國大旱三年及晉平公生病的
始末。

> 晉平公使師曠奏清徵，師曠曰：「清徵不如清角也。」公曰：「清角
> 可得聞乎？」師曠曰：「君德薄，不足聽之；聽之，將恐敗。」公曰：
> 「寡人老矣，所好者音，願遂聽之！」師曠不得已而鼓，一奏之，
> 有雲從西北方起；再奏之，大風至，大雨隨之，裂帷幕，破俎豆，
> 墜廊瓦。坐者散走，平公恐懼，伏於廊室。晉國大旱，赤地三年。
> 平公之身遂病。〔註79〕

其中「君德薄」一句，一語中的，道出晉平公「不足聽之」的原因，爲整個
事件的癥結所在。

3. 卷三第十二則，敘述衛靈公沉湎於師涓演奏的四時樂中，以致疏於國政。
所以，蘧伯入宮上諫：

> 此雖以發揚氣律，終爲沉湎淫曼之音，無合於風雅，非下臣宜薦於
> 君也。〔註80〕

以四時之樂不符合風雅的正道，爲人臣者不應將其推薦給君王爲理由，勸衛
靈公。靈公也從善如流，「乃去其聲而親政務」。

4. 在卷三第十三則中，藉宋景公與子韋間的一問一答，表現宋景公關心國事、
禮遇賢能的態度，及子韋所提修德以安邦定國的主張。

> ……忽有野人，被草負笈，扣門而進，曰：「聞國君愛陰陽之術，好
> 象緯之祕，請見！」景公乃延之崇堂。語則及未來之兆，次及以往
> 之事，萬不失一。……景公謝曰：「今宋國喪亂，微君何以輔之？」
> 野人曰：「德之不均，亂將及矣。修德以來人，則天應之祥，人美其

〔註78〕同註1，頁74。
〔註79〕同註1，頁78～79。
〔註80〕同註1，頁82。

化。」景公曰：「善」。〔註81〕

5. 卷四第二則，完全由燕昭王問甘需如何學得長生久視之法，及甘需以昆臺山的垂髮老叟爲例，建議昭王徹色減味，達到養生目的的對話所組成。

> 四年，王居正寢，召其臣甘需曰：「寡人志於仙道，欲學長生久視之法，可得遂乎？」需曰：「臣遊昆臺之山，見有垂髮之叟，宛若少童，貌如冰雪，形如處子，血清骨勁，膚實腸輕，乃歷蓬、瀛而超碧海，經涉升降，遊往無窮，此爲上仙之人也。蓋能去滯慾而離嗜愛，洗神滅念，常遊於太極之門。今大王以妖容惑目，美味爽口，列女成群，迷心動慮，所愛之容，恐不及玉，纖腰皓齒，患不如神；而欲卻老雲遊，何異操圭爵以量滄海，執毫釐而迴日月，其可得乎！」昭王乃徹色減味，居乎正寢。……〔註82〕

全文僅藉著君臣間的一問一答，就完整陳述了事情的始末。在《拾遺記》中，屬於較特殊的敘事方式。而方士甘需對昭王所說的這段話，其實是對當時那些一面縱欲、一面求仙的貴族們的辛辣嘲諷。這也充分表現了王嘉的思想觀點，可以看出他由於隱居山林，接觸人民，才有較爲鮮明的政治見解。

6. 卷四第八則中，藉由宛渠國使者的話語，講述自己的經歷見聞、國家的特殊產物，讓秦始皇大開眼界，更加篤信仙術。

> ……始皇與之語及天地初開之時，了如親覩。曰：「臣少時躡虛卻行，日遊萬里；及其老朽也，坐見天地之外事。臣國在咸池日沒之所九萬里，以萬歲爲一日。俗多陰霧，遇其晴日，則天豁然雲裂，耿若江漢。則有玄龍黑鳳，翻翔而下。及夜，燃石以繼日光。此石出燃山，其土石皆自光澈，扣之則碎，狀如粟，一粒輝映一堂。昔炎帝始變生食，用此火也。國人今獻此石。或有投其石於溪澗中，則沸沫流於數十里，名其水爲焦淵。臣國去軒轅之丘十萬里，少典之子採首山之銅，鑄爲大鼎。臣先望其國有金火氣動，奔而往視之，三鼎已成。又見冀州有異氣，應有聖人生，果有慶都生堯。又見赤雲入於酆鎬，走而往視，果有丹雀瑞昌之符。」始皇曰：「此神人也」，彌信仙術焉。〔註83〕

〔註81〕 同註1，頁85。
〔註82〕 同註1，頁93。
〔註83〕 同註1，頁101。

7. 卷五第一則，全文幾乎都以一問一答的形式構成。

> 上皇遊酆沛山中，遇窮谷裏有人冶鑄。上皇息其傍，問曰：「此鑄何器？」工者笑而答曰：「為天子鑄劍，慎勿泄言！」上皇謂為戲言而無疑色。工人曰：「今所鑄鐵鋼礪，製器難成。若得公腰間佩劍雜而冶之，即成神器，可以剋定天下，星精為輔佐，以殲三猾。木衰火盛，此為異兆也。」上皇曰：「余此物名為七首，其利難儔，水斷虬龍，陸斬虎兕，魑魅罔兩，莫能逢之；斫玉鐫金，其刃不卷。」工人曰：「若不得此七首以和鑄，雖歐冶專精，越砥斂鍔，終為鄙器。」上皇則解腰間七首投於爐中。俄而姻燄衝天，日為之晝晦。及乎劍成，殺三牲以釁祭之。鑄工問上皇何緣得此七首。上皇云：「秦昭襄王時，余行逢一野人，於陌上授余，云是殷時靈物，世世相傳，上有古字，記其年月。」及成劍，工人視之，其銘尚存，叶前疑也。工人即持劍授上皇。上皇以賜高祖，高祖長佩於身，以殲三猾。〔註84〕

經由漢太上皇與鑄劍工人之間的對答，表現符命之徵。

8. 卷五第二則，描寫漢孝惠帝時，道士韓稚「聞聖德洽乎區宇，故悅服而來庭」的情形。

　　文中除了運用人物對話的形式外，並在對白中以夾敘夾議的多變手法，取代平鋪直敘。

> ……帝云：「方士韓稚解絕國人言，令問人壽幾何，經見幾代之事。」答曰：「五運相承，迭生迭死，如飛塵細雨，存歿不可論算。」問：「女媧以前可聞乎？」對曰：「蛇身已上，八風均，四時序，不以威悅攬乎精運。」又問燧人以前，答曰：「自鑽火變腥以來，父老而慈，子壽而孝。自軒皇以來，屑屑焉以相誅滅，浮靡囂動，淫於禮，亂於樂，世德澆訛，淳風墜矣。」稚以答聞於帝。帝曰：「悠哉杳昧，非通神達理者，難可語乎斯道矣。」稚於斯而退，莫知其所之。〔註85〕

通過韓稚的「重譯」，記述了遠古時代的神奇傳說，和當時人對燧人氏以前「父老而慈，子壽而孝」淳厚風氣的讚美、嚮往，對軒皇以來，「屑屑焉以相誅滅，浮靡囂動」社會狀況的憎惡，表達了人民希望和平、安定的思想。

9. 卷五第三則中，由漢武帝和方士李少君間的談話，可看出武帝對李夫人的

〔註84〕同註1，頁110～111。
〔註85〕同註1，頁114。

思念之情。

> ……詔李少君與之語曰：「朕思李夫人，其可得見乎？」少君曰：「可
> 遙見，不可同於帷幄。」帝曰：「一見足矣，可致之。」少君曰：「暗
> 海有潛英之石，其色青，輕如毛羽，寒盛則石溫，暑盛則石冷。刻
> 之為人像，神悟不異真人。使此石像往，則夫人至矣。此石人能傳
> 譯人言語，有聲無氣，故知神異也。」得此石，即命工人依先圖刻
> 作夫人形。刻成，置於輕紗幙裏，宛若生時。帝大悅，問少君曰：「可
> 得近乎？」少君曰：「此石毒，宜遠望，不可逼也。勿輕萬乘之尊，
> 惑此精魅之物！」帝乃從其諫。〔註86〕

李夫人死後，武帝思念不得見而形容憔悴。當李少君告知「可遙見」時，武
帝只求「一見足矣」。而當石像刻成，「宛若生時」，武帝欣喜若狂，進一步要
求「可得近乎」，愉悅之情達到頂點。但是，當李少君以為「此石毒，不可逼」
時，又使武帝的情緒跌到谷底。透過人物對白，呈現從期盼、如願到絕望的
心境，使漢武帝的形象栩栩如生，更具人性化。

10. 卷九第一則，描述羌人姚馥詼諧倜儻的言行。在姚馥與晉武帝的對話中，
    充分顯露其嗜酒、滑稽突梯、狂狷不羈的個性。

> ……馥好讀書，嗜酒，每醉時好言帝王興亡之事。善戲笑，滑稽無
> 窮，常嘆云：「九河之水不足以漬麴櫱，八藪之木不足以作薪蒸，
> 七澤之麋不足以充庖俎。凡人稟天地之精靈，不知飲酒者，動肉含
> 氣耳，何必木偶於心識乎？」好啜濁糟，常言渴於醇酒。群輩常弄
> 狎之，呼為「渴羌」。及晉武踐位，忽見馥立於階下，帝奇其倜儻，
> 擢為朝歌邑宰。馥辭曰：「老羌異域之人，遠隔山川，得遊中華，
> 已為殊幸，請辭朝歌之縣，長充養馬之役，時賜美酒，以樂餘年。」
> 帝曰：「朝歌紂之故都，地有美酒，故使老羌不復呼渴。」馥於階
> 下高聲而對曰：「馬圍老羌，漸染皇化，溥天夷貊，皆為王臣，今
> 若歡酒池之樂，更為殷紂之民乎？」帝撫玉几大悅，即遷酒泉太守。
> 〔註87〕

正如蕭綺在「錄」中所說：「其俳諧詭譎，推辭指誠，因物而刺，言之者無罪」
因而使姚馥受晉武帝賞識，得以成為酒泉太守。

〔註86〕同註1，頁116～117。
〔註87〕同註1，頁198～199。

第三節　蕭綺的「錄」

　　《拾遺記》一書，原爲王嘉撰著。據錄此書的蕭綺的序言，書「凡十九卷，二百二十篇」，因遭僞秦之亂，書多亡敗，所以蕭綺「今搜檢殘遺，合爲一部，凡一十卷，序而錄焉」。可知蕭綺除搜集編訂外，並在《拾遺記》的正文之後，加上錄語，進行評論和說教。以下試就表現形式及思想內容兩方面，討論三十七則蕭綺的「錄曰」。

一、形式表現

（一）論述模式

　　蕭綺「錄曰」的形式，在魏晉南北朝的志怪小說中十分特出。但是，這種論述的模式，在歷代史書中皆有跡可循。早在《左傳》中，即有「君子曰」的形式出現。而在《史記》中，每篇之末有「太史公曰」，此爲司馬遷對歷史的批判。例如在〈留侯世家〉文末有：

　　　　太史公曰：學者多言無鬼物，然言有物。至不留侯所見老父予書，
　　　　亦可怪矣。高祖離困者數矣，而留侯常有功力焉，豈可謂非天乎。
　　　　上曰：夫運籌筴帷帳之中，決勝千里外，吾不如子房。余以爲其人
　　　　計魁梧奇偉。至見其圖，狀貌如婦人好女。蓋孔子曰：以貌取人，
　　　　失之子羽。留侯亦云。〔註88〕

司馬遷於是藉由「太史公曰」，對張良的生平事蹟做一番評論。因此可知，「太史公曰」具有：述褒貶、言去取、記經歷、補軼事等作用。〔註89〕

　　《史記》中「太史公曰」這種論贊的方式，到了班固《漢書》則改爲「贊曰」，而范曄《後漢書》中則是「論曰」，至陳壽《三國志》中爲「評曰」。最後，沈約《宋書》中定爲「史臣曰」，使此後史書皆沿用之。由以上敘述可見，蕭綺「錄曰」的形式，可說是沿襲史書而來。

（二）文筆辭采

　　就文字辭藻方面而言，《拾遺記》正文雖已相當靡麗，「詞條豔發，摛華

〔註88〕　參見（日）瀧川龜太郎：《史記會注考證》（臺北：洪氏出版社，1986 年 9 月）
　　　　卷五十五〈留侯世家〉第二十五，頁 810。
〔註89〕　參見賴明德：《司馬遷之學術思想》（臺北：洪氏出版社，1982 年 3 月）第五
　　　　章「司馬遷的史學」，頁 243。

掞藻」。〔註90〕但和蕭綺的「錄」相較，則顯得質樸，且駢儷氣息也不如其濃厚。因此，蕭綺在序中稱其「紀事存樸」、「迂闊」、「繁冗」。至於蕭綺的「錄」，則是道地的駢文，在句法組織上已開初唐風氣。〔註91〕以下試舉例說明：

> 夫含靈稟氣，取象二儀；受命因生，包乎五德。故守淳明以循身，
> 資施以爲本。義緣天屬，生盡愛敬之容；體自心慈，死結追終之慕。
> 蓋處物之常情，有識之常道。是以忠諫一至，則會理以通幽，神義
> 由心，則祇靈爲之昭感。迹顯神著，表降群祥，行道不違，遠邇旌
> 德。美乎異國之人，隔絕王化，闕聞大道，語其國法，華戎有殊，
> 觀其政教，頗令殊俗。禮在四夷，事存諸詰，孝讓之風，莫不尚也。
> 〔註92〕

全篇幾乎都由四、六句式所組成。

> 鬼物隨方而競至，奇精自遠而來臻，窮天區而盡地域，反五常而移
> 四序，惚怳形象之間，希夷明昧之際，難可言也。〔註93〕

> 夫層宮峻宇肆其奢，綽約柔曼縱其惑，《九韶》、《六英》悅其耳，喜
> 怒刑賞示其威，精靈溺於常滯，志意疲於馳策，銷竭神慮，翦刻天
> 和。〔註94〕

以上兩段文字，都用排比鋪敘的手法表現。

二、思想內容

蕭綺受魏晉南北朝儒、道、釋合流風尚的影響，使其論點「亦儒亦仙」。他雖有「取徵群籍，博採百家，求祥可證」的儒家學風，然而對神道靈異之談，也信而不疑。例如：他一方面讚頌漢武帝「聞禮樂以恢風，廣文藝以飾俗」的聖賢之道，另一方面又肯定「幽明不能藏其殊妙，萬象無所隱其精靈」的道家思想。此外，蕭綺認爲因年代久遠，所以各種神異事蹟，如：彭生假見於貝丘、趙王示形於蒼犬，以至伏犧、夏禹的事蹟，都有其可能性。同時，

〔註90〕 參見《四庫全書總目提要》（臺北：臺灣商務印書館，1983 年 10 月）第三冊，
卷一百四十二，子部小說家類三，對《拾遺記》的評論：「……所記上起三皇，
下迄石虎，事蹟十不一眞，而詞條豔發，摛華掞藻者，把取不窮。」
〔註91〕 同註1，前言部分，頁2。
〔註92〕 同註1，頁96。
〔註93〕 同註1，頁76。
〔註94〕 同註1，頁107。

蕭綺並採引典籍以爲證。譬如：對於簡狄吞燕卵而生契之說，則援引《三墳》、《五典》、《詩經》及緯書等百家的說法，加以印證。而有關記述周穆王的神奇軼事，則引《竹書紀年》、《山海經》、《爾雅》、《尚書大傳》等書籍爲證。

因此，以下分爲抨擊帝王的驕奢淫逸、稱頌優秀的德行兩方面，探討蕭綺在錄語中所表現的思想內容。

（一）抨擊帝王的驕奢淫逸

1. 生活淫靡

蕭綺對於漢代帝王的驕奢淫逸，大興土木廣建宮苑，加以痛斥。例如：

對漢武帝的好微行，恢建宮宇，廣興苑囿，予以辛辣的嘲諷。認爲「永乖長生久視之法」，有失「玄一守道之要」。〔註95〕

而漢成帝起霄遊宮、造飛行殿，微遊嬪幸，最後遭谷永抗諫，更令蕭綺斥責不已，認爲不守爲君者之禮法。

至於漢靈帝，起裸遊館千間，與宮人長夜宴飲的驕奢淫侈，則被蕭綺指爲敗德之行。

而在漢代之前，三代的君王已開始破壞勤儉作風，而勞民傷財，大興宮室。春秋時代，人民則於各項勞役中，疲於奔命。魏明帝時，國勢雖盛況空前，卻廣築宮室，因而自取滅亡。

因此，蕭綺除對勞民傷財的君王加以斥責外，並舉唐堯、夏禹等勤儉治國的英主，予以稱揚。所以極力提倡節約，主張薄殮簡葬。

2. 崇尚克伐

蕭綺對漢武帝的尚克伐，大加躂伐。並以魏明帝窮兵黷武，而走上亡國之途爲例。主張帝王應以民爲重，避免屢興兵戎。

（二）稱頌優秀的德行

1. 孝讓之禮

蕭綺認爲若具備至孝之心，則木石亦爲之動情，鳥獸亦因之馴集。例如：

偉元爲父被殺而哀慟不已，春樹因此紛紛落葉；叔通爲母汲水每日早起，江心忽然生出墊腳石；辛繕能守孝母之道，召來鷺鳥棲息；衡農能盡人子之德，而感動老虎托夢；郅奇也因居葬盡禮，感動天地，使飛鳥銜火、朽木重

〔註95〕同註1，頁125。

生。〔註 96〕

2. 聰慧之德

對聰惠仁明及具洞燭機先的睿智女子，蕭綺都給予極高的評價。例如：

當李傕軍隊攻入長安，在千鈞一髮之際，伏皇后仍抱持威武不屈的姿態、大義凜然的忠心，面臨危難而能置生死於度外。因此，蕭綺讚揚她有如「馮媛之儔」。〔註 97〕

賈逵之姊，以貞明見稱。因此當賈逵五歲時，其姊即早晚抱逵隔籬聽鄰居誦讀聲。以自己的行動，引導賈逵步上「聖神」之路。因而，蕭綺稱讚她是「知識婦人鑒乎聖也」。〔註 98〕

趙、潘二夫人，形象嬌美、技藝精妙、智慧過人，因而能「避妖幸之孌，睹進退之機」。所以，蕭綺舉周幽王寵褒姒而廢申后、漢成帝寵趙飛燕而離班婕妤的例證，說明「道有崇替，居盛必衰」的道理。並藉此烘托出趙、潘二夫人，不以姿色取寵，且能明進退之機的智慧。〔註 99〕

3. 勤勉治學

對於劉向能專意向學，而達「才包三古，藝該九聖」之境；賈逵因聞鄰中讀書，而能暗誦六經，日後有「舌耕」之譽；何休有「學海」美稱；任末勤奮好學，時人謂爲「經苑」。蕭綺讚揚這些人爲儒學大家，連關美、張霸都不足與之相提並論。〔註 100〕

〔註 96〕同註 1，頁 135。
〔註 97〕同註 1，頁 148。
〔註 98〕同註 1，頁 158。
〔註 99〕同註 1，頁 183。
〔註 100〕同註 1，頁 157～158。

第六章 《拾遺記》對後世文學的影響

　　《拾遺記》一書的題材，豐富多變，除搜奇志異外，也加入神話傳說，極具奇異性及感染力。因此，對後世的文學作品產生多方面的影響。本章試由文人的用典、小說的援引、戲劇的取材三方面，探討《拾遺記》的影響層面。

第一節　文人的用典

　　中國文人創作時，常有引用典故的習慣。從歷代詩、詞、歌賦中，能找出許多用典的例證。而《拾遺記》的內容，含括三皇五帝至晉時的奇聞逸事及名山勝境，故事包羅萬象，新奇而具神祕氣息，引人入勝。同時，部分故事又蘊義深廣。因此，後世文人常藉以抒發胸臆。例如：

　　唐杜甫〈奉同郭給事湯東秋靈湫作〉：「東山氣鴻濛，宮殿居上頭。君來必十月，樹羽臨九州。陰火煮玉泉，噴薄漲巖幽。有時浴赤日，光抱空中樓。……」〔註1〕其中「陰火」一詞，即採自《拾遺記》卷一第十一則。〔註2〕

　　唐李商隱〈越燕二首〉：「上國社方見，此鄉秋不歸。為矜皇后舞，猶著羽人衣。……」〔註3〕其中「羽人衣」，是用《拾遺記》卷二第十五則記周昭王晝寐夢有人衣服並皆毛羽，因名羽人之事。〔註4〕

〔註1〕　參見杜甫著、楊倫箋注《杜詩鏡銓》（臺北：華正書局，1986年8月），頁106。
〔註2〕　參見（晉）王嘉撰，（梁）蕭綺錄，齊治平校注《拾遺記》（臺北：木鐸出版社，1982年2月），頁23。
〔註3〕　參見李商隱著、馮浩注《玉谿生詩箋注》（臺北：臺灣中華書局，1966年3月），卷四，頁9。
〔註4〕　同註2，頁53～54。

陳徐陵〈玉臺新詠〉:「……陪遊馺娑,騁纖腰於結風。長樂鴛鴦,奏新聲於度曲。……」〔註5〕中的「騁纖腰於結風」,及唐杜牧〈寄遠〉:「……向春羅袖薄,誰念舞臺風。」〔註6〕中的「誰念舞臺風」,皆採《拾遺記》卷六第七則記漢成帝以翠纓結趙飛燕之裙於避風臺,防其隨風入水之事。〔註7〕而唐李白〈江上吟〉:「木蘭之枻沙棠舟,玉簫金管坐兩頭,美酒樽中置千斛,載妓隨波任去留。……」〔註8〕亦採漢成帝與趙飛燕戲太液池,以沙棠為舟、紫文桂為枻楫之事。〔註9〕

唐李賀〈蜀國絃〉:「……誰家紅淚客,不忍過瞿塘。」〔註10〕、杜牧〈杜秋娘詩〉:「……秋持玉斝醉,與唱金縷衣。濞既白首叛,秋亦紅淚滋。……」〔註11〕、李商隱〈板橋曉別〉:「迴望高城落曉河,長亭窗戶壓微波。水仙欲上鯉魚去,一夜芙蓉紅淚多。」〔註12〕詩中的「紅淚」一詞,皆用《拾遺記》卷七第一則記薛靈芸別父母升車就路,以紅玉唾壺承淚,及至京師,壺中淚凝如血一事。〔註13〕

宋蘇軾〈次韻子由所居六詠〉:「堂前種山丹,錯落瑪瑙盤。堂後種秋菊,碎金收辟寒。……」〔註14〕其中「碎金收辟寒」句,乃引《拾遺記》卷七第五則記魏明帝時有嗽金鳥能吐辟寒金之事。〔註15〕

唐李商隱〈擬意〉:「……仁壽遺明鏡,陳倉拂采毬。眞防舞如意,佯蓋臥空篋。……」〔註16〕中的「眞防舞如意」,及宋蘇軾〈次韻荅舒教授觀余所

〔註 5〕 參見許槤評選、黎經誥箋注《六朝文絜箋注》(臺北:新興書局,1965 年 10 月),頁 231。

〔註 6〕 參見杜牧撰、馮集梧注《樊川詩集注》(臺北:新興書局,1960 年 3 月),頁 300。

〔註 7〕 同註 2,頁 138～139。

〔註 8〕 參見《分類補注李太白詩》(大本原式精印四部叢刊正編第三二冊,臺北:臺灣商務印書館,1979 年 11 月),頁 135。

〔註 9〕 同註 7。

〔註 10〕 參見李賀著、王琦彙解《李賀詩集》(臺北:里仁書局,1980 年 8 月 15 日),頁 26。

〔註 11〕 同註 6,頁 51。

〔註 12〕 同註 3,卷六,頁 11。

〔註 13〕 同註 2,頁 159。

〔註 14〕 參見《集註分類東坡先生詩》(大本原式精印四部叢刊正編第四七冊,臺北:臺灣商務印書館,1979 年 11 月),頁 89。

〔註 15〕 同註 2,頁 168。

〔註 16〕 同註 3,卷五,頁 31。

藏墨〉：「……倒暈連眉秀嶺浮，雙鴉畫鬢香雲委。時聞五斛賜蛾綠，不惜千金求獺髓。……」〔註17〕中的「不惜千金求獺髓」，皆引《拾遺記》卷八第七則記孫和舞水精如意誤傷鄧夫人頰，而以百金購得白獺，取髓雜玉屑以滅其痕之事。〔註18〕

宋黃庭堅〈以小團龍及半挺贈無咎并詩用前韻爲戲〉：「……雞蘇胡麻留渴羌，不應亂我官焙香。肥如匏壺鼻雷吼，幸君飲此勿飲酒。」〔註19〕及〈今歲官茶極妙而難賞音者戲作兩詩用前韻〉：「乳花翻碗正眉開，時苦渴羌衝熱來。知味者誰心已許，維摩雖默語如雷。」〔註20〕兩詩中「渴羌」一詞，皆引《拾遺記》卷九第一則記羌人姚馥嗜酒，常言渴於醇酒，而得「渴羌」一名之事。〔註21〕

唐杜牧〈杏園〉：「夜來微雨洗芳塵，公子驊騮步貼勻。莫怪杏園憔悴去，滿城多少插花人。」〔註22〕及溫庭筠〈觀舞伎〉：「朔音悲嘒管，瑤蹋動芳塵。……」〔註23〕二詩中「芳塵」一詞，皆引用《拾遺記》卷九第十二則記石虎起太極殿樓高四十丈，春雜寶異香爲屑，使數百人於樓上吹散之，名曰「芳塵」之事。〔註24〕

陳伏知道〈爲王寬與婦義安主書〉：「昔魚嶺逢車，芝田息駕。雖見妖嬈，終成揮忽。……」〔註25〕、北周庾信〈周大都督楊林伯長孫瑕夫人羅氏墓誌銘〉：「……霜凋桂苑，風落芝田。三從闋性，五福傷年。……」〔註26〕、唐杜牧〈題池州弄水亭〉：「……檻前燕鴈栖，枕上巴帆去。叢筠侍脩廊，密蕙媚幽圃。……」〔註27〕、李商隱〈無題〉：「紫府仙人號寶燈，雲漿未飲結成

〔註17〕同註14，頁239。
〔註18〕同註2，頁189。
〔註19〕參見黃庭堅撰、任淵、史容、史季溫注《山谷全集》（臺北：臺灣中華書局，1966年3月），內集卷二，頁6。
〔註20〕同註19，外集卷一五，頁4。
〔註21〕同註2，頁198。
〔註22〕同註6，頁188～189。
〔註23〕參見溫庭筠撰、顧予咸補注、顧嗣立續注《溫飛卿集箋注》（臺北：新興書局，1959年10月），頁109。
〔註24〕同註2，頁217。
〔註25〕同註5，頁190～191。
〔註26〕參見庾信著《庾子山集注》（臺北：臺灣中華書局，1966年3月）卷一六，頁16。
〔註27〕同註6，頁108。

冰。如何雪月交光夜，更在瑤臺十二層。」〔註 28〕以上各詩中「芝田」、「蕙
圃」、「瑤臺十二層」，皆採自《拾遺記》卷十第一則記崑崙山第九層上有芝田
蕙圃、瑤臺十二層之事。〔註 29〕

　　宋蘇軾〈徐大正閑軒〉：「冰蠶不知寒，火鼠不知暑。……」〔註 30〕其中
「冰蠶」一詞，用《拾遺記》卷十第五則記員嶠山有冰蠶之事。〔註 31〕

第二節　小說的援引

　　歷代著作中，常有轉相引錄《拾遺記》的情形。以下試舉例證說明：

　　《拾遺記》卷十「洞庭山」一則，〔註 32〕記載洞庭地區的遊歷仙境傳說。
即主角採藥石人出發→入洞庭山之靈洞，經歷仙境→回歸人世，見故鄉人事
全非→因而失所之，又再出發。大抵依循「出發→歷程→回歸」的基型結構
進行。而晉宋間題名爲陶淵明所撰的《搜神後記》，其中有一則會稽剡縣民袁
相、根碩誤入赤城遇仙女的故事：

> 會稽剡縣民袁相、根碩二人獵，經深山，重嶺甚多。見一群山羊六
> 七頭，逐之。經一石橋，甚狹而峻。羊去，根等亦隨渡，向絕崖。
> 崖正赤，壁立，名曰赤城。上有水流下，廣狹如匹布，剡人謂之瀑
> 布。羊徑有山穴如門，豁然而過。既入，內甚平敞，草木皆香。有
> 一小屋，二女子住其中，年皆十五六，容色甚美，著青衣。一名瑩
> 珠，一名□□。見二人至，欣然云：「早望汝來。」遂爲室家。忽二
> 女出行，云：「復有得婿者，往慶之。」曳履於絕巖上行，琅琅然。
> 二人思歸，潛去歸路。二女追還已知，乃謂曰：「自可去。」乃以一
> 腕囊與根等，語曰：「慎勿開也。」於是乃歸。後出行，家人開視其
> 囊。囊如蓮花，一重去，一重復，至五蓋，中有小青鳥，飛去。根
> 還，知此，悵然而已。後根於田中耕，家依常餉之，見在田中不動，
> 就視，但有殼如蟬蛻也。〔註 33〕

〔註 28〕　同註 3，卷三，頁 51～52。
〔註 29〕　同註 2，頁 221。
〔註 30〕　同註 14，頁 193。
〔註 31〕　同註 2，頁 228。
〔註 32〕　同註 2，頁 235～236。
〔註 33〕　參見（晉）陶淵明撰，汪紹楹校注《搜神後記》（臺北：木鐸出版社）卷一，
　　　　　頁 2。

及劉宋時劉義慶的《幽明錄》中，也載有剡縣人劉晨、阮肇迷途誤入天臺山遇仙女之事：

> 漢明帝永平五年，剡縣劉晨、阮肇共入天臺山取穀皮，迷不得返。經十三日，糧食乏盡，饑餒殆死。遙望山上有一桃樹，大有子實，而絕巖邃澗，永無登路。攀援藤葛，乃得至上。各啖數枚，而饑止體充。復下山，持杯取水，欲盥漱，見蕪菁葉從山腹流出，甚新鮮，復一杯流出，有胡麻飯糝，相謂曰：「此知去人徑不遠。」便共沒水，逆流二三里，得度山。出一大溪，溪邊有二女子，姿質絕妙，見二人持杯出，便笑曰：「劉、阮二郎，捉向所失流杯來。」晨、肇既不識之，緣二女便呼其姓，如似有舊，乃相見忻喜。問：「來何晚邪？」因邀還家。其家銅瓦屋，南壁及東壁下各有一大床，皆施絳羅帳，帳角懸鈴，金銀交錯。床頭各有十侍婢，敕云：「劉、阮二郎，經涉山岨，向雖得瓊實，猶尚虛弊，可速作食。」食胡麻飯、山羊脯、牛肉，甚甘美。食畢行酒，有一群女來，各持五三桃子，笑而言：「賀汝婿來。」酒酣作樂，劉、阮忻怖交并。至暮，令各就一帳宿，女往就之，言聲清婉，令人忘憂。至十日後欲求還去，女云：「君已來是，宿福所牽，何復欲還邪？」遂停半年。氣候草木是春時，百鳥啼鳴，更懷悲思，求歸甚苦。女曰：「罪牽君，當可如何？」遂呼前來女子，有三四十人，集會奏樂，共送劉、阮，指示還路。既出，親舊零落，邑屋改異，無復相識。問訊得七世孫，傳聞上世入山，迷不得歸。至晉太元八年，忽復去，不知何所。〔註34〕

前者既遇仙女，僅云：「遂為室家」；後者則以華麗的文筆鋪敘，加上服食觀念、仙樂意象、「問訊得七世孫」與「不知何所」的結局，及其中「三百年」的塵世時間，逆推之即為東漢初期，是《幽明錄》將劉、阮入山繫於「漢明帝永平五年」的張本，可證其撰成，為組合多種傳說「再創作」而成的仙境小說。因此，由二書的時代先後及情節繁簡程度上可推知，皆受《拾遺記》的影響。

唐段成式的《酉陽雜俎》，其採引《拾遺記》文字，有：

前集卷四〈飛頭〉，〔註35〕引《拾遺記》卷九第五則，〔註36〕記因墀國東

〔註34〕參見魯迅：《古小說鉤沈》（濟南：齊魯書社，1997年11月），頁149～150。
〔註35〕參見（唐）段成式：《酉陽雜俎》（臺北：臺灣學生書局，1975年1月）前集

方有解形之民一事。

　　前集卷八〈黃星靨〉，引《拾遺記》卷八第七則，〔註37〕記孫和誤傷鄧夫
人頰，以白獺髓雜玉與琥珀屑療之。癒後留下赤點如朱，更加妍麗，使宮人
爭相仿傚之事。茲錄其文如下：

> 近代粧尚靨如射月曰黃星靨。靨，鈿之名。蓋自吳孫和鄧夫人也。
> 和寵夫人，嘗醉舞如意誤傷鄧頰，血流嬌婉彌苦。命太醫合藥，醫
> 言得白獺髓，雜玉與琥珀屑，當滅痕。和以百金購得白獺，乃合膏。
> 琥珀太多，及癒痕不滅，左頰有赤點如誌，視之，更益甚妍也。諸
> 婢欲要寵者，皆以丹青點頰而進幸焉。〔註38〕

　　前集卷十六〈嗽金鳥〉及〈背明鳥〉，分別引《拾遺記》卷七第五則記昆
明國貢嗽金鳥一事、卷八第四則記越巂之南獻背明鳥一事。〔註39〕茲錄其文
如下：

> （嗽金鳥）出昆明國，形如雀色黃，常翱翔於海上。魏明帝時，其
> 國來獻。此鳥飴以真珠及龜腦，常吐金屑如粟，鑄之乃爲器服。宮
> 人爭以鳥吐金爲釵珥，謂之辟寒金，以鳥不畏寒也。宮人相嘲弄曰：
> 「不服辟寒金，那得帝王心？不服辟寒鈿，那得帝王憐？」。

> （背明鳥）吳時越巂之南，獻背明鳥，形如鶴，止不向明，巢必對
> 北，其聲百變。〔註40〕

前集卷十九〈分枝荷〉、〈夜舒荷〉、〈望舒草〉及〈三蔬〉等四則，則分別引
《拾遺記》卷六第一則記漢昭帝於淋池植分枝荷之事、卷六第十二則記南國
所獻夜舒荷之事、卷九第九則記浮支國獻望舒草一事、卷九第二則記芳蔬園
所種異菜「芸薇」一事。〔註41〕茲錄其文如下：

> （荷）漢明帝時，池中有分枝荷。一莖四葉，狀如駢蓋。子如玄珠，
> 可以飾珮也。

> （荷）靈帝時，有夜舒荷。一莖四蓮，其葉夜舒晝卷。

　　　　卷之四「境異」，頁32。
〔註36〕同註2，頁208。
〔註37〕同註2，頁189～190。
〔註38〕同註35，前集卷之八「黶」，頁47。
〔註39〕同註2，頁168、184。
〔註40〕同註35，前集卷之十六「廣動植之一」「羽篇」，頁89。
〔註41〕同註2，頁128、144、213、203。

（望舒草）出扶支國，草紅色，葉如蓮葉。月出則舒，月沒則卷。

（三蔬）晉時有芳蔬園，在墉之東。有菜名芸薇，類有三種：紫色為上蔬，味辛；黃色者為中蔬，味甘；青者為下蔬，味鹹。常以三蔬充御，菜可以藉食。〔註42〕

南宋皇都風月主人的《綠窗新話》，也引錄了兩則《拾遺記》的故事：

卷下〈薛靈芸容貌絕世〉一則，描述魏文帝所愛美女薛靈芸的種種。〔註43〕除少數文字略有出入外，幾乎全篇引錄《拾遺記》卷七第一則。〔註44〕

而卷下「越國美人如神仙」一則，寫越國獻夷光、修明二美女於吳之事。〔註45〕除文字稍作增損外，也幾乎全篇引自《拾遺記》卷三第十四則。〔註46〕

元趙道一輯《歷世真仙體道通鑑》一書，除採錄史書、神仙傳記，也吸收保存了《拾遺記》的資料。例如：

卷之一〈軒轅黃帝〉一則，「……食飛魚暫死，二百歲更生。作沙頭頌曰：『青蘂灼爍千載舒，萬齡暫死餌飛魚。』」，〔註47〕引《拾遺記》卷一第三則〈軒轅黃帝〉中，仙人甯封食飛魚死，二百年更生一事。〔註48〕

卷之七〈桐君〉一則，全引自《拾遺記》卷七第四則。〔註49〕茲錄其文如下：

> 漢獻帝建安三年，胥圖國獻鳴石雞。其色如丹，大如燕，常在地中，應時而鳴，聲能遠徹。其國聞其鳥，乃殺牲以祠之，當聲處掘，則得此雞。若天下太平，翔飛頡頏，以為佳瑞，亦謂之寶雞。人聽地中以候晷刻。道士云：「仙人桐君採石，入穴數里，得丹石雞，舂碎為藥，服令人有聲氣，後天而死。」吳寶鼎元年，四方貢珍怪，有琥珀燕，置之靜室，自於室內鳴翔，此之類也。〔註50〕

〔註42〕同註35，前集卷之十九「廣動植類之四」「草篇」，頁107。

〔註43〕參見（宋）皇都風月主人編《綠窗新話》（臺北：世界書局，1985年）卷下〈薛靈芸容貌絕世〉，頁213～215。

〔註44〕同註2，頁159。

〔註45〕同註43，卷下〈越國美人如神仙〉，頁215～216。

〔註46〕同註2，頁87～88。

〔註47〕參見（元）趙道一：《歷世真仙體道通鑑》（正統道藏本第八冊，臺北：新文豐出版公司，1977年10月）卷之一〈軒轅黃帝〉，頁1-20～1-21。

〔註48〕同註2，頁9。

〔註49〕同註2，頁166～167。

〔註50〕同註47，卷之七〈桐君〉，頁7～11。

第三節　戲劇的取材

　　古典戲曲常有向小說取材的例子，而同一題材演化爲兩、三種形式的戲劇，更是屢見不鮮。曾師永義在〈中國古典戲劇的特質〉一文中，〔註51〕曾就劇作家、讀者兩方面的因素考慮，並從戲劇、歷史的社會環境立論，歸納出三點結論：

　　一、我國戲劇的美學基礎是詩歌、音樂和舞蹈。作者關切的是文辭的精湛，演員講求的是歌聲的動聽及身段的美妙，至於觀眾，便從這三者的搭配無間中獲得賞心樂事的目的。因此，觀眾如果對故事情節較爲陌生，便得花費太多的注意於情節的探索，不能充分集中於歌舞的聆賞，如此便無法掌握到我國古典戲劇所要表現的真諦。因此劇作家多取材於膾炙人口的故事。

　　二、對作者而言，改編前人劇本在關目的布置和排場的處理上自然可以省下許多精力，而專意於文辭的表現。

　　三、取材歷史和傳說故事，可以逃避現實，劇作家雖有意反映現實，但文字獄頻起，卻也不敢直斥當代，只有藉歷史和傳說故事以掩人耳目，以免貽人口實。

　　《拾遺記》多樣化的故事內容，自然成爲後世戲劇取材的藍本。由莊一拂《古典戲曲存目彙考》中，可檢視出若干例證。例如：

　　元李文蔚的雜劇〈漢武帝死哭李夫人〉，〔註52〕今已亡佚。

　　明王衡的雜劇〈再生緣〉，〔註53〕演漢武帝、李夫人事。言李夫人臨歿，以所贈玉鉤殉葬。武帝用李少君術與相見，夫人自述當再生人世，十五年後更續前緣。後得河間女養握玉鉤，是爲鉤弋夫人。據正史及其他傳記，無李夫人轉世爲鉤弋夫人之說。而此劇以玉鉤紐合爲關目。

　　明王驥德的雜劇〈金屋招魂〉，〔註54〕寫漢武帝、李夫人事，然今已亡佚。遠山堂《劇品》謂此劇南北（曲）四折，雖不足寫李夫人之生面，而珊珊一歌，幾於滿紙是淚。

　　在《史記·封禪書》、《漢書·外戚傳》、《漢武故事》、《搜神記》〈李少翁〉

〔註51〕　參見曾永義：《中國古典戲劇論集》（臺北：聯經出版事業公司，1975 年 10月），頁38～39。

〔註52〕　參見莊一拂：《古典戲曲存目彙考》（臺北：木鐸出版社，1986 年 9 月），卷四，頁224～225。

〔註53〕　同註52，卷六，頁444。

〔註54〕　同註52，卷六，頁467。

一則及《拾遺記》卷五第三則等書中，都或多或少記載漢武帝思念李夫人，而詔李少君施道術之事。而以《拾遺記》的文字描述最爲詳細生動。因此，以上三劇，可能參考上述各書，而取材於《拾遺記》。其中，《拾遺記》敘李少君術亦甚詳，頗似近代影劇之濫觴。〔註55〕

　　元佚名的雜劇〈金穴富郭況遊春〉，〔註56〕今已亡佚。引《拾遺記》卷六第十四則記郭況之事。〔註57〕寫郭況，光武皇后弟，累金數億，閣下有藏金窟，錯雜寶以飾臺樹，懸明珠於四垂。故東京謂郭家「瓊廚金穴」。況小心畏愼，惟閉門優遊，未曾干世事，爲一時之智。

　　元趙善慶的雜劇〈燒樊城麋竺收資〉，〔註58〕今已亡佚。大概寫麋竺嘗從洛歸，路次見一婦人求載，既而謝曰：「我天使也，當往燒東海麋家。感君見載，君便馳去，我當緩行，日中必火發。」竺乃急行達家，出財物。日中火大發。此劇與《拾遺記》卷八第十則〔註59〕記麋竺一事稍有出入，乃婦以青廬杖一枝，竺挾杖歸。後鄰人見竺家有青氣如龍蛇之狀。旬日，火從庫起，有青衣數十人來撲火。

〔註55〕同註52。
〔註56〕同註52，卷七，頁586。
〔註57〕同註2，頁150。
〔註58〕同註52，卷五，頁344。
〔註59〕同註2，頁192～194。

第七章　結　論

　　本文目的在全面探究王嘉《拾遺記》一書。因此，經由作者、書名、版本、背景、內容、技巧、影響等方面的討論，希望能對此書有更深一層的認識。

　　在討論《拾遺記》的內容之前，先就作者問題、書名由來及版本源流，加以考辨、說明。根據胡應麟、張柬之的說法，加以考證、辯駁，推斷出作者為王嘉，而非蕭綺或虞義。而書名，則取其拾歷史之遺而補歷史之闕，有「拾遺補闕」之意，所以命名為《拾遺記》。至於版本問題，經過分析比較後，選擇以明世德堂翻宋本為底本的齊治平校注本，做為本論文撰述的依據。

　　由於魏晉南北朝特殊的社會風氣與宗教背景，使得《拾遺記》不論在內容或思想上都充分反映了深刻的時代特徵。中國長期處於動蕩不安的環境裏，人民自然萌生逃避現實、追求麻醉的出世思想。所以《拾遺記》中得道成仙、仙境樂土的描寫，是對戰爭、死亡等威脅的消極逃避。而方術的盛行，提供服食、煉丹等修仙的方法，滿足人們的需求。因為，對於享盡人間榮華富貴的人，長生不老正是他們夢寐以求的；而對於現實生活中感到痛苦的人，神仙正是他們在幻想中對現實缺陷的彌補和安慰。《拾遺記》的作者王嘉具有方士的身分，因此在書中常藉長生不死、吉凶禍福來感召人。至於佛教的三世輪迴之說，以及報應題材，也為《拾遺記》所吸收、運用。

　　《拾遺記》的內容，可分為：神話傳說、宗教影響、五行數術、風俗產物、名山仙境等五類。就神話傳說而言，書中所記載的人物事件，都為神話、傳說，且又「多涉禎祥之書，博採神仙之事」。其中，敘述三皇五帝部分多為上古神話，至周代以後則多有比較新奇的歷史傳說。前者可由感天而生、傳奇事蹟、造福生民三點討論，後者則分帝王賢主、后妃婢妾、名流才士、神仙方士四種身分

探述。就宗教影響而言，又分爲佛教與道教兩種。佛教的輸入，在文學方面對中國小說有極大的影響，除提供許多佛經的故事題材外，更引導小說的作者走向因果報應之路；道教文化影響《拾遺記》的部分，包括：修鍊服食和鏡劍傳說。就五行數術而言，可分爲：五行之運、符命瑞應、夢兆休徵三方面探析。就風俗產物而言，書中記載了三十餘國的風俗產物。不僅搜奇志異，而且以豐富的想像力刻意渲染，使內容呈現多變的面貌。除描述各國山川景物、風俗習慣的特色外，並記錄殊方異物的由來、命名、特徵等。就名山仙境而言，則將卷十中崑崙、蓬萊、方丈、瀛洲、員嶠、岱輿、昆吾、洞庭等八座仙山獨立爲一節，探討名山仙境的觀念，及分析其間多樣化的內容。

《拾遺記》，是融合了志怪與史傳性質的小說。中國小說的萌芽發展，與史傳的傳統有密切的關係。按照一般的常理言，小說並非歷史。可是魏晉南北朝小說，無論內容與形式，都受到先秦兩漢史傳的影響，實際是史傳的一股支流。〔註1〕而將魏晉南北朝志怪性質的雜記體，歸屬小說，乃唐人以後的分類觀念，並非當時的見解。《隋書·經籍志》史部雜傳多著錄志異，劉知幾《史通》稱爲雜記，並認爲「陰陽爲炭，造化爲工，流形賦象，於何不有，求其怪物，有廣異聞」的六朝志怪，史家採擷入史，是不足爲信的。但當時人卻視爲眞實的，故《隋志》廁諸史部雜傳，即依附在史傳的傳統下。〔註2〕志怪作家基本上是借用史書體製中的列傳形式，記錄奇事異聞。他們通常將自己的撰作心態歸入史傳敘事的傳統中，希望能獲致記錄史事與教化人心的史傳價值。王嘉的《拾遺記》，即屬此類型。其在記錄異聞時，通常會註明時間、地點、人物，及各種證據。這種敘述方式，也是承襲史傳而來。此外，在書中蕭綺「錄曰」的議論模式，與司馬遷「太史公曰」的史贊性質相同。蕭氏藉此對王嘉所撰述的內容事蹟，抒發己見或加以褒貶。

就《拾遺記》的藝術特色而言。它因沿襲古小說記街談巷語的短篇雜記形式，所以用字少而篇幅短小。最短的一篇是卷二第六則，〔註3〕全文僅有三十九字；最長者爲卷一第九則，〔註4〕全文長達六百零九字。全書雖然大抵以散

〔註1〕 參見劉葉秋：《魏晉南北朝小說》（臺北：木鐸出版社，1983年9月），頁26。

〔註2〕 參見逯耀東：《魏晉史學的轉變及其特色——以雜傳爲範圍所作的分析》（臺灣大學歷史研究所博士論文，1970年月），頁159。

〔註3〕 參見（晉）王嘉撰，（梁）蕭綺錄，齊治平校注《拾遺記》（臺北：木鐸出版社，1982年2月），頁41。

〔註4〕 同註3，頁19～20。

文為主幹，但在少數篇章中，已能在敘事時因應情節所需，穿插詩賦謠諺，增添文學色彩。同時，因受當時駢文風氣的影響，文中也夾雜四、六字句，並有對偶句式的運用。行文時雖多以平鋪直敘的方式表達，仍有少數以補敘、論贊等較特殊的敘事方式。此外，偶有類似插敘的情形出現，實為作者自注，因後世傳寫誤連正文所致。就全書人物刻畫而言，多半沿襲史傳的寫法，即一開始就說明其姓名、籍貫和身分，有時也加上嗜好、才能、職稱、經歷等的介紹。此種寫法雖一目瞭然，但以小說技巧的觀點來看，卻嫌單調。然而在《拾遺記》中，也有幾則描寫人物性格、形象鮮明的例子。例如：卷七第三則，〔註5〕描摹曹彰的驍勇事蹟及仁惠之德，藉具體事實的敘述使其形象更為鮮活生動。又如：卷六第十三則，〔註6〕描寫女子時，不拘泥著眼於容貌、衣著等外表形象，已能深入內在德行的表達，將伏皇后的聰慧明智，藉由其一舉一動表露無遺。另外，也借助對話表現人物思想、個性，或交代故事情節。

　　《拾遺記》的題材豐富多變，極具奇異性及感染力，對後世文學作品產生多方面的影響。中國文人創作時，常有引用典故的習慣。而《拾遺記》的內容包羅萬象，新奇具神祕感，能引人入勝，同時部分故事又蘊義深廣。因此，後世文人在詩文詞賦中，常藉以抒發胸臆。歷代著作中，也常有轉相引錄《拾遺記》的情形。例如：《搜神後記》中袁相、根碩誤入赤城遇仙女，與《幽明錄》中劉晨、阮肇迷途誤入天臺山遇仙女之事，由二書的時代先後及情節繁簡程度可推知，二者殆皆受《拾遺記》的影響。其他如唐代《酉陽雜俎》的〈背明鳥〉、〈三蔬〉……等則，南宋《綠窗新話》中的〈薛靈芸容貌絕世〉、〈越國美人如神仙〉等，及元代《歷世真仙體道通鑑》中的〈軒轅黃帝〉、〈桐君〉等則，都分別援引，甚至全篇採用《拾遺記》的文字。而《拾遺記》多樣化的故事內容，自然也就成為後世戲劇取材的藍本。如元代雜劇〈金穴富郭況遊春〉雜劇，即引自《拾遺記》卷六第十四則記郭況之事。〔註7〕

　　《拾遺記》與其他魏晉南北朝志怪小說相較，其文學藝術與社會風俗上的價值，雖不如《搜神記》等早為人們所熟知的志怪佳作。然其融合了雜錄與志怪的性質，奇異性與神怪性的內容，縟麗豔發的文采，別具特色。所以，在內容、形式上的用心經營，呈現特有的風格，是受人肯定的。

〔註5〕　同註3，頁165。
〔註6〕　同註3，頁148。
〔註7〕　同註3，頁150。

參考引用書目

一、專　書

1. 《周易正義》，〔晉〕王弼注〔唐〕孔穎達正義，十三經注疏本第一冊，藍燈文化事業公司。
2. 《尚書正義》，〔漢〕孔安國傳〔唐〕孔穎達等正義，十三經注疏本第一冊，藍燈文化事業公司。
3. 《毛詩正義》，〔漢〕鄭玄箋〔唐〕孔穎達疏，十三經注疏本第二冊，藍燈文化事業公司。
4. 《周禮正義》，〔漢〕鄭玄注〔唐〕賈公彥疏〔唐〕陸德明釋文，十三經注疏本第二冊，藍燈文化事業公司。
5. 《史記會注考證》，〔日本〕瀧川龜太郎，臺北：洪氏出版社，1986年。
6. 《新校漢書集注》，〔漢〕班固撰〔唐〕顏師古注，臺北：世界書局，1978年。
7. 《後漢書》，〔宋〕范曄撰，臺北：鼎文書局，1981年。
8. 《三國志》，〔晉〕陳壽撰，臺北：鼎文書局，1984年。
9. 《晉書》，〔唐〕房玄齡等撰，臺北：鼎文書局，1983年。
10. 《宋書》，〔梁〕沈約撰，臺北：鼎文書局，1975年。
11. 《梁書》，〔唐〕姚思廉撰，臺北：鼎文書局，1983年。
12. 《魏書》，〔北齊〕魏收撰，臺北：鼎文書局，1983年。
13. 《周書》，〔唐〕令狐德棻等撰，臺北：鼎文書局，1978年。
14. 《南史》，〔唐〕李延壽撰，臺北：鼎文書局，1985年。
15. 《隋書》，〔唐〕魏徵等撰，臺北：鼎文書局，1983年。
16. 《舊唐書》，〔後晉〕劉昫撰，臺北：鼎文書局，1985年。
17. 《新唐書》，〔宋〕歐陽修、宋祁撰，臺北：鼎文書局，1983年。

18. 《宋史》，〔元〕托克托等撰，臺北：鼎文書局，1983 年。

19. 《路史》，〔宋〕羅泌撰〔宋〕羅苹注，臺北：臺灣中華書局，1983 年。

20. 《荊楚歲時記》，〔梁〕宗懍撰，叢書集成新編本第 91 冊，臺北：新文豐出版公司，1985 年。

21. 《漢魏兩晉南北朝佛教史》，湯錫予著，臺北：鼎文書局，1985 年。

22. 《原始佛學哲學史——印度佛教哲學史》，李世傑撰，臺北：臺灣佛教月刊社，1964 年。

23. 《列仙傳》，〔漢〕劉向撰，叢書集成新編本第 100 冊，臺北：新文豐出版公司，1985 年。

24. 《歷世真仙體道通鑑》，〔元〕趙道一撰，正統道藏本第 8 冊，臺北：新文豐出版公司，1977 年。

25. 《中國道教思想史綱第一卷——漢魏兩晉南北朝時期》，卿希泰著，臺北：木鐸出版社，1986 年。

26. 《魏晉南北朝時期的道教》，湯一介著，臺北：東大圖書公司，1988 年。

27. 《崇文總目》，〔宋〕王堯臣等編〔清〕錢侗等輯釋，臺北：臺灣商務印書館，1967 年。

28. 《通志藝文略》，〔宋〕鄭樵撰，臺北：臺灣商務印書館，1968 年。

29. 《郡齋讀書志》，〔宋〕晁公武撰，臺北：臺灣商務印書館，1968 年。

30. 《直齋書錄解題》，〔宋〕陳振孫撰，臺北：臺灣商務印書館，1968 年。

31. 《文獻通考經籍考》，〔元〕馬端臨撰，臺北：新文豐出版公司，1986 年。

32. 《四庫全書總目提要》，〔清〕紀昀等撰，臺北：臺灣商務印書館，1983 年。

33. 《中西交通史料彙編》，張星烺撰，臺北：世界書局，1962 年。

34. 《老子達解》，嚴靈峰撰，臺北：華正書局，1983 年。

35. 《莊子集釋》，郭慶藩輯，臺北：華正書局，1985 年。

36. 《韓非子》，〔周〕韓非撰，大本原式精印四部叢刊正編本第 18 冊，臺北：臺灣商務印書館，1979 年。

37. 《淮南子》，〔漢〕劉安撰、高誘註，大本原式精印四部叢刊正編本第 22 冊，臺北：臺灣商務印書館，1979 年。

38. 《新譯抱朴子》，李中華注譯，臺北：三民書局股份有限公司，1996 年。

39. 《本草綱目》，〔明〕李時珍著，臺北：鼎文書局，1973 年。

40. 《少室山房筆叢》，〔明〕胡應麟撰，臺北：世界書局，1963 年。

41. 《北堂書鈔》，〔唐〕虞世南撰〔清〕孔廣陶校註，臺北：新興書局，1971

年。

42. 《藝文類聚》，〔唐〕歐陽詢等撰，臺北：文光出版社，1974 年。

43. 《初學記》，〔唐〕徐堅等撰，臺北：鼎文書局，1976 年。

44. 《白氏六帖》，〔唐〕白居易撰〔宋〕孔傳續撰，臺北：新興書局，1976 年。

45. 《太平御覽》，〔宋〕李昉等撰，臺北：臺灣商務印書館，1975 年。

46. 《太平廣記》，〔宋〕李昉等編，臺北：明倫出版社，1971 年。

47. 《太平廣記篇目及引書引得》，鄧嗣禹撰，臺北：成文出版社，1965 年。

48. 《事類賦》，〔宋〕吳淑撰註，臺北：新興書局，1969 年。

49. 《類說》，〔宋〕曾慥撰，〔民國〕嚴一萍校訂，臺北：藝文印書館，1970 年。

50. 《紺珠集》，〔宋〕佚名撰，臺北：臺灣商務印書館，1970 年。

51. 《玉海》，〔宋〕王應麟撰，臺北：大化書局，1977 年。

52. 《稗海》，〔明〕商濬輯，臺北：新興書局，1968 年。

53. 《古今逸史》，〔明〕吳琯輯，臺北：臺灣商務印書館，1969 年。

54. 《說郛》，〔明〕陶宗儀編，臺北：臺灣商務印書館，1972 年。

55. 《歷代小史》，〔明〕李栻輯，臺北：臺灣商務印書館，1969 年。

56. 《五朝小說大觀》，〔明〕無名氏輯，臺北：廣文書局，1979 年。

57. 《增訂漢魏叢書》，〔清〕王謨輯，臺北：大化書局，1983 年。

58. 《續說郛》，〔清〕陶珽編，臺北：新興書局，1964 年。

59. 《百子全書》，〔清〕崇文書局輯，臺北：古今文化出版社，1963 年。

60. 《叢書子目類編》，文史哲出版社編，臺北：文史哲出版社，1986 年。

61. 《舊雜譬喻經》，〔吳〕康僧會譯，大正新脩大藏經正編本第 4 冊，臺北：新文豐出版公司。

62. 《弘明集》，〔梁〕釋僧祐撰，大本原式精印四部叢刊正編本第 24 冊，臺北：臺灣商務印書館，1979 年。

63. 《廣弘明集》，〔唐〕釋道宣撰，大本原式精印四部叢刊正編本第 24 冊，臺北：臺灣商務印書館，1979 年。

64. 《翻譯名義集》，〔宋〕法雲編，大本原式精印四部叢刊正編本第 27 冊，臺北：臺灣商務印書館，1979 年。

65. 《佛學辭典》，宋金城主編，臺北：五洲出版社，1984 年。

66. 《中國古代宗教系統》，杜而未著，臺北：臺灣學生書局，1978 年。

67. 《中國神話史》，袁珂著，臺北：時報文化出版企業有限公司，1991 年。

68. 《崑崙文化與不死觀念》，杜而未著，臺北：臺灣學生書局，1978 年。

69. 《漢武洞冥記研究》，王師國良著，臺北：文史哲出版社，1989 年。

70. 《搜神後記》，〔晉〕陶淵明撰，汪紹楹校注，臺北：木鐸出版社。

71. 《拾遺記》，〔晉〕王嘉撰〔梁〕蕭綺錄〔民國〕齊治平校注，臺北：木鐸出版社，1982 年。

72. 《拾遺記譯注》，〔晉〕王嘉撰〔民國〕孟慶祥、商媺妹譯注，哈爾濱：黑龍江人民出版社，1989 年。

73. 《六朝志怪小說情節單元分類索引（甲編）》，金榮華著，臺北：中國文化大學中國文學研究所，1984 年。

74. 《魏晉南北朝小說》，劉葉秋著，臺北：木鐸出版社，1983 年。

75. 《魏晉南北朝志怪小說研究》，王師國良著，臺北：文史哲出版社，1984 年。

76. 《六朝志怪小說研究》，周次吉著，臺北：文津出版社，1990 年。

77. 《唐前志怪小說史》，李劍國著，天津：南開大學出版社，1984 年。

78. 《酉陽雜俎》，〔唐〕段成式撰，臺北：臺灣學生書局，1986 年。

79. 《綠窗新話》，〔宋〕皇都風月主人撰，臺北：世界書局，1965 年。

80. 《不死的探求》，李豐楙著，臺北：久大文化公司，1987 年。

81. 《中國小說發達史》，譚嘉定著，臺北：啓業書局，1978 年。

82. 《中國小說史》，孟瑤著，臺北：傳記文學出版社，1980 年。

83. 《中國小說史略》，魯迅著，濟南：齊魯書社，1997 年。

84. 《中國文學中的小說傳統》，西諦著，臺北：木鐸出版社，1985 年。

85. 《六朝文絜箋注》，〔清〕許槤評選〔清〕黎經誥箋注，臺北：新興書局，1965 年。

86. 《庾子山集注》，〔北周〕庾信撰〔清〕倪璠注，臺北：臺灣中華書局，1966 年。

87. 《分類補注李太白詩》，〔唐〕李白撰，大本原式精印四部叢刊正編第 32 冊，臺北：臺灣商務印書館，1979 年。

88. 《杜詩鏡銓》，〔唐〕杜甫著〔清〕楊倫箋注，臺北：華正書局，1986 年。

89. 《昌黎先生詩集注》，〔唐〕韓愈撰〔清〕顧嗣立補註，臺北：臺灣學生書局，1967 年。

90. 《柳河東全集》，〔唐〕柳宗元撰，臺北：臺灣中華書局，1966 年。

91. 《溫飛卿集箋注》，〔唐〕溫庭筠撰〔清〕顧予咸補注〔清〕顧嗣立續注，臺北：新興書局，1959 年。

92. 《樊川詩集注》，〔唐〕杜牧撰〔清〕馮集梧注，臺北：新興書局，1960年。

93. 《李賀詩歌》，〔唐〕李賀著〔清〕王琦彙解，臺北：里仁書局，1980年。

94. 《玉谿生詩箋注》，〔唐〕李商隱著〔清〕馮浩注，臺北：臺灣中華書局，1966年。

95. 《集註分類東坡先生詩》，〔宋〕蘇軾撰，大本原式精印四部叢刊正編第32冊，臺北：臺灣商務印書館，1979年。

96. 《山谷全集》，〔宋〕黃庭堅撰，任淵、史容、史季溫注，臺北：臺灣中華書局，1966年。

97. 《先秦漢魏晉南北朝詩》，逯欽立輯校，臺北：學海出版社，1984年。

98. 《傅斯年全集》，傅斯年著，臺北：聯經出版事業公司，1980年。

99. 《中國歌謠》，朱自清著，臺北：世界書局，1978年。

100. 《中國古典戲劇論集》，曾永義著，臺北：聯經出版事業公司，1975年。

101. 《古典戲曲存目彙考》，莊一拂著，臺北：木鐸出版社，1986年。

二、學位論文

1. 《魏晉史學的轉變及其特色——以雜傳爲範圍所作的分析》，逯耀東撰，臺灣大學，歷史研究所博士論文，1970年。

2. 《魏晉南北朝文士與道教之關係》，李豐楙撰，政治大學，中國文學研究所博士論文，1978年。

3. 《魏晉志怪小說中的世界——以搜神記爲中心的研究》，金克斌撰，東海大學，歷史研究所碩士論文，1985年。

4. 《魏晉志怪小說與古代神話關係之研究》，呂清泉撰，臺灣大學，中國文學研究所碩士論文，1986年。

5. 《廣異記研究》，吳秀鳳撰，輔仁大學，中國文學研究所碩士論文，1986年。

6. 《搜神記研究》，李翠瓊撰，香港能仁書院，文學研究所碩士論文，1987年。

7. 《六朝小說變形觀之探究》，康韻梅撰，臺灣大學，中國文學研究所碩士論文，1987年。

8. 《唐傳奇的寫作技巧》，丁肇琴撰，臺灣大學，中國文學研究所碩士論文，1987年。

9. 《六朝小說變化題材研究》，謝明勳撰，文化大學，中國文學研究所碩士論文，1988年。

10. 《六朝志怪妖故事研究》，蔡雅薰撰，臺灣師範大學，國文研究所碩士論文，1990年。

11. 《薛用弱《集異記》研究》，梁明娜撰，東吳大學，中國文學研究所碩士論文，1991年。

三、期刊論文

1. 〈魏晉南北朝志怪小說書錄附考證〉，嚴懋垣撰，《文學年報》第 6 期，1940年。

2. 〈六朝志怪小說之存逸〉，傅惜華撰，《漢學》第 1 輯，1944年。

3. 〈南北朝佛教的流行原因〉，薩孟武撰，《大陸雜誌》第 2 卷第 10 期，1951年。

4. 〈讀「拾遺記」（上）（下）〉，周次吉撰，《中央日報》，民國 60 年 4 月 19、20 日。

5. 〈中國魏晉以後（三世紀以降）的仙鄉故事〉，小川環樹著、張桐生譯，《幼獅月刊》第四○卷第 5 期，1974年。

6. 〈中國早期小說中的詩歌〉，葉慶炳撰，中《華文化復興月刊》第一○卷第 3 期，1975年。

7. 〈產生六朝鬼神志怪小說之時代背景〉，張少眞撰，《東吳中文系系刊》2，1976年。

8. 〈六朝鬼神怪異小說與時代背景的關係〉，吳宏一撰，《中國古典文學研究叢刊——小說之部（一）》，臺北：巨流圖書公司，1977年。

9. 〈六朝仙境傳說與道教之關係〉，李豐楙撰，《中外文學》第八卷第 8 期，1980年。

10. 〈六朝鏡劍傳說與道教法術思想〉，李豐楙撰，《中國古典小說研究專集》第 2 輯，臺北：聯經出版事業公司，1980年。

11. 〈從六朝志怪小說看當時傳統的神鬼世界〉，金榮華撰，《華學季刊》第五卷第 3 期，1984年。

12. 〈六朝道教洞天說與遊歷仙境小說〉，李豐楙撰，《小說戲曲研究》第 1 集，1988年。